*Hannah Kaiser*

# Please don't touch
# - Bitte nicht anfassen!

Liebesroman

1. Auflage September 2016



Covergestaltung: Catrin Sommer www.rausch-gold.com
Coverfotos: Hannah Kaiser
Lektorat: Alexandra Balzer
Korrektorat: Dr. Katrin Schäfer

# Inhalt

# Kapitel 1

„Das ist eine Unverschämtheit!“, brüllt die Dame am anderen Ende der Leitung ins Telefon.

Ich widerstehe dem Drang, mir das Headset vom Kopf zu reißen und drücke stattdessen ergebnislos auf der Taste an dem Computer vor mir herum, der den Ton eigentlich leiser stellen soll. Seit letzter Woche haben wir neue Soft- und Hardware, und ich komme einfach noch nicht so richtig damit zurecht.

„Ma'am, bitte! So beruhigen Sie sich doch!“ Ich setze die Stimme ein, die bei meiner Tochter Olivia Wunder bewirken kann, wenn sie zu weinen anfängt; doch meine Gesprächspartnerin scheint völlig immun dagegen zu sein.

„Ich will mich nicht beruhigen!“, schreit sie stattdessen und ich drücke immer noch verzweifelt auf der Taste für die Lautstärkeregulierung herum, weil ich das Gefühl habe, dass mir ansonsten jeden Moment das Trommelfell platzt. „Ich werde seit Wochen hingehalten. Bei der Bestellung wurde mir gesagt, dass die Lieferzeit für meinen MagicMix bei acht Wochen liegt. Die sind seit drei Tagen vorbei. Und im Forum gibt es welche, die nach mir bestellt und ihr Gerät schon letzte Woche bekommen haben!“ Sie holt tief Luft und ich finde endlich die passende Taste, um den verdammten

Ton zu regulieren. „Das ist eine Unverschämtheit! Ich werde das Gerät stornieren und Sie verklagen …“

„Möchten Sie das Gerät gerne stornieren, Ma'am? Soll ich Sie an die entsprechende Abteilung weiterleiten?“ Es ist zwar nicht meine Art, unangenehme Kunden an die Kollegen abzuschieben, doch mir tun nicht nur meine Ohren weh, sondern ich bekomme auch noch Kopfschmerzen. Außerdem ist mir das in der Schulung genau so beigebracht worden – wenn jemand stornieren möchte, leite ich denjenigen weiter.

„Nein!“, schreit die Anruferin und klingt nun noch hysterischer, auch wenn ich gedacht hatte, das sei gar nicht mehr möglich. „Ich will nicht stornieren. Ich will meinen verdammten MagicMix haben. Und zwar sofort.“

„Hören Sie, Ma'am“, versuche ich es noch einmal. „Es ist wirklich überaus ärgerlich, wenn man ungeduldig auf etwas wartet und es dann nicht zum gedachten Termin ankommt.“ Soweit kann ich sie ja tatsächlich verstehen. „Ich werde mich selbstverständlich für Sie erkundigen, wo Ihr MagicMix bleibt und bin mir sicher, dass er in den nächsten Tagen bei Ihnen eintreffen wird. Allerdings ist die Lieferzeit von acht Wochen, die übrigens eine ungefähre Angabe ist, gerade um drei Tage überschritten.“

Ich hätte es nicht sagen sollen, es wird mir im selben Moment klar, in dem ich es ausgesprochen habe. Bei dieser Form von militanter Hausfrau hilft keine Logik, kein

Argument – da hilft nur beschwichtigen und hoffen, dass es ganz schnell vorbeigeht.

„Aber im Vertrag standen acht Wochen! Die waren am Montag vorbei. Ich habe schon meine komplette Küche neu eingerichtet, damit ich Platz auf der Arbeitsplatte habe. Ich habe die Schnauze voll, wirklich! Das ist bereits mein dritter Anruf in dieser Woche und niemand kann mir etwas Genaueres sagen!"

Am liebsten würde ich ihr mitteilen, dass es sich nur um eine Küchenmaschine handelt. Zwar eine mit jeder Menge Hightech und sicherlich tollen Funktionen – aber meine Güte! Es ist und bleibt bloß ein Küchengerät. Es verändert nicht das Leben, es ist keine neue Niere, auch wenn der ein oder andere sich so aufführt, als würde es sich mindestens um ein lebensrettendes Organ handeln, auf das sie da warten. Ich seufze so lautlos wie möglich. Das alles sollte ich ihr eindeutig besser nicht sagen, denn ich befürchte, dass mein Chef das nicht ganz so gerne hätte. Sie ist schließlich nicht die erste hysterisch gewordene Hausfrau, die bei uns anruft, und ich bin obendrein für genau solche Fälle geschult worden.

„Ma'am ich verspreche Ihnen, ich werde alles tun, was in meiner Macht steht, damit Sie Ihre neue Küchenmaschine so schnell wie möglich erhalten." Das kann ich leichten Herzen versprechen, denn letztendlich kann ich gar nichts machen, als ihre Beschwerde aufzunehmen. Produktion und Versand der MagicMix-Maschinen laufen vollautomatisch und computergesteuert – und wir hier im Callcenter haben letztendlich auch keine weiteren Informationen als unsere Kunden.

Irgendwann schaffe ich es, sie irgendwie abzuwimmeln, aber bloß, indem ich beinahe unhöflich werde.

„Meine Güte!", murmle ich und zerre mir das Headset vom Kopf. Ich brauche dringend ein paar Sekunden Pause, bevor ich wieder dazu bereit bin, mich erneut anschreien zu lassen. Das machen auf die Dauer wahrscheinlich weder meine Ohren noch meine Nerven mit. Ich bin echt zu sensibel für so etwas, aber Job ist Job und ich bin auf das Geld angewiesen, wenn ich mit meiner Tochter hier in Boston bleiben will.

„Heute sind überall Irre unterwegs!" Meine Kollegin Jane, die am Platz nebenan sitzt, hat ebenfalls ihr Headset abgenommen und bauscht nun mit den Händen ihre roten Locken auf, während sie den Kopf schüttelt. „Unglaublich ist das! Und alles wegen einer digital gesteuerten Küchenmaschine. Das Ding kocht doch auch nicht von selbst!"

Ich seufze tief, diesmal laut hörbar.

„Bei manchen Kunden hat man fast den Eindruck, dass er beim Vorführabend einen dieser komischen Kochchips heimlich ins Hirn implantiert bekommen hat. Als gäbe es auf der Welt sonst keine Probleme!"

Wir lachen beide kurz, bevor wir uns wieder an die Arbeit begeben.

Auch wenn ich mich manchmal ärgere und mir, so wie gerade mit meiner Kollegin, ein bisschen Luft machen muss, bin ich trotzdem froh, den Job hier zu haben. Außerdem sind die meisten Kunden sehr nett, aber an manchen Tagen treten die durchgeknallten einfach gehäuft auf. Mal ehrlich: Wer ruft denn wegen drei Tagen Verspätung täglich beim Kundenservice an?

Ich lasse mich ja immer mehr zu der Theorie hinreißen, dass es am Vollmond liegt, Beweise habe ich dafür natürlich keine. Ich strecke mich noch einmal, bevor ich mich wieder an die Arbeit mache und mit den entsprechenden Tastenkombinationen kämpfe, um einen Anrufer entgegenzunehmen.

„Guten Tag, Sie sprechen mit dem MagicMix-Kundenservice. Mein Name ist Gwen. Wie kann ich Ihnen weiterhelfen?“, rattere ich mein Sprüchlein herunter, das mir in den drei Monaten, in denen ich hier arbeite, bereits so in Fleisch und Blut übergegangen ist, dass ich mich manchmal sogar versehentlich zu Hause damit melde.

# Kapitel 2

„Gwen? Würden Sie bitte mal in mein Büro kommen?“ Der Ton meines Chefs ist streng und ich bekomme umgehend Bauchschmerzen. Verzweifelt durchforste ich mein Gedächtnis nach irgendetwas, das ich falsch gemacht haben könnte, mir will jedoch partout nichts einfallen.

„Jane, Sie kommen bitte auch mit.“

Meine Kollegin und ich tauschen einen verwunderten Blick aus, dann lächelt Jane und zuckt mit den Schultern.

„Keine Ahnung, was los ist!“, flüstert sie mir zu, während wir zum Büro unseres Chefs gehen, und lächelt aufmunternd. Ich habe sie, seit ich hier vor drei Monaten angefangen habe zu arbeiten, noch nie mit schlechter Laune erlebt. Ich bewundere Menschen dafür, wenn sie alles gelassen hinnehmen können.

Ich würde das gerne ebenfalls können, aber mir gelingt das nur mäßig. Vielleicht habe ich einfach schon zu viele unschöne Seiten des Lebens mitbekommen, sodass ich diese nicht mehr komplett ignorieren kann und mir oft zu viele Sorgen um alles mache.

Doch zumindest kurzfristig lasse ich mich von Janes Optimismus anstecken und versuche es auch mit einem kleinen Lächeln.

Das Lächeln vergeht mir jedoch ziemlich schnell, als wir im Büro meines Chefs angekommen sind. Spätestens, als er sich mit ernster Miene hinter seinen Schreibtisch gesetzt hat und uns mit einer Geste bedeutet, auf der anderen Seite Platz zu nehmen.

Die Stühle sind hart und unbequem, das ist mir schon das letzte Mal aufgefallen, als ich zu meinem Vorstellungsgespräch in diesem Büro gegessen habe. Unruhig verschränke ich die Hände in meinem Schoß und betrachte die violetten Blümchen auf dem knielangen Sommerrock, den meine Tochter so sehr liebt.

„Meine Damen ..." Unser Chef räuspert sich. „Ich glaube, ich habe bereits mehr als einmal deutlich erwähnt, dass Gespräche privater Natur während der Arbeitszeit untersagt sind. Das steht auch eindeutig in Ihrem Arbeitsvertrag." Ich werfe einen kurzen Blick zu Jane rüber, die ebenso verwirrt aussieht, wie ich mich fühle. Sie holt Luft, um etwas zu erwidern, ihr Versuch wird jedoch umgehend im Keim erstickt. „Obendrein ist es eindeutig verboten, sich in schädigender Weise über unsere Arbeit zu äußern."

Jetzt lässt Jane sich nicht mehr aufhalten und fällt unserem Chef ins Wort:

„Entschuldigen Sie bitte, warum erzählen Sie ausgerechnet uns das?"

Diese Frage stelle ich mir auch, aber ich bin froh, sie nicht selbst aussprechen zu müssen. Unser Chef hat etwas an sich, das mich einschüchtert.

„Ach so, die Damen? Dann waren dies hier wohl nicht Sie?"

Er gibt irgendetwas an seinen Computer ein, anschließend ist meine eigene Stimme im Raum zu hören, die sich darüber auslässt, dass es Kundinnen gibt, denen man einen Chip implantiert hat. Meine Bauchschmerzen werden dadurch schlimmer. Das hier wird niemals gut ausgehen.

Eine halbe Stunde später stehe ich mit Jane im Treppenhaus, einen halben Kopf kürzer, mit meinen wenigen Habseligkeiten im Arm, die ich ins Büro mitgebracht habe, und mit einer sofortigen Kündigung.

„Wer kann denn auch ahnen, dass deine Kundin nicht auflegt, nachdem das Gespräch beendet war, und sich auch noch gleich beschwert?"

Jane legt mir tröstend die Hand auf die Schulter. Im Gegensatz zu mir ist sie ziemlich gefasst. Wahrscheinlich nicht zuletzt deshalb, weil sie auf den Job nicht wirklich angewiesen ist, und ihn, soweit ich weiß, nur gemacht hat, weil sie ein bisschen was dazu verdienen wollte.

„Ich hätte das aber kontrollieren müssen. Ich bin einfach davon ausgegangen, dass das Gespräch beendet ist. Dieses verdammte neue System …" Ich spüre, wie Tränen in meine Augen schießen und dränge sie mit Macht zurück. „Es tut mir so leid", flüstere ich. Jane bleibt mitten im Treppenhaus stehen.

„Hey, hör auf dich zu entschuldigen. Ich persönlich war den Job hier ohnehin schon lange leid. Und du findest sicherlich auch bald etwas Besseres. Da bin ich mir ganz sicher." Mittlerweile sind wir auf dem Parkplatz angekommen. „Lass den Kopf nicht hängen. Das wird schon alles werden. Sei froh, dass du den blöden Job los bist." Sie drückt mich noch einmal, dann steigt sie in ihr Auto, winkt mir zu und fährt davon.

Ich selbst bleibe eine Weile in meinem Wagen sitzen, ohne mich zu bewegen. Dann umklammere ich das Lenkrad und lasse meinen Kopf auf meine Arme sinken. Mein Magen tut so sehr weh, dass ich mich zwingen muss, langsam und ruhig zu atmen.

Dass ich diesen Job verloren habe, ist eine Katastrophe.

Und ich rede nicht von einer Katastrophe im Sinne von Ich-weiß-nicht-wie-ich-mir-jetzt-ein-neues-Paar-Schuhe-kaufen soll. Sondern eine Katastrophe im Sinne von Meine-Tochter-und-ich-müssen-zukünftig-unter-der-Brücke-wohnen.

Das hätte nie passieren dürfen. Niemals.

Draußen fängt es an zu regnen. Dicke, hässliche Tropfen fallen auf das graue Blech meines Autos und ich habe das Gefühl, als würde der Himmel über mir zusammenbrechen.

Ich weiß nicht, wie lange ich einfach nur dasitze und mich selbst bemitleide, aber irgendwann ist es an der Zeit loszufahren.

Statt direkt nach Hause zu fahren, klappere ich alle Diner in der näheren Umgebung ab, frage an jeder Tankstelle nach und renne in jeden Supermarkt – aber vergebens. Nirgendwo wird auch nur eine Aushilfskraft gesucht.

Irgendwann mache ich mich doch auf den Heimweg. Olivia kommt gleich aus der Schule nach Hause und auch wenn sie für ihre zehn Jahre schon wirklich sehr vernünftig ist, finde ich es wichtig, wenn ich da bin, sobald sie heimkommt. Sie hat in diesem Leben ebenfalls schon genug durchmachen müssen, und leider bin ich an dem ein oder anderen nicht ganz unschuldig.

Die letzten drei Jahre waren wir ständig unterwegs und sind von einem Ort zum nächsten gezogen, und haben es doch nirgends lange aushalten können. Bevor wir zurück nach Boston gezogen sind, waren wir in einem kleinen verschlafenen Kaff in Nebraska, wo ich in einem Catering-Service mitgearbeitet habe. Wir hatten eine gute Zeit dort, meine Chefin war sehr lieb, aber wenn man eine Großstadt wie Boston gewöhnt ist, ist so ein kleines Dorf wie Greenwish eine riesige Umstellung. Livie und ich hatten einfach Heimweh. Doch durch den ständigen Wohnortwechsel ist es mir umso wichtiger, dass wenigstens ich selbst eine Konstante in ihrem Leben bin und so viel für sie da sein kann wie nur eben möglich.

Bevor sie aus der Schule kommt, setze ich mich an den Küchentisch und mache einen Kassensturz. Unser spärliches Erspartes reicht noch genau zwei Wochen, dann weiß ich nicht mehr, wie ich die Miete bezahlen soll – oder unserer Essen. Aber das muss Olivia nicht erfahren, auch wenn ich ihr durchaus erzählen werde, dass ich meinen Job verloren habe. Sie wird ohnehin merken, dass irgendetwas mit mir los ist, und es widerstrebt mir, sie bei solchen Dingen anzulügen. Wie soll sie lernen, mir zu vertrauen, wenn ich es nicht ebenfalls tue? Natürlich muss man Kindern nicht immer alles erzählen, doch ein gewisses Maß an Ehrlichkeit sollte man durchaus an den Tag legen.

Das Klingeln des Telefons reißt mich schließlich aus meinen Gedanken. Ich weiß, dass ich ein bisschen hysterisch bin diesbezüglich, aber jedes Mal, wenn es klingelt und meine Tochter nicht zu Hause ist, werde ich panisch, weil ich denke, dass Livie irgendetwas passiert sein könnte. Ich weiß, dass sich vermutlich alle Menschen Sorgen um ihre Kinder machen, doch ich habe so einen Anruf schon einmal erlebt und er hat Livies und mein Leben komplett auf den Kopf gestellt.

„Hallo?“ Meine Stimme klingt seltsam dünn, als ich den Anruf annehme.

„Hi Gwen, ich bin's, Skye!“ Meine Schwester – mir fällt ein Stein vom Herzen. „Alles okay mit dir? Du hörst dich gar nicht gut an.“

„Skye!“ Niemand würde denken, dass wir Halbgeschwister sind, wenn er uns zum ersten Mal sieht. „Schön, dass du anrufst. Wie geht es dir? Was macht dein Atelier?“

Normalerweise ist das ein hervorragendes Ablenkungsmanöver, denn Skye liebt ihr Atelier, das sie erst seit einem halben Jahr gemietet hat, und in dem sie selbst hergestellten Schmuck verkauft. „Auf den Trick falle ich nicht herein, meine Liebe!“ Ich kann die kleinen Lachfältchen um ihre katzengrünen Augen beinahe vor mir sehen, als sie hinzusetzt: „Zumindest diesmal nicht. Also, was ist los?“

Ich seufze tief. Tatsächlich rede ich nicht gerne über meine Probleme, und auch wenn Skye meine Schwester ist und wir uns sehr mögen, sind wir nicht miteinander aufgewachsen und uns deshalb vielleicht nicht ganz so vertraut, wie andere Geschwister es miteinander sind. Andererseits habe ich ihr in weitaus schlimmeren Zeiten schon weitaus schlimmere Dinge anvertraut, und sie war für Livie und mich da und hat uns aufgenommen, nachdem wir aus Boston geflohen sind und nicht wussten, wohin wir sonst gehen könnten.

„Ich habe heute meinen Job im Callcenter verloren", sage ich schließlich etwas zögerlich. „An sich sollte man ja meinen, dass es in einer Stadt wie Boston genug Jobs geben würde, aber zumindest heute habe ich nichts gefunden. Unser Geld ist fast aufgebraucht und ich … na ja. Ich bin etwas in Panik. Was eigentlich albern ist, da ich ja erst seit einem halben Tag nach etwas Neuem suche."

„Du bist halt nicht nur für dich allein verantwortlich. Es ist doch normal, dass man da erst mal in Panik gerät!" Keine Ahnung, wie sie das immer macht, doch sie schafft es, dass es mir in nur wenigen Sekunden besser geht. „Ich bin mir sicher, dass du etwas Neues finden wirst. Ansonsten müsst ihr eben zurück zu mir nach San Francisco kommen. Ich vermisse euch hier sowieso."

„Wir vermissen dich auch! Nur diese grässliche Stadt nicht." San Francisco mag für viele die Erfüllung all ihrer Träume sein; ich finde diese Stadt einfach furchtbar. Es ist mir zu warm, zu schwül, die Menschen sind mir zu hipp, es ist zu laut, zu schnell – und das Schlimmste: Es gibt keinen Winter. Im Sommer mag es ja sehr schön sein, doch ich finde, nichts geht über einen anständigen Winter mit Schnee und Eis und einem heißen Glas Tee, Punsch oder Glühwein unter einer gemütlichen Decke auf dem Sofa. Außerdem ist

Weihnachten mit Palmen für mich kein richtiges Weihnachten.

„Hey, San Francisco gehört zu den schönsten Städten der Welt, du Banausin!" Einen kurzen Moment lachen wir beide, bevor Skye wieder ernst wird. „Aber ich selbst weiß am allerbesten, wie wichtig es ist, dass man sich dort wohlfühlt, wo man wohnt. Dennoch weißt du, dass Olivia und du immer bei mir willkommen seid, oder?"

„Das weiß ich, Skye. Du bist eben die Beste."

„Wunderbar, dass du das einsiehst! Seltsamerweise ist es noch nicht jedem bekannt, wie toll ich eigentlich bin", erwidert sie fröhlich, und ich bewundere sie ein bisschen dafür, dass sie meistens gut gelaunt ist, obwohl sie weiß Gott ebenfalls genug Gründe dafür hätte, ab und an in Depressionen zu versinken. „Ich wollte nur schnell hören, wie es dir geht, jetzt muss ich leider los, Liebes. Ruf mich bitte an, wenn du was brauchst, okay? Wir müssen schließlich zusammenhalten."

Nachdem wir uns verabschiedet und aufgelegt haben, denke ich darüber nach, wie gut es ist, wenn man Menschen hat, auf die man sich immer verlassen kann.

Zugegeben, allzu viele davon gibt es in meinem Leben nicht. Neben Skye ist da noch Cherry, die mittlerweile eine enge Freundin geworden ist. Aber in diesem Bereich geht Qualität ja ohnehin ganz eindeutig vor Quantität.

Dennoch regele ich meine Angelegenheiten lieber selbst; ich bitte andere nicht gerne um Hilfe, zumal ich sowohl Cherrys als auch Skyes Hilfe viel zu oft in Anspruch genommen habe. Ich möchte nicht, dass ausgerechnet die Menschen, die mir in meinem Leben wirklich etwas bedeuten, von mir denken, ich sei schwach und hilflos und eine Last für andere. Andererseits habe ich auch gelernt, dass es manchmal ganz ohne fremde Hilfe einfach nicht geht, und dass man seinen Lieben mitunter mehr Kummer bereitet, wenn man darauf verzichtet und versucht, alles mit sich allein auszumachen.

Eine Weile bleibe ich noch am Küchentisch sitzen und hänge meinen Gedanken nach, bevor ich aufstehe, um Livie und mir Abendessen zu machen.

Selbst wenn meine Stimmung immer noch nicht gerade als gut zu bezeichnen ist, sind zumindest die starken Magenschmerzen verschwunden, die ich vorhin noch hatte. Natürlich ist meine Situation nicht unbedingt rosig, aber es könnte auch schlimmer sein.

Der alte Gasherd braucht fünf Versuche, bis er endlich anspringt und in den billigen Aluminiumtöpfen ist schon vor unserem Einzug so häufig das Essen angebrannt, dass man sie gar nicht mehr komplett sauber bekommt.

Wir haben die Wohnung möbliert gemietet. In den letzten Jahren sind wir so oft umgezogen, dass wir selbst kaum noch Gepäck haben.

*Als wären wir auf der Flucht!*

Der Gedanke an Flucht ist wirklich mein ständiger Begleiter in den letzten Jahren gewesen, und unsere häufigen Wohnortwechsel hatten tatsächlich etwas von einer Flucht.

Aber nun ist es Zeit, endlich zur Ruhe zu kommen.

Wäre Livie nicht, ich weiß nicht, ob ich nach Boston zurückgekommen wäre. Hier sind ihre Wurzeln, sie hat ihre Großeltern hier, die meine Tochter sehr verhätscheln, was ein seltener Luxus für sie ist, da ich selbst meistens weder die Zeit noch die Mittel dazu habe.

Boston ist einfach ihr Zuhause, und meines ebenfalls.

Der schwache Geruch von Gas verbreitet sich in der kleinen Küche und mischt sich schnell mit dem Duft von Makkaroni mit Käsesauce – dem Lieblingsessen meines kleinen Mädchens, wie dem so vieler anderer Kinder auch.

Es riecht vertraut, nach vielen Abenden voller Kinderlachen und Gesprächen, nach meiner eigenen Kindheit und nach einer flüchtigen Illusion von Glück.

Lächelnd streiche ich die geblümte Wachstischdecke glatt, bevor ich zwei angeschlagene Teller auf den Tisch stelle, deren grünes Muster aus den siebziger Jahren sich entsetzlich mit den rosa Blümchen der Tischdecke beißt.

Ich lasse mich auf den Stuhl sinken und lege meinen Kopf auf den Tisch. Ein paar Minuten lang gebe ich mich völligem Selbstmitleid hin, denn manchmal habe ich das Gefühl, auf ganzer Linie versagt zu haben.

Ich bin achtundzwanzig Jahre alt. Ich habe keine abgeschlossene Berufsausbildung, keinen festen Job, und als Mutter war ich jahrelang eine absolute Nullnummer. Ich bin beziehungsunfähig, und leider sehe ich auch nicht sonderlich gut aus. Ich schlafe und esse zu wenig, weine dafür zu viel, und manchmal, ja manchmal, da würde ich mir wünschen, ein völlig anderer Mensch zu sein. Aber wenn ich in den letzten Jahren etwas gelernt habe, ist es Folgendes: Man kann vor allem Möglichen davonlaufen, nur vor sich selbst nicht. Mit sich selbst muss man lernen zu leben, und man muss lernen, das Beste daraus zu machen.

Ich atme ein paar Mal tief durch, dann stehe ich auf und stelle den Herd ab.

Beinahe im selben Moment kommt Livie nach Hause. Ich höre sie leise vor sich hin singen, bevor sie die Tür aufschließt.

„Hallo Mommy!" Sie kommt auf mich zu und gibt mir einen Kuss. Wie jedes Mal, wenn ich sie ansehe, finde ich es unfassbar, wie groß sie geworden ist. Nächstes Jahr wird sie elf, und man kann schon jetzt erahnen, was für eine hübsche junge Frau sie irgendwann einmal sein wird. Zumindest ich kann das, aber in meinen Augen wird sie wohl ohnehin immer das bezauberndste Wesen der Welt sein. Schließlich bin ich ihre Mutter und genauso sollte es schließlich sein. Sie ist ein echter Sonnenschein und das Wertvollste, das ich habe.

„Hallo Olivia, mein Schatz!“ Ich streichle ihr über den Kopf.

„Oh! Makkaroni und Käse!“ Erfreut klatscht sie in die Hände, als sie den Inhalt des Topfes entdeckt. „Gibt es etwas zu feiern oder ist etwas passiert?“

Ich muss lächeln.

„Wasch dir die Hände und dann reden wir beim Essen.“

Ich betrachte ihre kleinen schmalen Schultern, während sie sich an der Küchenspüle ihre Hände wäscht, und gebe noch eine Kelle Nudeln auf ihren Teller.

„Wie war es in der Schule?“ Irgendwie ist mir noch nicht danach, auf meinen verlorenen Job zu sprechen zu kommen.

„Oh, es war super!“ Strahlend dreht sie sich zu mir um. „Ich bin im Volleyballteam! Und die neue Schule gefällt mir viel, viel besser als die alte.“

Munter plappert sie drauflos und erzählt mir von ihrem Tag, von der neuen Schule, die sie seit ein paar Wochen besucht, und von ihren neuen Lehrern und Mitschülern, die sie größtenteils gerne leiden mag. Wenn man Livie so zuhört, könnte man glauben, dass hier alles irgendwie größer, schöner und toller ist als in dem kleinen verschlafenen Nest, in dem wir vorher gewohnt haben. Sie legt all den Enthusiasmus an den Tag, den man nur aufbringen kann, wenn man ein zehnjähriges Mädchen ist und irgendetwas toll findet.

In dieser Nacht kann ich nicht schlafen, wie so oft in den vergangenen drei Jahren.

Vielleicht liegt es an der kompletten Tafel Schokolade, die ich vorhin noch gegessen habe. Kakao soll ja anregend wirken.

Noch viel wahrscheinlicher ist allerdings, dass es an meinem schlechten Gewissen liegt. Mein ewiger Begleiter.

Livie hat die Nachricht über meinen verlorenen Job erstaunlich gelassen hingenommen – und schließlich war sie diejenige, die mich getröstet hat und meinte, wir würden das schon irgendwie hinbekommen. Dabei sollte so etwas doch umgekehrt laufen. Sie ist viel zu vernünftig für ihr Alter, und jedes Mal, wenn ich das denke, versetzt es mir einen Stich. Kinder sollten nicht so sein, sie sollten unvernünftig sein dürfen, egoistisch und naiv. Sie sollten einen Wutanfall bekommen, wenn ihnen ihre Mutter mitteilt, dass sie vielleicht wieder umziehen müssen und nicht auf der tollen neuen Schule bleiben können, die sie so sehr mögen.

Als Kind habe ich gedacht, dass man seine Probleme los ist, wenn man erst einmal erwachsen ist. Man darf alles selbst entscheiden, man muss nicht mehr in diese blöde Schule, hat keine Hausaufgaben und keine

Klassenkameraden, die einen hänseln, hat Süßigkeiten, wann immer man möchte – und Unabhängigkeit.

Keine Eltern, die einem vorschreiben, was man anzuziehen hat, wohin man gehen soll, welche Freunde man hat.

Ja, als Kind war ich wirklich fest davon überzeugt, dass alles besser wird, wenn ich erst erwachsen bin, dass sämtliche Sorgen wie von selbst verschwinden.

Leider habe ich nicht bedacht, dass Sorgen mitwachsen. Die, die man seiner selbst willen hat, sind schon schlimm genug, aber die Sorgen, die man sich macht, wenn man Kinder hat, sind noch viel, viel größer.

Ich war gerade achtzehn, als ich schwanger geworden bin, und nach dem ersten Schock habe ich mich wahnsinnig darüber gefreut.

Wenn mir meine Geschichte jemand anderes erzählen würde, würde ich vermutlich den Kopf schütteln, weil sie klingt wie ein schreckliches Klischee.

Meine Eltern haben sich scheiden lassen, als ich noch ein kleines Mädchen war. Mein Vater hat uns für eine Frau verlassen, die fünfzehn Jahre jünger als er selbst war und ihn so sehr beschäftigt hat, dass er auch für mich keine Zeit mehr hatte. Meine Mutter konnte das nie überwinden und hat sich mit einer nicht enden wollende Reihe von Männerbekanntschaften getröstet. An sich wäre das natürlich kein Problem gewesen, wenn sie ein klitzekleines bisschen diskreter dabei gewesen wäre, und wenn sie mir nicht ständig einen anderen dieser Männer als meinen neuen Daddy vorgestellt hätte.

Ich kann mich daran erinnern, dass ich mich über die ersten neuen Väter noch gefreut habe; es hat eine Weile gedauert, bis ich erkannt habe, dass es sich nicht lohnt, mein Herz an einen von ihnen zu verschenken – denn in der Regel waren sie schneller wieder weg, als ich gebraucht habe, um mich richtig an sie zu gewöhnen.

Solange ich zurückdenken kann, habe ich mich nach Kontinuität gesehnt. Nach einem richtigen Zuhause, nach Eltern, die mich lieben, nach einer heilen Familie.

Als ich mit achtzehn schwanger geworden bin, fand ich das nicht einmal schlimm. Ich war jung und naiv genug zu glauben, dass Gregory und ich miteinander glücklich werden würden. Vater, Mutter, Kind. Die perfekte kleine Familie.

Leider läuft im Leben nicht immer alles so, wie man sich das vorstellt.

Ich habe keinen Collegeabschluss gemacht, weil ich das Arbeitspensum schwanger nicht schaffen konnte, meine Noten nicht ausgereicht haben, und ich deshalb mein Stipendium verloren habe.

Und Greg … na ja. Der war eben Greg.

Und ich … ich war lange Zeit viel zu verliebt, um zu erkennen, dass er weder gut für meine Tochter noch für mich ist.

Als ich es erkannt habe, war es beinahe zu spät.

Draußen wird es schon fast wieder hell, als ich aufstehe, um mir in der Küche einen Kräutertee zu kochen. Die Magenschmerzen sind zurück und ich beschließe, dass gar kein Schlaf vermutlich immer noch besser sein dürfte als die anderthalb Stunden, die ich noch habe, bis mein Wecker klingelt.

Also ziehe ich mich an und laufe nach unten zu dem kleinen Kiosk neben unserem Haus, der rund um die Uhr geöffnet hat.

„Guten Morgen, Gwen. So früh schon auf den Beinen?“ Jordan, dem Besitzer des Kiosks, fehlt ein Schneidezahn, was ihn aber nicht davon abhält, ständig alle Frauen anzulächeln, die seinen Laden betreten. Er gehört zu jener Art von Männern, die sich bewegen, als wären sie untenrum überdurchschnittlich gut ausgestattet, bei denen man sich jedoch irgendwie sicher ist, dass das Gegenteil der Fall sein muss. Ich weiß nicht, was mich geritten hat, als ich ihm meinen Vornamen verraten habe, es muss ein sehr, sehr schwacher Moment von mir gewesen sein und war eindeutig nicht mein bester Tag.

„Guten Morgen, Jordan“, murmle ich, ohne ihn dabei wirklich anzusehen, und lege schnell die Zeitung hin, die ich aus einem Ständer neben dem Tresen genommen habe. „Ich habe gleich einen Termin." Zumindest hoffe ich das, ich bete, dass ich heute noch mindestens ein Vorstellungsgespräch haben werde.

„Ach, wie schade!" Wieder dieses halb zahnlose Lächeln. „Ich hätte dich sonst gerne auf einen Kaffee eingeladen." Er beugt sich zu mir herüber, als würde er mir ein Geheimnis anvertrauen wollen, und ich kann riechen, dass er seine Klamotten seit mindestens drei Tagen nicht mehr gewechselt haben dürfte. „Normalerweise gebe ich Frauen ja nur bei mir im Bett ein Frühstück aus. Aber bei dir würde ich eine Ausnahme machen!"

Ich murmle irgendetwas Unverständliches als Antwort und verlasse dann beinahe fluchtartig den Kiosk. In Jordans Anwesenheit vergeht mir schlagartig der Appetit. Da mag ich nicht mal an Essen denken, und schon gar nicht bei ihm im Bett.

Auch wenn Jordan vermutlich völlig harmlos ist und er seinen kleinen Laden ohnehin nicht alleinlassen würde, habe ich es auf einmal eilig, wieder zurück in die Sicherheit meiner Wohnung zu kommen. Typen wie er sind mir unheimlich.

Bis Livie aufsteht, um zur Schule zu gehen, habe ich bereits alle Stellenanzeigen durchforstet, die infrage kommenden markiert und mir eine Liste mit allen Jobs und

Telefonnummern bzw. Adressen angelegt, bei denen ich mich heute melden will.

Wenn ich schon nicht schlafen kann, kann ich die Zeit ja zumindest sinnvoll nutzen. Als ich mit Livie zusammen das Haus verlasse, um meine Liste abzuklappern, ist der unangenehme Knoten in meinem Magen fast verschwunden.

Auch am nächsten und am übernächsten Tag bleibe ich noch halbwegs optimistisch, dann sind die Magenschmerzen wieder da, so stark, dass ich nachts deshalb nicht schlafen kann.

Es ist mir ein Rätsel, wo die Leute immer ihre Jobs hernehmen.

Wenn man das manchmal so liest oder hört, scheinen zumindest Gelegenheitsjobs ja quasi auf der Straße zu liegen, und jeder, der bloß will, sich stark genug bemüht und obendrein bereit ist, auch mal hart zu arbeiten, findet angeblich etwas.

Das mag für alle gelten – aber offensichtlich bin ich wohl nicht alle. Denn obwohl ich wirklich jede erdenkliche und unerdenkliche Stelle abgeklappert habe, mich von Telefonistin über Putzfrau bis hin zu Verkäuferin wirklich überall beworben habe, wo ich auch nur den Hauch einer Chance sehen konnte – ich habe keine Stelle gefunden.

Überall bin ich vertröstet worden, in ein paar Wochen wäre bestimmt wieder eine Stelle für mich frei. Leider kann ich nicht so lange warten, weil ich nicht weiß, wie ich bis dahin Essen und Miete bezahlen soll. Im Moment sind Semesterferien und die Stadt scheint überfüllt zu sein mit Studenten, die genauso scharf auf einen Job sind wie ich. Dass ich Livie nicht stundenlang alleinlassen möchte, vor allem nachts nicht, kommt erschwerend hinzu. Ich habe mein Lehrgeld diesbezüglich gezahlt, und ich habe teuer bezahlen müssen.

Letztendlich bleibt die Jobsuche die gesamte Woche erfolglos und am Ende bin ich ebenso verzweifelt wie übermüdet.

„Was ist denn mit dir los?“ Cherry lässt entsetzt ihren Bleistift fallen, als ich sie in ihrem Büro besuchen komme, und ich könnte schwören, dass sie alle sichtbaren Stellen meines Körpers auf Hämatome absucht, vermutlich, ohne dass ihr das überhaupt bewusst ist. Man kann sich eben niemals komplett von seiner Vergangenheit lossagen, egal, wie sehr man es auch versucht. Man muss lernen, damit zu leben und sie auszuhalten, so wie ich Cherrys musternden Blick aushalten muss.

Zu ihr zu kommen ist mir alles andere als leichtgefallen. Was absolut nicht an Cherry selbst liegt, ganz im Gegenteil. Zwischen uns hat sich in den letzten Jahren eine Freundschaft entwickelt, auch wenn wir meist nur per Brief oder Telefon zueinander Kontakt hatten. Sie hat Livie und mir einmal sehr geholfen; zusammen mit ihrem Mann

Grayson führt sie einen Verein, der sich um sozial benachteiligte Kinder kümmert. Meine Tochter war früher regelmäßig hier.

Früher war das für mich selbstverständlich. Ich habe gearbeitet, hatte zwei Jobs, damit wir genug Geld zum Leben hatten, während Greg zu Hause geblieben ist, um sich um Livie zu kümmern; zumindest dachte ich das.

Müde reibe ich mir die Augen.

„Ich brauche dringend einen neuen Job." Lange um den heißen Brei herumzureden war noch nie meine Stärke. „Ich hatte gehofft, dass du oder Grayson vielleicht etwas wüsstet, ihr kennt doch so viele Leute. Mir ist ganz egal, was. Du weißt, dass ich mich auch nicht davor scheue, mir die Hände schmutzig zu machen. Es muss nur halbwegs mit Livies Schulzeiten übereinstimmen."

Für einen kurzen Augenblick huscht eine Spur von Erleichterung über Cherrys Gesicht, wer weiß, was sie erwartet hatte, weshalb ich hier bin. Schließlich zeigt sie ein aufmunterndes Lächeln.

„Ich höre mich um. Mach dir keine Sorgen, wir finden schon etwas für dich." Ihr Optimismus wirkt beinahe ansteckend. Wir unterhalten uns noch eine Weile über alles Mögliche, bis ich mich verabschiede. Obwohl sie keine konkreten Zusagen gemacht hat, fühle ich mich dennoch etwas besser, als ich mich von ihr verabschiede. Wenn das jemand hinbekommt, dann ist es ganz sicher Cherry!

# Kapitel 3

+++

Entgeistert starrt Liam Brooks auf das Foto seines Sohnes.

Joshua lächelt ihm darauf entgegen, sein Kindersmoking sitzt wie angegossen, ebenso wie seine Frisur. Die kleine Kinderhand wird von den eleganten, perfekt manikürten Fingern seiner schönen Mutter umschlossen, die ihn strahlend über den roten Teppich zu irgendeiner Filmpremiere führt.

Schlimm genug, dass sie diesbezüglich eigentlich eine Abmachung hatten – nämlich Fotos von ihrem Sohn, soweit es geht, aus der Öffentlichkeit herauszuhalten –, das Foto ist auch noch mitten im Schuljahr entstanden, und zwar nicht in New York, sondern in L.A. Was bedeutet, dass er vermutlich mindestens vier Tage gefehlt haben dürfte. Und das, obwohl Josh eher ein durchschnittlicher Schüler ist.

Ärgerlich klappt Liam die Zeitschrift wieder zu und geht in die Küche, nimmt sich einen Apfel aus der Obstschale, bloß um ihn sofort zurückzulegen und zu der dämlichen Klatschzeitschrift zurückzukehren. Er hätte sie einfach an der Tankstellenkasse liegen lassen sollen – aber bereits auf der Titelseite wurde ein Artikel über Jessica Turner und „ihren süßen Sohn“ angekündigt, und er konnte einfach nicht daran vorbeigehen.

Seite elf, er weiß es mittlerweile, ohne nachschauen oder blättern zu müssen. Das Bild seines Sohnes ist auf Seite elf.

Erneut brandet Wut in seinem Bauch hoch wie eine heiße Welle.

Es ist nicht das erste Mal, dass Jessica sich über Abmachungen, die ihren gemeinsamen Sohn betreffen, einfach so hinwegsetzt. Angefangen bei dem Umzug nach New York, der so niemals abgesprochen gewesen war, über die Wahl für Joshuas Schule bis hin zu seinem öffentlichen Auftritt auf dem roten Teppich.

Als Jessica und Liam sich kurz nach Joshs Geburt getrennt hatten, war es irgendwie selbstverständlich, dass dieser bei seiner Mutter bleiben würde, und das, obwohl Liam es eigentlich besser hätte wissen müssen.

Zur damaligen Zeit war Liam Running Back bei den Boston Raccoons, und er kann in aller Bescheidenheit behaupten, dass er einer der besten Running Backs war, die die Raccoons jemals hatten. Zu diesem Zeitpunkt war einfach kein Platz in seinem Leben für ein Kleinkind. In seinem Leben war für gar nichts anderes als den Football Platz. Wenn er ganz ehrlich ist, war auch für seine damalige Frau kein Platz in seinem Leben, was zumindest einen Teil dessen rechtfertigt, was sie alles angestellt hat.

Wenn man im Football erfolgreich sein will, dann muss man alles dafür geben. Seine Zeit, seinen Körper, seine Gesundheit. Alles andere wird zur Nebensache, denn das

Einzige, das zählt, ist der Erfolg auf dem Platz, für den man gefeiert und bezahlt wird. Ziemlich gut bezahlt sogar, und dieser Teil seines Jobs hat ihr wohl durchaus sehr gefallen. Im Nachhinein glaubt er manchmal, dass dies das Einzige war, was ihr an seinem Leben mit ihm überhaupt gefallen hat.

Ärgerlich greift er nach dem Magazin und wirft es in den Müll, wo es hingehört. In wenigen Wochen wird sich das Problem ohnehin erledigt haben und bis dahin muss er dringend auf andere Gedanken kommen.

Entschlossen läuft er die Treppe hoch und zieht sich um. Er ist gerade dabei, seine Joggingschuhe zuzuschnüren, als das Telefon klingelt. Unwillig schaut er in Richtung des kleinen Apparates und beschließt, das Klingeln einfach zu ignorieren; er ist im Moment beim besten Willen nicht in der Stimmung für Telefonate. Als er mit seinen Schuhen fertig ist, hört das nervige Klingen endlich auf, nur um fast umgehend von vorn loszugehen, während er nach seinen Kopfhörern und seinem MP3-Player greift.

Leise fluchend lässt Liam beides auf sein Bett fallen. Wenn jemand so penetrant ist, kann das eigentlich bloß seine Mutter sein, und in diesem Fall ist es besser, sofort dranzugehen, als sich später stundenlang darüber Vorwürfe anhören zu müssen, dass er nie erreichbar sei.

„Hallo Mom!“

„Hast du das Foto von Josh gesehen? In diesem Schundblatt?“ Seine Mutter war noch nie gut darin, um den heißen Brei herumzureden, wenn ihr etwas auf dem Herzen liegt; sie kommt stets direkt auf den Punkt.

„Ich freue mich auch, von dir zu hören. Geht es dir gut?“ Liam muss trotz seines Ärgers schmunzeln, als er seine Mutter tief Luft holen hört.

„Hallo, mein Junge.“ Ihre Stimme wird weicher.

„Na bitte. Eigentlich dachte ich bisher, dass Eltern ihre Kinder erziehen müssten und nicht umgekehrt“, neckt er sie. „Und ja, um deine Frage zu beantworten, ich habe das Bild gesehen.“

„Willst du etwas dagegen unternehmen? Ich könnte Dana anrufen und fragen, wie wir da vorgehen sollen und …“

„Mom!“, unterbricht Liam sie sanft, aber bestimmt. „Ich ärgere mich auch darüber, dass Josh in diesem Klatschblatt erscheint. Allerdings sind es nur noch Wochen, bis er herkommt, und ich werde alles dafür tun, dass er auch bleiben darf. Jessica ist seine Mutter. Ich meine … na ja. Selbst wenn sie in der Rolle nicht glänzt, hat Josh es doch irgendwie verdient, sie lieben zu dürfen, sie *und* mich. Ich will nicht, dass er das Gefühl hat, er müsse sich für eine Seite entscheiden, aber ich befürchte, dass genau das passieren wird, wenn ich jetzt in irgendeiner Form rechtlich gegen Jessica vorgehe.“

Seine Mom seufzt tief.

„Du bist wirklich viel zu lieb. Von mir hast du das jedenfalls nicht …"

„Das hat mit lieb nichts zu tun. Wenn sie nicht die Mutter meines Sohnes wäre … Aber ich liebe Josh, und sein Wohl steht für mich an erster Stelle." Leider war das viel zu lange anders.

„Trotzdem hat dich diese Frau nicht verdient!"

„Sie ist meine Exfrau, Mom."

„Zum Glück. Ich hätte dich damals warnen sollen. Doch es war so selbstverständlich, dass du sie heiratest, dass ich dachte, ich könne dich sowieso nicht davon abbringen …"

Sie haben diese Art von Gespräch bereits unzählige Male geführt, Liam bekommt mittlerweile Kopfschmerzen davon.

Jessica und er gehörten zu den Paaren, die irgendwie einfach zusammengehörten. Sie haben denselben Kindergarten besucht, dieselbe Grundschule und dieselbe High-School. Im Nachhinein kann er gar nicht mehr genau sagen, wann sie ein Paar geworden sind; den ersten Kuss haben sie wohl irgendwann auf der Junior-High ausgetauscht. Aber wenn man ihre damaligen Klassenkameraden fragen würde, würden diese vermutlich antworten, dass Liam und Jessica schon immer ein Paar waren. Damals gehörten sie so selbstverständlich zusammen wie der Sommer zur Eiscreme und Weihnachten zum

Weihnachtsbaum, und sie war einfach das hübscheste Mädchen, das er jemals zuvor gesehen hatte.

Nach der High-School sind sie auf dasselbe College gegangen und haben beide ehrgeizig an ihrer Karriere gearbeitet. Während für Liam bereits von Kindesbeinen an feststand, dass er Football spielen will, wollte Jessica Schauspielerin werden. Sie hatten beide so hochtrabende Pläne! Und natürlich wollten sie bis an ihr Lebensende zusammenbleiben. Damals waren sie schrecklich verliebt ineinander. Zumindest traf das auf Liam zu. Was Jessica angeht … nun, bis heute wundert er sich manchmal darüber, wie es passieren kann, dass man beinahe sein ganzes Leben lang Kontakt zu einem Menschen hat, ohne ihn wirklich zu kennen.

Liams Blick fällt auf das Foto seines Sohnes auf seinem Nachttisch.

„Du hättest mich ohnehin nicht davon abhalten können, Jessica zu heiraten, Mom. Und wenn du es getan hättest, hätte es Josh niemals gegeben. Und das wollen wir doch beide nicht, oder?“

„Ach Liam!“ Seine Mutter seufzt erneut. „Wahrscheinlich hast du recht. Außerdem lässt sich die Vergangenheit ohnehin nicht mehr ändern.“

„Ganz genau. Das ist übrigens eine Lektion, die du mir beigebracht hast. Was geschehen ist, ist geschehen, die Zeit lässt sich nicht zurückdrehen. Wir müssen hier und jetzt versuchen, das Beste daraus zu machen."

Seine Mutter lacht leise.

„Gut, dass du deiner Mutter wenigstens ab und an mal zuhörst, wo sie doch so kluge Sachen sagt!"

„Ja, ab und an höre ich mal zu. Wer hätte das gedacht …"

„Also wirst du erst mal nichts wegen der Bilder unternehmen?"

„Nein, ich werde einfach dafür Sorge tragen, dass so etwas in Zukunft nicht mehr vorkommt."

Das hat er immer, denkt er, als er fünf Minuten später endlich durch das kleine Waldstück läuft, das an sein Grundstück grenzt. Er hat aus seinen Fehlern gelernt und sorgt nach Kräften dafür, dass weder Jessica noch andere Frauen in seinem Leben je wieder Schaden anrichten können. Er sorgt dafür, dass seine Beziehungen zu Frauen zu keinen Problemen mehr führen, ganz einfach, indem er keine Beziehungen mehr hat, sondern sich auf gelegentlichen, unverbindlichen Sex beschränkt.

All das ist besser. Für seine Nerven, für sein Herz, für seine Finanzen.

Schließlich ist das Leben auch so schon kompliziert genug!

Obendrein wird sich einiges ändern, wenn Josh nun dauerhaft bei ihm einziehen wird, und das mitten im Schuljahr.

Eigentlich dachte Liam bisher, das wäre alles überhaupt gar kein Problem für ihn. Er liebt seinen Sohn von ganzem Herzen und er vermisst ihn immer, wenn sie nicht zusammen sein können. Ein paar Mal hat er sogar darüber nachgedacht, selbst nach New York zu ziehen, doch die Vorstellung, so nah bei Jessica zu wohnen, hat ihn jedes Mal davon abgehalten.

Aber jetzt, wo Joshs Einzug unmittelbar bevorsteht, bekommt er auf einmal Torschlusspanik.

In den Ferien ein guter Vater zu sein – und Liam ist sich ziemlich sicher, dass er das für Josh ist – fällt ihm leicht. Es jeden Tag im Jahr zu sein, sich um all die vielen kleinen Dinge zu kümmern, die Tag für Tag anfallen, im Urlaub aber nicht so relevant sind, wie etwa, dass sein Sohn sich vernünftig ernährt, das bereitet Liam mit einem Mal Sorge.

Vielleicht braucht er ein bisschen Hilfe.

Nicht bei der Erziehung an sich, das bekommt er sicherlich auch so hin. Zumindest, was das Kochen angeht, wäre ein wenig Unterstützung bestimmt nicht fehl am Platze.

Nachher wird er sich ans Telefon hängen, und sich umhören, ob ihm vielleicht jemand eine gute Haushälterin empfehlen kann, die ihm wenigstens die Ernährungsfrage abnimmt.

# Kapitel 4

Es dauert keine vierundzwanzig Stunden, bis mein Telefon klingelt und Cherry sich meldet. Die Ruhe, die vorher in meiner Küche herrschte, und die bis dahin nur vom monotonen Ticken der Uhr unterbrochen wurde, wird so jäh gestört, dass ich mein Handy vor lauter Schreck unter den Küchentisch fallen lasse, und mir heftig den Kopf stoße, als ich es darunter hervorholen will.

„Hallo? Cherry?“ Mit einer Hand nehme ich den Anruf entgegen, mit der anderen reibe ich über die schmerzende Stelle an meinem Hinterkopf, an der sich bereits eine kleine Beule zu bilden beginnt.

„Hallo Gwen!“, flötet sie so gut gelaunt ins Telefon, dass ich mir sicher bin, dass sie erfreuliche Nachrichten für mich hat. Mein Herz schlägt ein bisschen schneller und meine Knie werden weich, so erleichtert bin ich. „Grayson hat sich umgehört und hat etwas für dich gefunden. Als Haushälterin.“

„Als Haushälterin?“ Ich habe nie in meinem Leben als Haushälterin gearbeitet, und um ehrlich zu sein, weiß ich gar nicht, was man da genau für Aufgaben hat.

„Ja, das schaffst du ganz locker.“ Cherry scheint da wesentlich optimistischer zu sein als ich. „Du sollst dich vor allem ums Essen und Einkaufen kümmern. Soweit ich weiß, gibt es sogar eine Putzfrau. Außerdem sollst du ein bisschen auf den zehnjährigen Sohn aufpassen, wenn sein Vater nicht zu Hause ist.“

„Und seine Mutter?“, frage ich beinahe automatisch.

„Liam Brooks ist alleinerziehend. Zumindest bald, sein Sohn zieht in vierzehn Tagen zu ihm.“ Eine bedeutungsschwangere Pause entsteht, und ich merke, dass Cherry darauf wartet, dass ich irgendetwas sage.

„Oh!“, antworte ich irgendwann, weil mir nichts Besseres einfällt. Ein alleinerziehender Vater als Arbeitgeber ist vielleicht nicht unbedingt das, was ich mir vorgestellt hätte – zumindest dann nicht, wenn ich so eng mit ihm zusammenarbeiten werde, wie ich es als Haushälterin vermutlich tun muss. Natürlich würde es mir nichts ausmachen, wenn er Chef eines kleinen, mittleren oder auch großen Unternehmens wäre, und ich als eine von vielen Angestellten dort arbeiten würde. Es ist ja nun nicht so, als hätte ich im Allgemeinen etwas gegen Männer oder alleinerziehende Väter.

„Du machst das schon!“, spricht Cherry mir Mut zu. „Liam Brooks ist wirklich ein sehr netter, bodenständiger Mann. Er hat sich vor zwei Jahren zur Ruhe gesetzt und lebt seitdem eher zurückgezogen. Es gäbe dort sogar eine separate kleine Wohnung für Livie und dich, in der ihr wohnen könntet.“ Im Hintergrund höre ich Stimmen, jemand sagt Cherrys Namen und sie räuspert sich. „Ich habe leider gerade nicht so viel Zeit, gleich habe ich noch einen wichtigen Termin zusammen mit Grayson. Hast du etwas zu schreiben? Dann gebe ich dir schnell die Adresse durch, Grayson hat für heute Nachmittag schon einen Vorstellungstermin für dich vereinbart. Ich hoffe, das passt dir?“

„Ja natürlich, danke! Das ist wirklich wahnsinnig nett von ihm“, höre ich mich selbst murmeln, während ich Zettel und Stift suche. Erst der dritte Kugelschreiber funktioniert, wie sollte es auch anders sein.

Als ich die Adresse aufschreibe, die Cherry mir durchgibt, zittern meine Hände leicht, aber gleichzeitig regt sich Hoffnung in mir. Ein Job! Endlich ein Job.

Den Termin bei Liam Brooks habe ich um vierzehn Uhr und die gesamte Zeit bis dahin scheint sich hinzuziehen wie Kaugummi. Ich räume auf, weil ich irgendetwas tun muss, das meine Hände beschäftigt, sauge Staub, beziehe die Betten frisch – auch wenn das alles eigentlich noch gar nicht nötig gewesen wäre.

Viel zu früh gehe ich nach unten zu meinem Auto, aber in der Wohnung halte ich es auch nicht mehr aus; ich fühle mich dort wie ein Tiger im Käfig. Warten war noch nie meine Stärke, und besonders wenn es um Dinge geht, die mir unangenehm sind, finde ich es fast unerträglich.

Jetzt loszufahren wäre allerdings nicht sonderlich schlau, denn vor einem unbekannten Haus vor der Tür zu stehen und darauf zu warten, dass die Zeit vergeht, wäre sicherlich noch unangenehmer, als zu Hause darauf zu warten.

Einen Moment lang bleibe ich, die Autoschlüssel bereits in der Hand, unschlüssig vor meinem Wagen stehen. Dann beschließe ich, Jordans Kiosk noch einen Besuch abzustatten. Durch Zufall habe ich mitbekommen, dass er diese Woche Nachtschicht hat. Um diese Uhrzeit müsste also ein Angestellter im Laden sein, sodass ich dorthin gehen kann, ohne ihm begegnen zu müssen.

Wahrscheinlich wäre es ohnehin sinnvoll, wenn ich wenigstens eine Kleinigkeit essen würde, bevor ich mich auf den Weg zum Vorstellungsgespräch mache. Zumindest ein paar Kekse oder Salzcracker wären sicherlich eine gute Idee, viel mehr bekomme ich sowieso nicht herunter.

Als ich in den kleinen Laden komme, würde ich am liebsten gleich wieder rückwärts rausgehen, denn hinter dem Tresen steht nicht irgendeine nette Vertretung, sondern Jordan höchstpersönlich, der mich breit angrinst und dabei seinen fehlenden Schneidezahn zeigt. Seine Haut ist talgig, und unter seinen Augen sind immer leichte Ringe zu erkennen, so wie das bei Leuten der Fall ist, die niemals so ganz gesund zu sein scheinen; aber heute sieht er besonders schlimm aus.

„Na, Engelchen? Hattest du Sehnsucht nach mir?“ Er zwinkert mir zu und ich bekomme eine Gänsehaut.

„Ich wollte bloß schnell ein paar Kekse kaufen. Ich habe gleich noch ein Vorstellungsgespräch.“ Das wollte ich ihm gar nicht erzählen, weil es viel zu persönlich ist und ihn rein gar nichts angeht. Aber wenn ich nervös werde, plappere ich manchmal drauflos, ohne vorher nachzudenken.

„Suchst einen neuen Job, ja? Dafür brauchst du nirgends hinzufahren. Kannst sofort bei mir anfangen. Melissa ist heute nicht zur Arbeit erschienen, hat gekündigt. Und mir mit einer Anzeige gedroht. Nur, weil ich ihr neulich den Hintern getätschelt habe. Weiber!“ Sein Blick ist in die Ferne gerichtet und er sieht wütend aus. Als er sich wieder auf mich konzentriert, lächelt er schmierig. „Du wärst nicht so eine, oder, Engelchen? Du würdest dich nicht so anstellen.“ Er mustert mich, als ob er sich bereits ausmalen würde, welche Stellen von mir er als Erstes betatschen will. Ich halte die Keksschachtel, die ich gerade aus dem Regal genommen habe, wie ein Schutzschild vor mich und suche mit der freien Hand nach Kleingeld in meiner Tasche.

„Sorry, ich muss jetzt wirklich los. Ich komme sonst zu spät.“ Ohne nachzuzählen und ihm eine Antwort schuldig bleibend, werfe ich das Geld auf den Tresen und gehe zu meinem Auto, gerade noch langsam genug, um nicht wie ein verschrecktes Kaninchen auf der Flucht zu wirken.

Kaum dass ich in meinem Auto sitze, muss ich mich schütteln. Bevor ich bei Jordan anfange, gehe ich lieber Klos putzen. Oder betteln. Ein klitzekleines bisschen Würde muss man sich schließlich bewahren und ich spiele kurz mit dem Gedanken, dieser Melissa eine Glückwunschkarte zu schreiben, dafür, dass sie gekündigt hat. Außerdem ärgere ich mich über mich selbst, weil ich wieder einmal die Klappe gehalten habe, statt ihm mitzuteilen, dass ich ihn für den letzten Widerling halte.

Während ich vorhin noch gehofft habe, dass mein Auto vielleicht nicht anspringt und ich somit die perfekte Ausrede dafür hätte, doch nicht zu Liam Brooks zu müssen, bete ich nun darum, dass es bitte losfahren möge, denn auf einmal kommt mir das Jobangebot gar nicht mehr so bedrohlich vor wie noch vor wenigen Minuten. Schlimmer als einen Job bei Jordan annehmen zu müssen, kann es ja wohl kaum werden.

Mit schwitzigen Händen drehe ich den Schlüssel im Zündschloss herum und meine stummen Gebete werden ausnahmsweise belohnt. Die alte Klapperkiste springt gleich beim ersten Versuch an und schnurrt wie ein Kätzchen. Wahrscheinlich hofft sie auf eine Garage bei der neuen Wohnmöglichkeit.

# Kapitel 5

Die Fahrt bis zu Liam Brooks' Haus dauert nur wenige Minuten. Es liegt zwar ein bisschen außerhalb von Boston, aber Livie und ich wohnen momentan auch nicht sonderlich zentral.

*Wenn du den Job annimmst, könnte sie auf ihrer Schule bleiben!*

Seufzend umfasse ich das Lenkrad etwas fester.

Wenn …

So ein gemeines kleines Wort. Voller Hoffnung und doch so trügerisch. Was nicht alles gewesen wäre, wenn ich dieses, das oder jenes anders gemacht hätte. Wenn ich in meinem Leben etwas mehr Glück gehabt hätte, wenn ich etwas vernünftiger gewesen wäre.

Ich will nichts hoffen, dann bin ich hinterher auch nicht enttäuscht. Denn es geht wohl weniger darum, ob ich den Job annehmen würde, sondern vor allem, ob ich ihn bekommen werde. Schließlich habe ich keine Erfahrungen als Haushälterin. Natürlich kann ich kochen, ich habe das letzte Jahr für einen kleinen Catering-Service gearbeitet und war auch vorher auf diesem Gebiet nicht ganz untalentiert, und dadurch, dass ich selbst ein Kind habe, verfüge ich auch in diesem Bereich über ein bisschen Erfahrung. Aber das tun

Millionen anderer Frauen auch, und einige von ihnen haben sicherlich zusätzlich auch noch Abschlüsse sowie Arbeitszeugnisse als Haushälterin vorzuweisen. Ich würde also behaupten, dass meine Chancen eher schlecht stehen.

Heute herrscht strahlender Sonnenschein, das Licht ist beinahe grell und der hellblaue Himmel lädt eigentlich eher zu einem faulen Tag am Strand als zu einem Vorstellungstermin ein. Im Auto ist es längst unerträglich heiß geworden und ich versuche, die Klimaanlage anzuschalten, die seit Wochen macht, was sie will, und selten das, was ich gerne hätte. Mal springt sie an und mal nicht, und wenn sie dann läuft, arbeitet sie entweder kaum wahrnehmbar oder so stark, dass ich denke, ich bin in der Arktis gelandet. Wirklich – neulich hätte ich schwören können, einen Eisbären im Rückspiegel gesehen zu haben.

Heute springt das blöde Dinge nicht an.

Natürlich nicht.

Es ist ja keinesfalls so, als wäre ich nicht sowieso schon nervös genug. Da sind dicke Schweißflecken auf dem Kleid und eine schicke Tomatenröte in meinem Gesicht Dinge, die ich wunderbar gebrauchen kann. Nicht.

Zum Glück ist die Fahrt nicht so weit, sodass sich der Hitzeschaden an mir noch in Grenzen hält.

Dafür stehe ich vor einem neuen Problem: Die Adresse, die Cherry mir gegeben hat, kann unmöglich stimmen. Sie hat mir zwar etwas von einem Haus mit großem Garten erzählt, doch ich bin vor einer Villa mit Park gelandet.

Einer riesigen Villa mit einem gigantischen Park, um es ganz genau zu nehmen.

Ich überprüfe die Adresse dreimal, bevor ich aussteige, aber meine Notizen stimmen eindeutig mit Straßennamen und Hausnummer überein.

Während ich etwas zögerlich zu dem beinahe respekteinflößenden Gebäude hinübergehe, nehme ich mir fest vor, Cherry zu fragen, ob sie überhaupt schon mal hier gewesen ist, und wenn ja, ob sie mich nicht hätte vorwarnen können.

Die Anlage wird von einem schmiedeeisernen Zaun eingefasst, das Tor am Eingang steht jedoch offen. Da ich dort keine Klingel finden kann, gehe ich weiter in Richtung Haus.

Bereits nach den ersten paar Metern fällt mir etwas auf: Es duftet unglaublich hier. Betörend, süß und nach Rosen. Trotz all meiner Nervosität halte ich einen Moment lang inne und schließe die Augen, um den Duft in mich aufzunehmen.

Der Geruch erinnert mich an meine Kindheit und an das Ferienhaus, das meine Eltern an der Küste gemietet hatten, bevor sie sich trennten. An ein kleines Stückchen heile Welt. Zumindest kam es mir damals so vor.

Als ich meine Augen schließlich wieder öffne, scheint es so, als würden meine Beine nicht mehr ganz so zittrig sein und meine Handflächen ein bisschen weniger schwitzen. Es gelingt mir sogar, ein kleines Lächeln aufzusetzen, während ich mich endgültig auf den Weg zur Haustür mache.

Obwohl das Gebäude selbst eher modern gehalten ist – ein großer weißer Klotz mit einem grauen Dach –, wirkt der Garten wie aus einem halb vergessenen Märchen, etwas in der Art, bei dem man sich nicht wundern würde, wenn es irgendwo ein verwunschenes Tor geben würde, das einen schnurstracks in eine andere Welt befördert, sobald es sich öffnet, oder eine Herde Einhörner unversehens um die Ecke getrabt kommen würde.

Mit einem Kopfschütteln versuche ich die versponnenen Gedanken aus meinem Kopf zu vertreiben – wahrscheinlich hat Rosenduft in hoher Dosis eine psychedelische Wirkung auf mich, anders kann ich mir das nicht erklären.

Dann hat das Hier und Jetzt mich schneller wieder eingeholt, als es mir lieb ist, denn statt vor einer sich öffnenden Märchenpforte stehe ich vor einer massiv wirkenden Eingangstür aus Eiche, die trotz mehrmaligen Klingelns fest verschlossen bleibt.

Ein paar Augenblicke lang bleibe ich an Ort und Stelle stehen. Das ist eben der Unterschied zwischen einem Märchen und dem richtigen Leben – im letzteren kommt man manchmal nicht dazu, glücklich bis an sein Lebensende zu leben, weil dafür immer etwas fehlt.

Allerdings bin ich nicht hergekommen, um nun so einfach aufzugeben. Cherry hat diesen Termin für mich gemacht, also sollte man eigentlich davon ausgehen können, dass auch jemand hier ist. Cherry ist absolut zuverlässig und obendrein niemand, mit dem man sich unbedingt anlegen will – und sei es durch verpasste Termine. Nicht etwa, dass sie körperlich sonderlich furchteinflößend wäre, ganz im Gegenteil. Genau wie ich ist sie eher klein und zu dünn, aber sie gehört zu den entschlossensten und energischsten Personen, die mir jemals begegnet sind.

Wenn sie mir einen Termin gemacht hat, habe ich auch einen und dann wird auch irgendwo jemand sein, um mit mir zu sprechen!

Ich atme ein paar Mal tief ein – der Rosenduft ist nach wie vor umwerfend –, anschließend straffe ich meine Schultern und richte mich so groß wie möglich auf. Sicheres Auftreten ist in solchen Momenten schließlich alles, und ich soll ja den Posten als Haushälterin antreten. Vor meinem inneren Auge erscheint bei diesem Wort eine gestandene Matrone Mitte fünfzig mit einem grauen Kleid und einem riesigen Schlüsselbund, der bei jedem ihrer Schritte gegen ihre Hüfte klimpert. Eine Haushälterin verfügt über Kompetenz und hat alles jederzeit im Griff. Niemals würde sie sich davon abschrecken lassen, dass ihr jemand nicht die Tür öffnet, wenn sie klingelt. Also werde ich das auch nicht tun!

Mit forschem Schritt mache ich mich auf den Weg, um wenigstens einmal um das Haus herumzugehen. Vielleicht sitzt Mr. Brooks ja auf seiner Terrasse und hört mich deshalb nicht.

*Einmal um das Haus herum* erweist sich ziemlich schnell als ordentliche Herausforderung. Der Garten zu diesem Haus ist kein Garten, sondern ein Park. So etwas habe ich in Privatbesitz noch niemals zuvor gesehen. Die Beete, oder vielmehr die Grünanlagen, erstrecken sich zum Teil so weit, dass man das Haus dahinter kaum noch erkennen kann, und mitunter bleibt mir nichts, als zu raten, wo entlang ich gehen muss, um überhaupt in der Nähe des Hauses zu bleiben. Mit jedem meiner Schritte beginne ich den armen Gärtner, der das alles in Schuss halten muss, mehr zu bedauern. Überall blüht etwas, wächst etwas, grünt etwas, und mit jedem Meter, den ich gehe, verändern sich die Geräusche, weil der sanfte Wind andere Blätter zum Rascheln bringt.

Ich entdecke jede Menge Vögel, Schmetterlinge, eine grau getigerte dicke Katze, die träge in der Sonne döst und sich nicht einmal von dem Eichhörnchen stören lässt, das nur wenige Meter von ihr entfernt über einen der kleinen Kieswege springt, die sich labyrinthartig über das gesamte Gelände verteilen zu scheinen.

Bloß Mr. Brooks kann ich nirgendwo finden. Der Märchenonkel scheint im Märchenparadies zu fehlen.

Irgendwann gebe ich es auf. Ohnehin komme ich mir wie ein Eindringling vor, als würde ich etwas Verbotenes tun. In einem allerletzten Versuch gehe ich noch einmal die fünf Stufen zum Haus hoch, um erneut zu klingeln, doch auch dieses Mal rührt sich nichts.

Vielleicht fahre ich auf dem Rückweg bei Cherry vorbei und frage sie, ob sie einen neuen Termin für mich vereinbaren kann. Aber höchstwahrscheinlich habe ich einfach Pech und Mr. Brooks hat längst eine neue Haushälterin gefunden, jemand mit besseren Referenzen. Höchstwahrscheinlich ist er deshalb nicht zu Hause – er hat bereits jemanden eingestellt und vergessen, mir abzusagen.

Seufzend schaue ich mich ein letztes Mal um und atme ein letztes Mal mit geschlossenen Augen den Rosenduft ein. Wenn ich hier schon nicht arbeiten werde, will ich das zumindest noch genießen, bevor ich mich unverrichteter Dinge auf den Heimweg mache.

Als ich die Augen wieder öffne, blicke ich mitten in ein Paar himmelblaue Augen, die mich verwundert betrachten. Bevor ich es unterdrücken kann, stoße ich einen leisen Schrei aus. Im selben Moment verliere ich auf der Treppe das Gleichgewicht und das Einzige weit und breit, an dem ich mich festhalten kann, ist ein Paar breite Schultern.

# Kapitel 6

„Langsam. Immer langsam.“ Der tiefe Bariton des Mannes vor mir lässt mich zusammenzucken, genau wie seine Hände, die sich um meine Taille gelegt haben, während er mich einen Moment länger festhält, als es nötig gewesen wäre.

„Oh!“, antworte ich und höre mich an, als wäre ich nicht ganz zurechnungsfähig oder aber hätte zumindest einen IQ im bedenklich tiefen Bereich. Langsam richte ich mich auf und mache einen Schritt seitwärts, um etwas Raum zwischen den Mann und mir zu bringen. Mir sind Berührungen von Fremden unangenehm und es kostet mich meine gesamte Selbstbeherrschung, nicht noch einen weiteren Schritt nach hinten auszuweichen – was auf einer Treppe vermutlich keine gute Idee wäre.

Während ich mein Gegenüber mustere, gelingt es mir wieder, halbwegs klar zu denken.

Die meisten Frauen würden den Mann vor mir sicherlich als attraktiv bezeichnen. Groß, muskulös, strahlend blaue Augen und blonde Haare, die aussehen, als wäre er zu oft mit den Händen hindurchgefahren. Er hat etwas von einem All-American-Boy, wenn da nicht dieses Lächeln wäre, das ein wenig zu schief ist, um nicht verwegen zu wirken, außerdem die Narbe, die seine rechte Augenbraue im letzten Drittel teilt. Seine Nase scheint mehrfach gebrochen gewesen und nicht mehr richtig gerade zusammengewachsen zu sein, was ihm komischerweise sehr gut steht. Außerdem sind da diverse Tattoos, stelle ich fest, als mein Blick etwas tiefer gleitet. Beinahe jeder Zentimeter seiner Arme, die unter einem alten, grauen T-Shirt hervorschauen, ist mit bunten Bildern überzogen. Vor allem Blumen, die an anderen Männern vielleicht ihre feminine Seite über die Maßen betont hätten, an ihm jedoch völlig maskulin wirken. Was vielleicht daran liegen mag, dass Typen wie er einfach gar keine feminine Seite haben. In der Hosentasche seiner alten ausgewaschenen Jeans steckt ein Paar Gartenhandschuhe sowie etwas, das aussieht wie eine Rosenschere.

*Der Gärtner!*

Ich erspare ihm den Vortrag über die Gefahren von scharfen Gegenständen in Hosentaschen. Ich bin mir sicher, dass er das nicht begrüßen würde, mit einer Wildfremden über die Folgen von Kastration und Genitalamputationen zu sprechen. Mal ganz abgesehen davon, dass mir so ein Gespräch ebenfalls deutlich zu intim wäre. Dennoch kann ich nicht verstehen, wie unvernünftig manche Menschen sind, mal ehrlich.

Ich muss dringend auf andere Gedanken kommen.

Mein Blick gleitet zurück zu seinem Gesicht, zu dem noch immer schiefen Lächeln, zu diesen Augen, die beinahe unnatürlich blau sind, betont noch durch einen dunklen Ring um die Iris. Er hat etwas von einem Wolf im Schafspelz. Und etwas, das mich einschüchtert. Allerdings ist das bei mir nicht sonderlich schwer. Männer schüchtern mich ein, ich bin extrem vorsichtig geworden – eine Lektion, die mich das Leben mit all seiner Härte gelehrt hat. Und wenn ich doch mal einen Mann anziehend finde, dann bevorzuge ich einen ganz anderen Typ. Sanfter, kleiner, schmaler. Weniger … bedrohlich.

Aber all das geht den Typen vor mir nichts an. Also atme ich ein weiteres Mal tief durch.

„Danke für Ihre Hilfe!" Ich versuche es ebenfalls mit einem Lächeln, eines, das hoffentlich nicht so aufgesetzt wirkt, wie es sich anfühlt. „Vielleicht könnten Sie mir ein weiteres Mal helfen. Ich bin eigentlich auf der Suche nach Mr. Brooks."

Sein Blick wird intensiver, ich kann eine Spur von Verwirrung in seinem Gesicht erkennen, bevor sein Gesichtsausdruck undeutbar wird.

„Einer Lady in Nöten helfe ich doch immer gern." Er mustert mich beinahe so unverfroren, wie ich es vorhin bei ihm getan habe. „Zumal, wenn es so einfach ist. Sie haben ihn bereits gefunden."

Ich bin mir sicher, dass ich mindestens genauso irritiert aussehe wie er noch vor wenigen Sekunden.

„Wie bitte?"

Ohne dass sein Lächeln auch nur minimal verrutschen würde, streckt er mir die Hand hin, die ich ergreife, ohne es zu wollen.

Seine Finger fühlen sich fest und warm an, während sie sich um meine schließen. Und irgendetwas in mir schlägt Alarm, als würde durch seine Berührung ein Prozess in mir in Gang gesetzt werden, von dem ich nicht weiß, wie ich ihn wieder zum Stoppen bringen soll. Am liebsten würde ich meine Hand sofort wieder wegziehen, aber er hält sie zu fest, als dass mir das gelingen würde, ohne dass es merkwürdig wirkt.

„Sie müssen Gwen Campbell sein. Wenn ich mich vorstellen darf – ich bin Liam Brooks. Bitte verzeihen Sie die Verspätung, ich war so sehr mit meinen Rosen beschäftigt, dass ich unseren Termin total vergessen hatte."

„Oh, die Rosen!", murmle ich ziemlich neben der Spur. Sie sind mir ja tatsächlich bereits aufgefallen, weil sie in Topzustand und kaum zu übersehen sind. Genau wie ihr Gärtner.

Nein, nicht ihr Gärtner. Mr. Brooks! Ich hatte ihn mir völlig anders vorgestellt. Älter. Sehr viel älter. Und … seriöser. Ebenfalls sehr viel.

+++

Kopfschüttelnd schaut Liam Brooks der Frau nach, die seine Haushälterin werden wird, auch wenn sie es selbst anscheinend kaum fassen kann. Vielleicht wirkt sie aber auch immer so wie gerade, ein Balanceakt zwischen unsicher und resolut, als hätte sie im Leben viel zu oft den Kopf einziehen und gleichzeitig viel zu stark werden müssen, um zu überleben.

Wahrscheinlich hätte er sie nicht eingestellt, wenn Cherry sie ihm nicht so wärmstens empfohlen hätte.

Die Frau seines Ex-Footballkollegen hat ein großes Herz für Personen, die in irgendeiner Form Hilfe benötigen. Seit ein paar Jahren leitet sie zusammen mit ihrem Mann Grayson eine Einrichtung, in der Kinder aus sozial schwachen Familien nach der Schule betreut und gefördert werden.

Liam vermutet, dass Cherry Gwen dort kennengelernt hat, vermutlich als Mutter, aber genauer weiß er es nicht. Es interessiert ihn auch nicht.

Nicht, dass ihm andere Menschen egal wären, doch die Vergangenheit sowie das Privatleben seiner Haushälterin geht ihn beim besten Willen nichts an, solange sie nur ihren Job gut macht und nichts Illegales tut. Aber wenn Cherry auch nur den Hauch eines Zweifels an ihrer Integrität hätte, hätte sie sie ihm niemals empfohlen.

Lächelnd geht Liam zurück zu seinen Rosen und schneidet die verwelkten Blüten ab.

Offenkundig hat sie ihn für den Gärtner gehalten, was ihn eher amüsiert als verärgert. Er ist in seinem Leben schon für weitaus Schlimmeres als sein eigenes Personal gehalten worden.

Seine Körpergröße, die Tätowierungen sowie die vielen Muskeln genügen, um viele Menschen zu erschrecken. Bevor er durch den Profisport zu einem gewissen Bekanntheitsgrad gelangt ist, kam es des Öfteren vor, dass Mütter ihre Kleinen hektisch auf den Arm genommen und ältere Damen ihre Handtaschen fester an sich gedrückt haben, sobald er irgendwo aufgetaucht ist.

Nachdem er als Running Back für die Boston Raccoons gespielt hat, ist ihm das allerdings eher selten passiert, innerhalb Bostons erst recht nicht.

Zugegeben, als er sich aus dem Profisport verabschiedet hat, hat er einiges an Beliebtheit einbüßen müssen. Weniger wegen der Verabschiedung selbst, als wegen der Dinge, die er öffentlich gemacht hat. Grayson White ist einer der wenigen Ex-Kollegen, die heute noch mit ihm reden.

Liam Brooks hat in den Augen vieler Unmögliches über den beliebtesten Sport in den USA gesagt, einer der letzten Bastionen, in der Männer sich noch wie Männer fühlen dürfen – und sei es auf der Zuschauerbank.

Leider wird dabei oft vergessen, dass es um viel mehr geht als um Sport. Mit Football werden in den USA jedes Jahr Milliarden von Dollar verdient – und wenn es um Geld geht, spielen bei vielen Menschen Dinge wie Ethik und Moral plötzlich nur noch eine sehr untergeordnete Rolle. Je höher die Summen sind, desto schlimmer wird es.

Doch momentan hat Liam ganz andere Sorgen, nämlich die bestmögliche Versorgung seines Sohnes. Und er ist guter Dinge, dass Gwen ihren Teil dazu beitragen kann. Obendrein ist auch ihr selbst sowie ihrer Tochter damit geholfen. Eine Win-win-Situation vom Feinsten.

+++

# Kapitel 7

„Du hättest mich wirklich vorwarnen können!“ Ich bin mir nicht ganz sicher, ob ich tatsächlich auf Cherry wütend bin oder doch eher auf mich selbst. Vermutlich ist Letzteres der Fall. Ich hätte mich ja auch einfach besser informieren können.

„Ich bin davon ausgegangen, dass du weißt, wer Liam Brooks ist.“ Grinsend nippt sie an ihrem Eistee. „Ich meine: Jeder weiß, wer Liam Brooks ist. Sogar ich weiß das! Er war jahrelang der Star schlechthin der Boston Raccoons. Und wir leben immerhin in Boston.“

„Du bist mit einem Footballspieler verheiratet. Du musst so etwas wissen!“ Auch wenn man mit vollem Mund nicht reden soll, stopfe ich mir noch eine Gabel voll Sahnetorte in den Mund, bevor ich fortfahre: „Aber ich interessiere mich nicht für Football!“ Es klingt ein bisschen undeutlich, aber ich schlucke nebenher den Kuchen herunter, fast ohne ihn zu kauen, und esse gleich das nächste Stück. Ich brauche Zucker und Kalorien, um meine aufgewühlten Nerven zu beruhigen, ganz dringend.

„Ich bin mit einem Ex-Footballspieler verheiratet“, korrigiert Cherry mich grinsend und schiebt sich eine rotblonde Haarsträhne hinter das Ohr. „Mal abgesehen davon, wusste ich auch davor schon, wer Liam Brooks ist."

„Weil du anscheinend eine Schwäche für Footballspieler hast", erwidere ich und greife nach einem neuen Stück Torte. Endlich ist mein Appetit zurückgekehrt, das wurde auch Zeit. Ich weiß, dass die meisten Frauen gerne zwei bis zwanzig Kilo abnehmen würden, aber ich war bereits als Kind zu dünn und bin es bis heute geblieben, ohne etwas dafürzukönnen. Während andere unter Stress anfangen zu essen, verschlägt es mir den Appetit, und auch sonst neige ich einfach nicht dazu, Fett anzusetzen. Das mag für den ein oder anderen beneidenswert klingen, aber ich weiß, dass immer wieder jemand hinter meinem Rücken darüber tuschelt, ob ich vielleicht eine Essstörung habe. Manchmal denke ich, dass zu dünn zu sein gesellschaftlich auch nicht akzeptierter ist, als zu dick zu sein. Wahrscheinlich wie bei den meisten Dingen, die irgendwie in den Köpfen der Mitmenschen nicht der Norm entsprechen.

„Ex-Footballspieler, wenn überhaupt! Aber mal ganz abgesehen davon, hat Liam für reichlich Schlagzeilen gesorgt, bevor er sich schließlich zur Ruhe gesetzt hat."

„Siehst du!" Ich fuchtele mit der Gabel in der Luft herum. „Genau da liegt das Problem: Als du mir erzählst hast, dass Mr. Brooks eine Haushälterin sucht und du außerdem etwas von Ruhestand erwähnt hast ... na ja. Da hatte ich eben ein bisschen andere Erwartungen. Selbst, als du erwähntest, dass er ein Kind hat."

„Du hast mit einem älteren Herrn gerechnet, oder?"

Als ich nicke, fängt Cherry so heftig an zu lachen, dass ich befürchte, dass ihr der Schluck Tee, den sie gerade getrunken hat, gleich wieder zur Nase herauskommen wird.

In der Tat ist Liam Brooks von einem älteren und eher gesetzteren Herrn, wie ich ihn erwartet hätte, mehr als weit entfernt. Um genau zu sein, stellt er beinahe das Gegenteil dar. Ich hätte mit allem gerechnet, nur nicht mit Liam Brooks selbst.

„Ich habe ihn für den Gärtner gehalten …", gestehe ich ziemlich kleinlaut. „Ich meine, mal ehrlich … Wie hätte ich ahnen sollen, dass ein Typ um die dreißig, der so aussieht, sich eine solche Villa leisten kann? Er wirkt eher wie jemand, der jeden Abend Party macht und Hotelzimmer verwüstet. Außerdem hast du gesagt, er hat sich vor zwei Jahren zur Ruhe gesetzt! Zur Ruhe setzen ist doch wohl auch eher etwas, das man im Allgemeinen mit Rentnern verbindet und nicht mit Typen um die dreißig, die aussehen wie Rockstars!"

Cherry lacht noch immer, und ich warte einfach ab, bis sie sich langsam wieder beruhigt.

„Du hast wirklich Glück, dass Liam alles andere als eitel ist." Mit dem Handrücken wischt sie sich eine verirrte Lachträne aus dem Auge. „Ich kenne ein paar von Graysons

Kollegen, die sich so in ihrer Eitelkeit gekränkt fühlen würden, dass sie wahrscheinlich nie wieder ein Wort mit dir geredet und dich ohne langes Federlesen vor die Tür verfrachtet hätten." Ihre Gesichtsfarbe normalisiert sich langsam. „Wobei es ja weitaus Schlimmeres gibt, als für den Gärtner gehalten zu werden. Dennoch ... du weißt ja, wie die Typen, die sich für Stars halten, manchmal so sind."

„Wie gesagt – du hättest mich vielleicht vorwarnen können!"

„Das hätte ich, wenn ich gewusst hätte, dass es nötig gewesen wäre."

„Ich weiß", murmle ich, und kann schon fast selbst über die Situation schmunzeln. „Aber zum Glück ist es ja auch so gut gegangen ..."

„Du wirst den Job also annehmen?"

Ich widerstehe dem Drang, die Augen zu schließen und dramatisch zu seufzen. Auch wenn mir danach wäre. Oder grundlos in Tränen auszubrechen. Schließlich antworte ich Cherry, was ich mir selbst schon die ganze Zeit sage:

„Ich habe ja kaum eine Wahl – ich brauche dringend einen neuen Job. Doch selbst, wenn ich mehr Entscheidungsmöglichkeiten hätte: Die Bezahlung ist spitze; und die Wohnung, von der du gesprochen hast, ist in Wirklichkeit ein kleines Häuschen. Ein süßes kleines Cottage, das auf seinem riesigen Grundstück liegt. Nah genug dran, um jeden Tag bequem zu Fuß zur Arbeit zu gehen, aber weit genug weg, um unsere Privatsphäre bewahren zu können. Es ist ein absoluter Traum. Wir dürfen sogar dort bleiben, wenn es mit dem Job selbst aus irgendwelchen Gründen nicht klappen sollte. In dem Fall dann eben regulär zur Miete." Ich seufze tief. „Livie wird es dort lieben. So sehr sie Boston auch vermisst hat – sie hätte gerne wieder einen Garten. Und vielleicht mal irgendwann ein Haustier. Allein das Haus wäre schon Grund genug, den Job anzunehmen."

Cherry lächelt mich an und ihr Gesicht wirkt auf einmal ganz weich und einfühlsam.

„Das klingt großartig! Ich freue mich sehr für euch." Dann zögert sie einen Moment lang. „Aber du weißt, dass Grayson und ich dir auch jederzeit Geld geben würden, oder? Du musst den Job nicht annehmen, wenn du ein schlechtes Gefühl dabei hast. Ich weiß ja, dass dein Vertrauen in Männer … nun ja. Nicht unbedingt das größte ist. Und das zu Recht."

Mit der Gabel schiebe ich die übrig gebliebenen Kuchenkrümel auf meinem Teller von der einen Seite auf die andere. Es dauert eine Weile, bis ich mir endlich eine gute Antwort zurechtgelegt habe.

„Ich weiß, dass ihr das machen würdet. Aber mir ist es wichtig, es aus eigener Kraft zu schaffen. Und auch wenn ich dir unendlich dankbar dafür bin, dass du mir diesen Job besorgt hast, selbst das ist mir schon unangenehm genug.

Obendrein könnte es mich kaum besser treffen. Wie gesagt, die Bezahlung ist überdurchschnittlich gut und das Cottage ein Traum."

Dass ich dennoch ein seltsames Gefühl dabei habe, verschweige ich Cherry wohlweislich. Denn das ist allein mein Problem, mit dem ich ebenfalls allein zurechtkommen muss. Ich kann mich ja nicht den Rest meines Lebens vor allen Männern verstecken, nur weil ich einmal an einen geraten bin, der ein brutales Arschloch gewesen ist.

Ich denke noch darüber nach, als ich mich längst von Cherry verabschiedet habe und wieder in meinem Auto sitze.

Liam Brooks macht mir Angst. Er ist viel zu groß, viel zu muskulös, viel zu wild. Und na ja – er ist eben ein Mann. Einer von der harten Sorte, und nicht von der stillen und sanften. Aber der Job ist wirklich super und optimal für Livie und für mich. Also werde ich die Zähne zusammenbeißen und ihn annehmen. Ich habe genug Zeit gehabt, um mich zurückzuziehen und meine Wunden zu lecken, jetzt wird es Zeit weiterzuleben. Schon allein, weil Livie damit begonnen hat, genau das zu tun, und ich befürchte, sie über kurz oder lang zu verlieren, wenn es mir nicht gelingt, wenigstens ansatzweise mit ihr Schritt zu halten.

Und dann ist da noch ein weiteres Problem, eines, das mir beinahe ebenso große Sorge bereitet. Die Begegnung mit Liam Brooks heute hat mich verwirrt, und zwar auf eine Art und Weise, die ich niemals erwartet hätte. Etwas an ihm bringt mich dazu, den Sitz meiner Kleidung, meiner Frisur und meines Make-ups überprüfen zu wollen, es verleitet mich dazu, den Bauch einzuziehen, die Brust herauszustrecken und mir über die Lippen zu lecken. Männer wie Liam Brooks sind vermutlich erfunden worden, um sicherzustellen, dass die Menschheit nicht ausstirbt. Sie verleiten Frauen dazu, lauter dumme Dinge zu tun, wie beispielsweise ihre Unterwäsche zu verlieren und dabei dümmlich zu kichern. Ich bin mir nicht sicher, ob es mir Angst machen sollte, dass ich so einen Kerl irgendwie anziehend finde, oder ob ich es lieber als Fortschritt sehen sollte, dass mich überhaupt mal wieder jemand interessiert.

Immerhin bin ich eine erwachsene Frau und ich habe mich selbst bestens im Griff. Ich schaffe es, mich schwierigen Situationen zu stellen. Ein bisschen sexuelle Anziehung wird mir bei meinem neuen Job also nicht im Weg stehen. Niemals.

Bevor ich nach Hause fahre, schaue ich im Supermarkt vorbei und gebe unser letztes Geld für ein kleines Festessen aus; sogar das teure Eis mit Erdbeerkäsekuchengeschmack, das Livie so sehr liebt, gönne ich uns.

Ich muss mich selbst beruhigen und mir den neuen Job ein bisschen schönfeiern. Außerdem plagt mich das schlechte Gewissen, weil wir schon wieder umziehen müssen. Bereits zum zweiten Mal in diesem Jahr, und in den letzten vier Jahren habe ich irgendwann aufgehört mitzuzählen. Eines aber weiß ich ganz sicher: Es war eindeutig zu oft.

# Kapitel 8

Abends fahre ich zu Livies Großeltern, um meine Tochter dort abzuholen. Genauer gesagt, zu meinen Ex-Schwiegereltern. Ich glaube, sie haben mir bis heute nicht ganz verzeihen können, dass ich mich von Greg habe scheiden lassen, aber für mich gab es gar keine andere Möglichkeit. Es war für mich einfach unmöglich, mit dem Mann verheiratet bleiben, der mich mehrfach so schwer misshandelt hat, wenn er betrunken war, dass ich aufgrund meiner Verletzungen ins Krankenhaus musste. Ich hätte mich viel, viel früher von ihm trennen sollen, doch das habe ich erst eingesehen, als es schon zu spät war. Erkannt habe ich es erst, als er so betrunken war, dass er Livie aufgrund einer Banalität den Arm gebrochen hat, und das mit voller Absicht.

Dabei hätte ich die Anzeichen längst sehen müssen, aber bis dahin war ich fest davon überzeugt, dass ich die Einzige war, die Greg geschlagen hat. Und was mich selbst betrifft … Nun, da kann ich einiges aushalten. Zumal ich bis dahin keine andere Lösung gesehen habe. Ich war fest davon überzeugt, dass er unserer Tochter niemals auch nur ein Haar krümmen würde, und dass wir mit ihm besser dran wären, als ganz auf uns allein gestellt. Ich selbst habe mich als Kind so sehr nach einer heilen Familie gesehnt und fand die Scheidung meiner Eltern so unerträglich, dass mir alles besser erschien als das.

Außerdem war ich naiv genug, um zu glauben, dass er sich ändern würde. Jedes verdammte Mal, wenn er wieder nüchtern war und mir gegenüber beteuert hat, wie leid ihm das alles tut, habe ich ihm geglaubt. Weil ich ihm einfach glauben wollte. Weil ich ihn geliebt habe. Und wenn er mich unter Tränen um Verzeihung angefleht hat, mir immer und immer wieder gesagt hat, wie sehr er mich braucht, habe ich jedes Mal neue Hoffnung geschöpft und ihm verziehen. Im Nachhinein komme ich mir erbärmlich und feige deswegen vor. Allerdings es ist ja ein weit verbreitetes Phänomen, dass man hinterher meistens schlauer ist.

Wahrscheinlich werde ich mir selbst das Ganze ebenso wenig jemals verzeihen können, wie ich es ihm verzeihen kann.

Dennoch habe ich Livie den Kontakt zu ihren Großeltern niemals verboten, schließlich sind sie die einzigen Großeltern, die sie noch hat. Und im Gegensatz zu Greg selbst sind sie stets gut zu Livie gewesen – und zu mir ebenfalls. Wenn man ihnen einen Vorwurf machen kann, dann vielleicht, dass sie ihren Sohn zu sehr lieben. Aber kann man Eltern daraus wirklich einen Vorwurf machen? Ich würde zu meiner Tochter stehen, egal was sie tut, weil sie eben mein Kind ist, und ich gar nicht anders kann.

Allerdings würde ich vermutlich nicht tatenlos dabei zusehen, wie sie sich selbst und andere verletzt – das steht auf einem anderen Blatt.

Daisy, meine Schwiegermutter ist eine kleine untersetzte Frau mit lila-grauen Locken, die immer aussieht wie ein hektischer übergewichtiger Pudel.

Ich muss gestehen, dass ich niemals so richtig warm mit ihr geworden bin.

Es ist nicht so, als könne ich sie nicht leiden, aber sie steht mir auch nicht sonderlich nah.

Zu meinem Schwiegervater Christopher habe ich ein besseres Verhältnis, sofern man überhaupt von so etwas sprechen kann – er hält sich meistens sehr im Hintergrund und verbringt die Zeit lieber in seiner Garage, wo er an seinen Autos herumschraubt. Er ist das genaue Gegenteil von seiner Frau: Wo sie zu dick ist, ist er tendenziell eher zu schlank, wo sie zu viel redet, hüllt er sich in Schweigen. Ich frage mich manchmal, wie die beiden es eigentlich so lange miteinander ausgehalten haben, aber immerhin sind sie mittlerweile beinahe vierzig Jahre verheiratet.

Greg war ein Wunschkind, auf das seine Eltern lange haben warten mussten. Seine Mutter war bereits über vierzig, als sie mit ihm schwanger geworden ist, nach vielen vergeblichen Versuchen mit künstlicher Befruchtung und einigen Fehlgeburten, wie sie mir einmal anvertraut hat.

Natürlich muss das nicht generell schlecht sein. Wenn man erst spät Eltern wird, mag das genauso viele Vor- und Nachteile haben, wie es in jungen Jahren der Fall ist.

Manchmal glaube ich, dass Gregs Mutter Liebe mit dem völligen Fehlen von Grenzen und Regeln verwechselt hat.

„Gwennie, Liebes!“, trällert Daisy, als sie mir die Tür öffnet. Ich hasse es, wenn sie mich so nennt, aber früher habe ich es einfach so geschehen lassen und mittlerweile denke ich, dass es zu spät ist, um sie noch daran zu gewöhnen, mich nur Gwen zu nennen. „Livie sitzt noch in der Küche und isst. Ich habe extra einen Oma-Spezial-Pfirsichkuchen für sie gebacken. Du weißt schon, die Sorte, die sie am liebsten isst.“

Ja, ich kenne die Sorte ganz genau, weil es sich bei dem „Oma-Spezial“ um ein Rezept von mir handelt – aber was soll's. Ich freue mich trotzdem darüber, dass Daisy sich die Mühe gemacht hat, und dass es Livie immer so gut geht, wenn sie bei ihnen ist; sie wird nach Strich und Faden verwöhnt. Obendrein bin ich dankbar dafür, dass sie auf Livie aufgepasst haben, auch wenn sie wahrscheinlich längst groß genug wäre, ein paar Stunden allein zu Hause zu bleiben.

Daisy führt mich ins Wohnzimmer mit der offenen Küche. Der Raum wird von einem schwarzen Ledersofa dominiert und ist ansonsten so aufgeräumt, dass jeder Ausstellungsraum im Möbelhaus dagegen vor Neid erblassen würde. Obwohl, vielleicht auch nicht. Denn eigentlich ist es hier annähernd steril, und meine Tochter, die Pfirsichkuchen essend auf dem Sofa sitzt, wirkt beinahe wie ein Fremdkörper.

„Hallo Mommy!“ Livie beginnt über das ganze Gesicht zu strahlen, als sie mich sieht, schiebt sich noch schnell die letzte Gabel voll Kuchen in den Mund, steht dann artig auf, um den leeren Teller in die Küche zu bringen, bevor sie zu mir kommt, um mich fest zu umarmen. Ich frage mich in solchen Momenten jedes Mal, womit ich ein solch braves Kind eigentlich verdient habe.

„Hallo, meine Süße.“ Ich drücke sie an mich und küsse ihren Scheitel, der nach dem Erdbeershampoo duftet, das sie zum Haare waschen benutzt. Auch wenn es völlig irrational sein mag, fällt mir jedes Mal ein Stein vom Herzen, wenn wir getrennt waren und ich sie anschließend heil wiedersehe; sei es nun, dass sie in der Schule war oder so wie jetzt bei ihren Großeltern. Manchmal glaube ich, dass ich wirklich reif für eine Therapie bin. Oder vielleicht sollte ich es lieber gleich bei einem anständigen Abdecker versuchen, vermutlich ist bei mir ohnehin nicht mehr viel zu retten.

Während Livie ihre Sachen zusammensucht, kommt Christopher aus der Garage herein. Er trägt keine Schuhe, vermutlich, weil Daisy ihn lynchen würde, wenn er mit seinen dreckigen Sohlen ihren frisch geputzten Fußboden berühren sollte.

„Hallo Gwen!", begrüßt er mich kurz und streichelt Livie beiläufig über den Kopf. Dann scheint er sein Soll an Wörtern fürs Erste auch schon wieder erfüllt zu haben, nimmt sich eine Flasche Bier aus dem Kühlschrank und setzt sich schweigend an den Küchentisch.

„Gibt es bei dir etwas Neues?" Daisy drückt mir ungefragt einen Teller mit Kuchen in die Hand und schiebt mich ebenfalls in Richtung Küchentisch. „Olivia hat erzählt, dass du deinen Job verloren hast." Nun klingt sie eine Spur vorwurfsvoll. „Ihr werdet doch nicht wieder umziehen? Du weißt, dass das nicht gut für das Kind ist. Sie hat sich schließlich gerade erst an der neuen Schule eingelebt! Sie kann sonst auch bei uns wohnen. Da hätte sie ein stabiles, liebevolles Umfeld. Und Kontinuität."

Beinahe verschlucke ich mich an dem Kuchen, den ich aus Höflichkeit esse, obwohl ich eigentlich gar keinen Hunger habe. Schließlich habe ich bereits bei Cherry Torte gegessen und obendrein noch ein schönes Abendessen für meine Tochter und mich geplant.

Beinahe umgehend bereue ich meine guten Manieren. Ich meine, geht's noch? Dass Livie bei ihnen auf Dauer wohnen wird, ist etwas, das nur über meine Leiche geschehen wird. Ich weiß zwar, dass sie die Nachmittage bei ihren Großeltern durchaus genießt, dennoch ist gerade Daisy nicht unbedingt die Person, der ich dauerhaft mein Kind anvertrauen würde. Ich halte sie schlichtweg nicht dafür geeignet, ein Kind zu erziehen. „Ich habe seit heute einen neuen Job, nächste Woche kann ich dort anfangen. Livie und ich werden zwar noch mal umziehen müssen, aber nur innerhalb Bostons." Ich schiebe den halb aufgegessenen Kuchen von mir weg. „Dafür in ein kleines Haus. Es hat sogar einen Garten." Ich schaffe es nicht, den Triumph aus meiner Stimme herauszuhalten.

„Oh, Mommy, das ist einfach großartig!" Livie lässt ihren Rucksack fallen, den sie gerade geholt hat, und schlingt mir ihre Arme um den Hals.

„Wir freuen uns sehr für dich, Liebes!", sagt Christopher aus seiner Ecke und erntet dafür einen Blick von seiner Frau, der mich vermuten lässt, dass sie selbst sich nicht sonderlich zu freuen scheint.

„Komm Livie, wir müssen nach Hause. Ich erzähle dir dann alles ganz in Ruhe." Auf einmal habe ich es eilig, von hier wegzukommen.

„Oh, Livie, Liebes! Bitte denk an den Überraschungsausflug, den wir nächste Woche geplant haben. Du kommst doch am Samstag, oder?"

Ich will gerade einwenden, dass Samstag immer Livies und mein Tag ist, aber als ich in die strahlenden Augen meiner Tochter schaue, bekomme ich das schlicht nicht übers Herz.

Unsere Ausflüge bestehen meist nur aus einem Spaziergang oder einem Picknick im Park, weil für mehr einfach das Geld fehlt, und da wir die letzten zwei Jahre nicht in Boston gelebt haben, bestand auch bloß selten die Möglichkeit, dass Livie etwas mit ihren Großeltern unternimmt. Wenn sie nun die Gelegenheit hat, will ich es ihr nicht verbieten, bloß weil meine Schwiegermutter vorher nicht mit mir darüber geredet hat.

Auf dem Weg zum Auto schlucke ich meinen Ärger herunter und nehme mir fest vor, Daisy darum zu bitten, so etwas in Zukunft immer zunächst mit mir zu klären. Ich werde sie gleich bei unserem nächsten Treffen darauf ansprechen.

# Kapitel 9

Unseren wenigen Habseligkeiten sind schnell gepackt. Einer der Vorteile, wenn man regelmäßig umzieht; man bekommt Routine und man hortet weniger Sachen.

Irgendwie ist jetzt alles sehr schnell gegangen, auch der Umzugstermin kam viel früher, als ich erwartet hätte. Liam Brooks hatte mich noch einmal angerufen, um uns anzubieten, bereits diese Woche einzuziehen, damit wir uns noch ein bisschen eingewöhnen können, bevor sein Sohn ankommt; und ich habe das Angebot dankend angenommen.

Mal abgesehen davon, dass ich es ohnehin kaum abwarten kann, in das neue Haus zu ziehen, spart es eine Woche Miete. Manchmal hat es eben auch Vorteile, wenn man in Wohnungen lebt, in denen der Vermieter einen wochenweise rausschmeißen können, und man keine Monatsverträge abgeschlossen hat.

Livie war wegen des neuen Hauses so aufgeregt, dass sie letzte Nacht kaum schlafen konnte, und als sie morgens früh das letzte Mal an dem schäbigen Resopaltisch in der Küche sitzt und ihre Cornflakes löffelt, hat sie dunkle Ringe unter den Augen.

„Ich hole dich heute Nachmittag von der Schule ab, okay? Anschließend fahren wir sofort zum neuen Haus." An ihrer Reaktion kann ich erkennen, dass ihr irgendetwas daran nicht passt, aber ich weiß nicht so genau, wo ihr Problem liegt, zumal sie nur irgendwelche unverständlichen Laute brummt. „Ist etwas nicht in Ordnung, Livie?“, hake ich deshalb nach, und beobachte sie, während sie langsam den Löffel beiseitelegt.

„Ich dachte, dass ich mit dem neuen Schulbus fahren könnte. Wir hatten uns das doch alles schon angesehen. Ich kenne die Buslinie, und du hast mir auf der Karte gezeigt, wo ich anschließend langgehen muss.“ Sie zieht eine kleine Schnute.

„Aber du bist den Weg doch nie gegangen! Auf der Karte sieht so etwas manchmal ganz anders aus als in der Wirklichkeit.“ Wie immer mache ich mir Sorgen, wenn sie etwas Neues allein machen möchte, ich muss dringend lernen, ein bisschen mehr loszulassen.

„Du hast doch selbst gesagt, dass der Bus fast vor der Haustür hält. Du hast mir ein Bild von dem Haus gezeigt, außerdem habe ich mein Handy mit, da ist die Karte drauf. Und wenn etwas nicht klappt, rufe ich dich gleich an.“ Als ich noch zögere, legt sie den Kopf leicht schief und schaut mich mit diesem Blick an, der so wirkt, als würden bereits die ersten Tränen in ihren Augen schwimmen.

„Also gut!“ Ich sage es, aber es fühlt sich alles andere als gut an. Aber was soll schon passieren? Es ist eine ruhige Wohngegend und tatsächlich hält der Bus keine drei Minuten von dem neuen Haus, sie muss nur ein einziges Mal abbiegen und Straßennamen lesen kann sie schon sehr lange. „Aber du versprichst mir, dass du anrufst, wenn du den Weg nach fünf Minuten noch nicht gefunden hast."

„Mommy!", sagt sie und klingt dabei vorwurfsvoll. „Ich werde bald elf, und ich bin so intelligent, dass sie mich eine Klasse haben überspringen lassen. Meinst du wirklich, dass ich es nicht schaffe, in den richtigen Bus zu steigen und die paar Meter bis zum neuen Haus zu finden? Ich schaffe das schon! Und wenn nicht, rufe ich dich an. Ganz fest versprochen."

„Also gut! Dann bis später. Ich freue mich schon auf heute Nachmittag."

Olivia lächelt, und ein kleines Grübchen erscheint auf ihrer Wange.

„Ich mich auch, Mommy!" Anschließend verschwindet sie singend im Treppenhaus. Kopfschüttelnd schaue ich ihr hinterher und bleibe im Türrahmen stehen, bis ich die Haustür unten ins Schloss fallen höre. Dann wasche ich unser benutztes Frühstücksgeschirr ab und räume es ordentlich zurück in den Schrank. Der Abschied aus dieser Wohnung wird mir nicht sonderlich schwerfallen.

Obwohl ich mir bei jedem Umzug aufs Neue vornehme, die Kisten nicht so vollzupacken, stolpere ich mit meiner Fracht mehr die Treppe hinunter, als dass ich runtergehe.

Auf der letzten Stufe rutsche ich aus und der schwere Karton fällt mir direkt auf die Füße.

„Au, verdammt!“, fluche ich und halte mir die schmerzenden Zehen, während ich ein paar Mal tief ein- und ausatme, um nicht laut aufzuheulen. Das hätte mir zu meinem Glück gerade noch so gefehlt – zum Arbeitsantritt gleich nur beschränkt einsatzfähig zu sein.

Mit zusammengebissenen Zähnen lasse ich mich auf die unterste Stufe sinken und streife mir den Schuh von meinem linken Fuß, während ich die wild verteilten Utensilien im Hausflur betrachte.

Natürlich musste es ausgerechnet die Kiste mit Unterwäsche und Socken sein, die ich habe fallen lassen – alles andere wäre ja auch langweilig gewesen. Wo bliebe denn der Spaß, wenn ich hier anschließend nicht erst mal eine gefühlte halbe Stunde BHs, Höschen und Socken, die sich nun einzeln über den Flur verteilen, wieder einsammeln müsste.

Seufzend betrachte ich abwechselnd meinen Fuß, der schon anzuschwellen beginnt, und das chaotische Treppenhaus. In meinen Schuh werde ich heute nicht wieder hineinpassen, keine Chance. Ich werde also nach oben gehen müssen und mir mein altes, ausgetretenes Paar Turnschuhe suchen, das sich hoffentlich weit genug aufschnüren lässt, um meinem angeschwollenen Zeh genügend Platz zu bieten.

Aber zunächst muss ich dringend meine Habseligkeiten einsammeln und ins Auto bringen. Hier weiß man leider nie so genau, wer alles vorbeikommt – und es gibt Menschen, die können anscheinend wirklich alles gebrauchen, von dem sie glauben, es kostenlos mitnehmen zu können. Obendrein habe ich die Haustür vorhin erst mühsam mit einem Holzstückchen manipuliert, damit sie mir nicht unversehens ins Schloss fallen kann, was aber auch zur Folge hat, dass jeder einfach hereinkommen kann, der von außen dagegen drückt.

Etwas beschwerlich hinke ich über den Flur, mein Fuß schmerzt doch deutlich mehr, als ich zunächst angenommen hatte. Dementsprechend beeile ich mich, um meine Sachen wieder einzusammeln, und nehme so viele Wäschestücke auf den Arm, wie ich nur tragen kann.

Doch irgendwie scheint heute so ganz und gar nicht mein Tag zu sein, denn als ich die Wäsche in den nunmehr leeren Karton legen will, verliere ich, einbeinig wie ich bin, das Gleichgewicht und falle vornüber.

Während ich noch dabei bin, mich langsam wieder aufzurappeln, höre ich, wie hinter mir die Tür aufgeht. Reichlich unwürdig, da ich mich immer noch auf allen vieren befinde, und es mit dem schmerzenden Fuß nicht so einfach ist, wieder auf die Beine zu kommen, gelingt es mir schließlich dennoch, mich wieder aufzurichten, nur um mitten in die amüsiert funkelnden Augen meines neuen Arbeitgebers zu schauen.

Ich registriere kurz das intensive Blau seiner Augen, gleichzeitig nehme ich die Hitze wahr, die meine Wangen heraufsteigt.

Von allen Menschen die ich kenne, ist er einer der letzten, die ich heute hier erwartet hätte – und auch einer der letzten, die ich gerade würde sehen wollen. Halbseitig barfuß und auf allen vieren kriechend.

Ihn hingegen scheint nichts aus der Ruhe zu bringen, sein Lächeln bleibt unverändert freundlich, in seinen Wangen bilden sich zwei kleine Grübchen.

„Hi!“ Er verschränkt die Arme vor der Brust und wirft erst einen Blick auf das Chaos im Flur und dann auf mich. „Ich war gerade kurz bei Grayson und Cherry. Sie meinten, du könntest eventuell Hilfe sowie ein größeres Auto für den Umzug gebrauchen.“ Ein weiterer Blick auf meine verteilten Habseligkeiten folgt, jetzt registriert er auch meinen nackten, angeschwollenen Fuß. „Ich befürchte, sie könnten recht haben. Und wie es den Anschein macht, komme ich keine Minute zu früh.“

Wenn er mich fragt, ist er sogar Stunden zu früh hergekommen, genau genommen wäre er meiner Meinung nach am besten zu Hause geblieben. Das hätte mir die peinliche Situation erspart, ihm mein Hinterteil entgegenzustrecken, und das inmitten meiner Unterwäsche, die gleichmäßig über den ganzen Flur verteilt liegt.

Aber hey, er ist mein Boss und ich werde ihm sicherlich nicht mitteilen, dass er bitte umgehend wieder gehen und alles vergessen soll, was er hier gesehen hat, vor allem die beiden knallpinken Unterhöschen mit Minnie Mouse darauf, die direkt vor seinen Füßen liegen. Ich kann nur hoffen, dass er denkt, die gehören Livie.

Allerdings befürchte ich, dass er bei dem hellblau gemusterten BH mit Bugs Bunny nicht auf den Gedanken kommen wird, er könne meiner Tochter gehören. Ebenso wenig wie bei dem Rest der Wäsche, die er gerade interessiert betrachtet.

„Oh, guten Morgen, Mr. Brooks“, murmle ich verlegen. „Und herzlichen Dank für die Hilfe, aber es ist wirklich nicht nötig. Ich schaffe das schon allein. Das ist nicht mein erster Umzug, wissen Sie …“

So schnell ich nur kann, humple ich in seine Richtung und versuche dabei möglichst viel meiner Unterwäsche zusammenzuraffen.

„Liam!“, korrigiert er mich. „Du sollst mich bitte Liam nennen, ansonsten habe ich das Gefühl, mein eigener Großvater zu sein – mindestens. Und wenn ich mir deinen Fuß so anschaue, bin ich mir ziemlich sicher, dass du Hilfe brauchst. Du machst hier gar nichts mehr allein.“

Bevor ich mich versehe, ist er bei mir, nimmt mir die Wäsche aus der Hand und steckt sie, ohne mit der Wimper zu zucken, in den Karton. Ich bin so perplex, dass ich es einfach geschehen lasse und versuche, wenigstens die Teile aufzuheben, die gleich bei mir liegen.

„Liegen lassen und hinsetzen!“, sagt Liam, als er meine Bemühungen zur Kenntnis nimmt. Dabei klingt er nicht unfreundlich, aber so befehlsgewohnt, dass ich ohne nachzudenken alles fallen lasse und mich auf die unterste Treppenstufe setze.

In aller Seelenruhe sammelt er meine restlichen Sachen ein, auch die paar Tampons, die in eine Ecke gekullert sind. Ich glaube, mir ist schon lange nichts mehr so peinlich gewesen, aber aufzustehen und alles selbst einzusammeln würde die Sache auch nicht besser machen. Denn das würde auch noch deutlich zeigen, wie unangenehm mir das Ganze ist.

„So!“, stellt er schließlich zufrieden fest, als er den Karton verschließt. „Das hätten wir. Ich bringe das nur schnell ins Auto, dann kümmere ich mich um dich.“

Er verschwindet kurz durch die Haustür und wenige Augenblicke später ist er wieder da, anscheinend hat er einen Parkplatz gleich vor der Tür gefunden. Zielstrebig geht er auf mich zu, und ehe ich mich versehe, hat er mich einfach hochgehoben. Ich gebe einen protestierenden Laut von mir, den er einfach ignoriert, während er mich in seinem Auto auf den Beifahrersitz verfrachtet.

„Welches Stockwerk? Du bleibst hier und ich hole deine restlichen Sachen."

„Kommt gar nicht infrage!" Nun widerspreche ich doch. Aber mal ehrlich, auch wenn er mein neuer Chef ist und ich ein Stück weit auf ihn angewiesen bin, was zu weit geht, geht zu weit. Dass mein neuer Chef meinen Umzug für mich regelt, kommt gar nicht infrage.

„Dritter Stock!", antworte ich schließlich auf seinen mahnenden Blick. Aber als ich sagen will, dass er mir schon genug geholfen hat, ist er bereits ausgestiegen. Umgehend öffne ich die Tür, um ihm hinterher zu humpeln.

„Du setzt dich wieder hin. Du willst mich doch nicht verärgern, oder? Ich habe dich bisher für eine ziemlich intelligente Frau gehalten – belehr mich nicht eines Besseren, indem du es dir gleich mit deinem neuen Chef verscherzt."

Er wartet, bis ich mich zurück ins Auto gesetzt habe, dann schließt er die Tür hinter mir und zwinkert mir gut gelaunt zu.

„Frauen!", höre ich ihn selbst durch die geschlossene Wagentür noch schnauben, bevor er sich auf den Weg zurück ins Haus macht.

+++

Dass Gwen Campbell eine kleine zierliche Frau ist, war Liam bereits bei ihrem Vorstellungsgespräch aufgefallen. Dass sie aber so gut wie nichts wiegt, hat ihn gerade beinahe erschrocken.

Vielleicht sollte er ihre Fähigkeiten als Haushälterin und Köchin doch noch einmal überdenken, denn ihr selbst scheint ihr eigenes Essen nicht sonderlich gut zu schmecken.

„Frauen!", murmelt er erneut, als er in den Hausflur kommt, und schüttelt dabei grinsend den Kopf.

Dass ausgerechnet ihre Unterwäsche über den Flur verteilt lag, war ihr vorhin sichtlich unangenehm, genau wie die Tampons, bei denen sich ihr Gesicht noch eine Spur dunkler gefärbt hatte, als es vor lauter Scham ohnehin schon war.

Dabei sollte ihr ja eigentlich klar sein, dass weder Unterwäsche noch Hygieneartikel etwas sind, für das man sich schämen müsste. Es gibt schließlich Milliarden Frauen auf der Welt, und die meisten von ihnen dürften Unterwäsche tragen und irgendwann in ihrem Leben menstruieren, es ist also beim besten Willen nichts Ungewöhnliches. Er kennt sogar Frauen, die steif und fest behaupten, sie würden nicht auf die Toilette gehen, und wenn, dann nur zum Pinkeln. Bis heute fragt er sich, was an so etwas Simplem, das so ziemlich jeder Mensch jeden Tag tut, so peinlich sein soll, dass man sich dafür schämen muss.

Und wenn man die Unmengen von Abführmittel betrachtet, die es im Drugstore zu kaufen gibt, sollte man sich doch eigentlich eher darüber freuen, als sich dafür zu schämen, denn offenkundig gibt es ja Menschen, die Hilfe dafür benötigen, was für andere selbstverständlich ist.

Er wird diese Art von Logik niemals verstehen, niemals. Aber zum Glück muss er das ja auch nicht, bei manchen Dingen reicht es schließlich, sie zur Kenntnis zu nehmen, um einen halbwegs reibungslosen Ablauf im Zusammenleben mit anderen zu gewährleisten.

Also hat er sich die Kommentare zu den pinken Höschen mit Minnie Mouse darauf erspart, auch wenn er sich dafür auf die Zunge beißen musste. Gwen sah auch so schon beschämt genug aus.

Unwillkürlich fragt er sich, ob sie wohl auch passende BHs dazu besitzt oder ob sie gar keine trägt. Sofort tauchen Bilder von ihr in seinem Kopf auf, splitternackt, bis auf einen pinken Slip.

Sich räuspernd greift er sich unauffällig in den Schritt, um seine aufkeimende Erektion zu richten, und schüttelt anschließend den Kopf.

Seine neue Haushälterin soll vor allem als Kindermädchen und Köchin für seinen Sohn da sein. Nicht als Sexspielzeug für ihn. Zumal er ohnehin Frauen mit etwas mehr Selbstbewusstsein bevorzugt, solche, die Sex ohne Beziehung zu schätzen wissen und deshalb keine Szene machen. In seinem Leben ist einfach kein Platz mehr für eine Partnerin.

Entschlossen nimmt er im letzten Stockwerk drei Stufen auf einmal. Ein funktionierender Aufzug wäre ja eine feine Sache, schwere Dinge durch Treppenhäuser zu schleppen war irgendwie noch nie so sein Ding; aber verletzte Frauen schwere Arbeiten erledigen zu lassen, schon gar nicht.

Als er Gwens Wohnungstür aufschließt, traut er seinen Augen kaum. Hinter der Tür befindet sich gleich eine kleine Wohnküche und in dieser stehen, ordentlich gestapelt, drei Kartons, ein Koffer sowie zwei große Reisetaschen. Mehr nicht.

Und auch in den restlichen Räumen findet er keine weiteren Habseligkeiten oder persönlichen Gegenstände, alle Schränke und Kommoden sind ausgeräumt.

Begleitet von dem eigentlich unpassenden Gefühl der Schuld, das plötzlich aufgetaucht ist, sieht er sich in der kleinen, ärmlich möblierten Wohnung um.

Auch wenn Gwen das bestimmt nicht recht war, hat Cherry ihn gefragt, ob ein Umzug nicht schon diese Woche möglich wäre, weil Gwen Schwierigkeiten damit hätte, die Miete zu bezahlen. Eine Miete, die wahrscheinlich weniger kostet, als wenn er selbst für einen Grillabend mit seinen Kumpels einkaufen geht, einfach mal so, weil er gerade Lust dazu hat.

Manchmal vergisst er, wie ungerecht das Leben sein kann, wie sehr das Schicksal die einen zu bevorzugen, und den anderen mit Anlauf in die Fresse zu schlagen scheint.

Nicht dass in seinem eigenen Leben immer alles glatt gelaufen wäre. Aber er selbst hat nie existentielle Sorgen wegen irgendetwas haben müssen, er hatte immer ein Dach über dem Kopf und genug zu essen, wusste stets, wie er seine Rechnungen bezahlen soll.

Behutsam schließt er alle Zimmertüren, weil er plötzlich den Eindruck hat, etwas entdeckt zu haben, das ihm nicht zusteht, als wäre er unerlaubt in etwas sehr Privates und Intimes eingedrungen. Dann stapelt er die ersten beiden Kartons übereinander und trägt sie nach unten.

+++

# Kapitel 10

Heute Morgen habe ich noch bedauert, dass Livie nicht wollte, dass ich sie von der Schule abhole. Manchmal ist es ein seltsames Gefühl, wenn man merkt, wie groß das eigene Kind geworden ist, das doch vorgestern beinahe noch ein Baby war. Mich zumindest erfüllt jedes Mal eine Mischung aus Stolz und Melancholie, wenn mir auffällt, wie groß und selbständig mein kleines Mädchen bereits ist. Wahrscheinlich kommt sie langsam in das Alter, in dem es einem peinlich wird, wenn man sich mit seinen Eltern vor der Schule blicken lassen und ihnen schlimmstenfalls sogar noch einen Begrüßungskuss geben muss.

Allerdings muss ich zugeben, froh darüber zu sein, nicht mit einem schmerzenden Fuß ins Auto steigen und selbst fahren zu müssen. Auch wenn es mir bereits viel besser geht als noch vor ein paar Stunden.

Liam Brooks hat darauf bestanden, dass ich mich hinsetze und ausruhe, während er die ganze Arbeit des Umzuges für mich erledigt hat; sogar die Wohnungsübergabe mit dem Vermieter hat er geregelt. Normalerweise ist es mir fast peinlich, dass Livie und ich so wenig besitzen, heute war ich allerdings erleichtert darüber. So musste mein neuer Chef wenigstens nicht zu lange für mich arbeiten, wo es eigentlich umgekehrt sein sollte.

Immerhin gelingt es mir, Mr. Brooks – nein, Liam – davon abzuhalten, meine Kartons und Taschen auch noch auszuräumen. Also habe ich etwas, mit dem ich mich beschäftigen kann, bis Livie nach Hause kommt, und ich kann es uns bis dahin erst einmal ein bisschen gemütlich machen.

Auch das kleine Cottage ist möbliert. Im offenen Wohn- und Essbereich steht ein schlichter Holztisch mit vier Stühlen sowie ein bequem aussehendes hellbraunes Sofa, das perfekt zu der elfenbeinfarbenen Häkeldecke passt, die ich letztes Jahr in Greenwish angefertigt habe, als die Winterabende sehr kalt waren und ich nicht viel zu tun hatte.

Wenn ich mein erstes Gehalt bekomme, werde ich vielleicht noch ein paar Kissen hinzukaufen, oder ein bisschen Deko für den kleinen Couchtisch.

Verwundert über mich selbst streiche ich die Decke glatt, die ich gerade über die Rückenlehne gehängt habe.

Bei unseren letzten Wohnorten war mir nie danach, etwas hinzuzukaufen. Ich habe im Gegenteil immer zugesehen, dass ich unseren Hausstand so klein wie möglich halte, damit wir im Zweifelsfall so schnell wie möglich verschwinden können. Aber hier in diesem Häuschen habe ich zum ersten Mal seit Langem das Gefühl, bleiben zu wollen, auch wenn alles noch so neu ist und ein bisschen fremd.

Ich bin mir nicht sicher, ob ich es gut oder beängstigend finden soll, dass ich mich zum ersten Mal seit Jahren wieder ein bisschen wie zu Hause fühle. Letztendlich entschließe ich mich dazu, es einfach positiv zu nehmen. Schließlich ist dieses Haus ein echter Traum! In so etwas wollte ich schon immer wohnen. Das kleine Cottage wirkt wie ein Puppenhaus, sowohl von außen als auch von innen. Roter Backstein, ein graues Dach und weiße Fenster, von innen alte Holzdielen sowie weiß gekalkte Wände, an denen zum Teil die alten Holzbalken noch zu sehen sind. Und im Wohnzimmer gibt es sogar einen Kamin! Das Allerbeste ist allerdings der Garten, und natürlich, dass sowohl Livie als auch ich ein eigenes Schlafzimmer haben werden. Das war nicht immer der Fall, oft genug habe ich im Wohnzimmer geschlafen, was zwar nicht schlimm war – dennoch freue ich mich über mein eigenes Reich.

Als Livie am Nachmittag nach Hause kommt, bin ich richtig aufgeregt, ihr alles endlich zeigen zu können. Die letzten Wohnungen haben wir immer vorher zusammen besichtigt, aber hier kam alles so plötzlich, dass mir gar keine Zeit mehr geblieben ist, ihr unser neues Zuhause vorab zu zeigen. Obendrein ist es so schön, dass ich mich gefreut habe, sie überraschen zu können, und trotz meines schmerzenden Fußes habe ich zumindest Olivias Zimmer bereits mit einigen persönlichen Dingen dekoriert.

Als sie pünktlich fünf Minuten nachdem der Schulbus ankommen sollte an der Haustür klingelt, humpele ich so schnell zur Tür, dass ich beinahe wieder hingefallen wäre, reiße sie voller Vorfreude auf – um nicht nur in ein, sondern gleich in zwei strahlende Gesichter zu schauen.

Neben meiner Tochter, die so breit grinst, dass es beinahe schmerzhaft sein muss, steht ein Rausch von Farben und roten Locken, ebenfalls breit grinsend.

„Skye!“ Ich freue mich so sehr, sie zu sehen, dass sich meine Stimme ganz hoch anhört. „Was machst denn du hier?“

„Deine Tochter von der Schule abholen, du Rabenmutter!“, zieht sie mich auf und umarmt mich gleichzeitig. Sie riecht frisch, nach Zitronenschale und Sommerblumen. Ein extravagantes Parfüm, das sie bereits trägt, seit wir uns das erste Mal begegnet sind, und das perfekt zu ihr passt.

„Ihr zwei habt mich ja schön hereingelegt!“ Ich zerzause meiner Tochter das Haar, und sie freut sich noch immer wie eine Schneekönigin.

„Wir wollten dich überraschen, Mom. Skye hat mich vorgestern angerufen, da haben wir alles abgesprochen.“

Die beiden Verschwörerinnen zwinkern sich fröhlich zu, und ich habe mich endlich wieder soweit gesammelt, dass ich es schaffe, einen Schritt zur Seite zu machen und sie hereinzulassen.

Nachdem ich den beiden unser neues Zuhause gezeigt habe, von dem sie ebenso begeistert sind wie ich, setzen wir uns zusammen in die Küche. Skye und Livie machen zusammen Hausaufgaben, während ich Essen koche – Nudeln und Salat, zum Nachtisch gibt es einen schnellen Applecrumble.

Ich habe ein Gefühl von Geborgenheit, das ich lange nicht mehr gespürt habe. Es ist schön, hier zu stehen und in Gesellschaft zu kochen, sehr schön. Auch Livie scheint heute viel gelöster als sonst zu sein, und ich muss darüber nachdenken, wie oft ich mir ein Geschwisterchen für sie gewünscht habe, eine richtige Familie, die aus mehr Personen besteht als bloß aus uns zwei.

Bitterkeit steigt in mir auf und breitet sich aus wie ein schnell wachsender Tumor. Ich schließe die Augen und schüttele den Kopf, um es wieder zu vertreiben, aber es hat sich in mir festgesetzt und meine gute Stimmung ist auf einmal dahin.

Trotzdem versuche ich den Rest des Abends so sehr zu genießen, wie es nur geht, immerhin ist Skye ein seltener Gast und ich freue mich wahnsinnig, dass sie hier ist.

Ich habe erst von ihrer Existenz erfahren, als ich schon erwachsen war. Unser gemeinsamer Vater war mit ihrer Mutter verheiratet, bevor er meine kennengelernt hat. Er muss eine ganze Zeit ein Doppelleben geführt haben, denn ich war schon drei, als er Skyes Mutter verlassen hat, um mit meiner Mutter und mir zusammenzuleben. Letztendlich hat er auch bei uns nicht lange ausgehalten, und ich vermute, auch bei der Frau danach nicht. Aber soweit ich weiß, habe ich zumindest keine weiteren Geschwister mehr, weil sich mein Vater hat sterilisieren lassen. Das hat meine Mutter mir mal erzählt, als sie zu betrunken oder zu gleichgültig gewesen ist, um zu erkennen, dass ihre minderjährige Tochter das nicht im Geringsten etwas angeht.

Mittlerweile sind sie beide nicht mehr am Leben. Meine Mutter ist an den Folgen ihres Alkoholismus jung gestorben, mein Vater hatte einen Autounfall, als ich zwanzig war – erst auf seiner Beerdigung habe ich Skye kennengelernt.

Manchmal habe ich bis heute ein schlechtes Gewissen, dass ich um keinen der beiden nach ihrem Tod wirklich getrauert habe. Wahrscheinlich habe ich einen großen Teil der Trauerarbeit bereits geleistet, bevor sie überhaupt verstorben waren, denn bis auf wenige Jahre zwischen drei und vielleicht acht, kann ich mich nicht daran erinnern, jemals so etwas wie eine richtige Familie gehabt zu haben. Dennoch habe ich mich mein Leben lang danach gesehnt. Ist es nicht immer so, dass man sich die Dinge am meisten wünscht, die man nicht haben kann? Vielleicht bin ich deshalb so jung auf Greg hereingefallen und habe deshalb so jung ein Kind bekommen – aber ich will die Schuld für all das dennoch nicht auf meine zerrüttete Kindheit schieben, schließlich war ich alt genug, um eigene Entscheidungen zu treffen. Trotzdem versuche ich manchmal, für mich eine Erklärung dafür zu finden, warum mein Leben so unglaublich aus den Fugen geraten ist, und ich es auch noch zugelassen habe.

Wie immer machen mich solche Gedanken traurig. Sie stellen etwas mit mir an, das ich nicht will, sie sind destruktiv und sie schaden mir nur. Und wenn sie mir nicht guttun, tun sie auch Livie nicht gut. Mitunter habe ich das Gefühl, dass ich das Recht verwirkt habe, glücklich zu sein, weil ich zugelassen habe, dass meine Tochter es früher nicht sein konnte. Nun ist es aber so, dass ihr Glück auch von meinem Glück abhängig ist, denn sie hat sehr feine Antennen, wenn es darum geht, wie ich mich fühle, und nimmt es sich immer zu Herzen, wenn sie den Eindruck hat, dass es mir schlecht gehen würde.

„Du hättest mir ruhig erzählen können, dass du für Liam Brooks arbeitest!", sagt Skye, nachdem wir Livie ins Bett gebracht haben. Sie schwenkt das bauchige Weinglas; in der rubinroten Flüssigkeit bricht sich das Licht der Kerze, die wir auf den Küchentisch gestellt haben. Bevor sie den ersten Schluck trinkt, schaut sie sich in meiner neuen Küche um, als könne er vielleicht hinter der Tür lauern, und beugt sich zu mir vor. „Ist er in natura genauso sexy wie auf den Bildern, die immer mal wieder durch die Presse kursieren?"

Nachdenklich runzele ich die Stirn.

„Vermutlich ja!“ Ich zucke mit den Schultern und nippe ebenfalls an meinem Wein, auch wenn ich sonst so gut wie nie Alkohol trinke. Ich habe gesehen, was es für schlimme Folgen haben kann, wenn man seinen Alkoholkonsum nicht im Griff hat, und lasse somit meistens einfach die Finger davon. Auch wenn ich anscheinend nicht schlau genug war, auch die Finger von Menschen zu lassen, die ein Alkoholproblem haben. Ich hatte bei meiner Mutter genug erlebt, um es bei Greg besser wissen zu können, und tatsächlich habe ich die Anzeichen für seinen Alkoholmissbrauch schon früh erkannt, aber ich wollte sie einfach nicht wahrhaben. Der Wunsch nach einer Familie und nach Geborgenheit in mir war so groß, dass ich mir alles andere schön geredet habe.

„Gwen?“, fragt Skye sanft. „Bist du noch bei mir?“

„Ja, natürlich!“ Ich will unseren schönen Abend nicht mit Themen wie Greg verderben, ohnehin hat er mir in meinem Leben schon mehr als genug Abende ruiniert. Also komme ich zu unserem ursprünglichen Thema zurück. „Um ehrlich zu sein, habe ich noch nie bewusst Bilder von Liam Brooks angesehen. Wenn man auf so einen Typ Mann steht, ist er vermutlich halbwegs attraktiv.“ Verdammt attraktiv sogar, aber wenn ich das laut zugebe, wird Skye diesen ganz bestimmten Blick bekommen und mir Fragen stellen, auf die ich gerade keine Lust habe.

„Du hast nie Bilder von ihm gesehen? Du machst Witze!" Ihr Weinglas schwappt beinahe über, als sie es mit zu viel Schwung auf den Tisch stellt.

„Nein, ich schwöre es! Ich wusste nicht, wer er war. Bei unserer ersten Begegnung habe ich ihn für den Gärtner gehalten", gebe ich ziemlich kleinlaut zu, und meine Schwester bricht in lautes Gelächter aus. „Du weißt doch, dass ich mich für sowas nicht sonderlich interessiere …" Die Situation macht mich ein bisschen verlegen, auch wenn ich ebenfalls lachen muss.

„Für so etwas?" Sie zieht die Augenbrauen hoch. „Was heißt denn hier *für so etwas*? Du interessierst dich nicht für Männer?"

„Nicht mehr seit der Sache mit Greg", sage ich leise, und Skye hört umgehend auf zu lachen.

„Aber du kannst doch nicht den Rest deines Lebens wie eine Nonne leben, nur weil du einmal an ein Arschloch geraten bist, Gwen!" Sie greift über den Tisch und nimmt meine Hand in ihre. „Du kannst doch nicht zulassen, dass dieser Wichser immer noch eine solche Macht über dich ausübt. Du musst wieder anfangen, dich umzusehen und auszugehen. Zu leben! Du bist jung und attraktiv und hast dein komplettes Leben noch vor dir!"

„Es ist ja auch nicht gerade einfach, als alleinerziehende Mutter jemanden kennenzulernen." Vorsichtig entziehe ich ihr meine Hand und lehne mich auf meinem Stuhl zurück.

„Selbst wenn ich wollen würde, ich wüsste gar nicht, wann und wo ich jemanden kennenlernen sollte!"

„Aber genau für solche Fälle wurde das Online-Dating erfunden! Und bevor du jetzt einwendest, dass du gar keinen Rechner hast – das funktioniert auch ganz hervorragend mit einem Smartphone. Und das hast du, das weiß ich genau!" Sie deutet auf mein Handy, das auf der Anrichte liegt, und bevor ich sie davon abhalten kann, hat sie es sich auch schon geschnappt. „Weißt du was? Wir richten dir sofort ein Profil ein. Das kannst du nutzen, wenn dir danach ist, und wenn nicht, dann vergisst du es eben wieder."

Was soll ich dazu noch sagen? Wenn Skye sich etwas in den Kopf gesetzt hat, ist sie wie eine Naturgewalt und kaum noch aufzuhalten. Je weniger ich widerspreche, desto schneller ist sie fertig, und wir können uns angenehmeren Dingen zuwenden, zum Beispiel dem Grund für ihre Reise nach Boston.

„Erzählst du mir von deiner neuen Kollektion? Hast du Bilder mit?", frage ich, nachdem sie endlich damit fertig ist, mein Handy nach einem geeigneten Profilbild zu durchsuchen, und sich schließlich für einen Schattenriss von Livie und mir entscheidet. Anschließend erklärt sie mir, worauf ich alles zu achten habe, wenn es um die hohe Kunst des Online-Datings geht.

„Oh, nicht nur Bilder! Noch viel besser! Ich habe Muster mit, die ich morgen vorzeigen will. Möchtest du sie sehen?"

Den Rest des Abends verbringe ich damit, ihre wirklich wunderschön gefertigten Schmuckstücke anzusehen, streiche über einen Satz gehämmerter Armreifen aus Gold, die man einzeln oder als kompletten Satz tragen kann, und bei denen jeder ein kleines Unikat ist. Ich bewundere Ohrringe aus fein gesponnenem Silber, die einen einzelnen Rohdiamanten halten, und ein Collier, bestehend aus bunten Halbedelsteinen, die sich zu etwas zusammenfügen, das mich an verschiedenfarbige Rosenblüten erinnert.

„Du hast wirklich Talent!" Ich kann mich an den Sachen gar nicht sattsehen, und Skye lächelt glücklich.

„Dankeschön. Dieses Mal bin ich auch selbst sehr zufrieden. Drückst du mir die Daumen, dass morgen alles klappt?"

„Aber natürlich mache ich das! Vielleicht wirst du ja dann öfters in Boston sein?"

Sie lächelt mich an.

„Ja, vielleicht. Das wäre schön. Ich würde Livie und dich gerne wieder mehr sehen." Irgendetwas an ihrem Lächeln wirkt traurig, doch ich weiß, dass es bei Skye keinen Sinn macht, nachzufragen, was mit ihr los ist. Sie kann verschlossener sein als eine Muschel, wenn sie will.

„Wir würden uns jedenfalls freuen, wenn du ab und an in unserer Nähe wärst. Wir vermissen dich sehr!"

Später, viel später, nach einem Abend voller Lachen und Gespräche, falle ich todmüde ins Bett. Eine Familie, denke ich schon halb in meinen Träumen, eine richtige kleine Familie und einen erwachsenen Menschen, mit dem ich mich austauschen und meine Sorgen sowie meine Freude teilen kann, das wäre eine verdammt schöne Sache.

Leider gehen manche Träume einfach nicht in Erfüllung, weil das Leben andere Pläne mit einem hat. Ich bin bereits einmal auf einen Mann hereingefallen und habe die Gesundheit meiner Tochter sowie meine eigene dabei aufs Spiel gesetzt.

Nach außen hin mögen wir beide geheilt erscheinen. Keine Hämatome mehr, keine Knochenbrüche, Olivia ist nicht mehr so dünn, wie sie einmal war, und wir haben beide wieder gelernt zu lachen.

Dennoch dann sind da die Nächte, in denen ich zitternd aufwache und nahezu panisch nach meinem Kind schaue, ihre Atmung überprüfe, stundenlang an ihrer Bettkante sitze und weine; leise genug, um sie nicht zu wecken, aber nicht in der Lage, mich von ihr zu trennen.

Da sind die Moltonauflagen, die ich im Internet bestellt habe, weil Livie sich so sehr dafür schämt, und Angst hatte, jemand könnte mitbekommen, dass sie nachts manchmal noch ins Bett macht, wenn ich sie im Laden kaufen würde.

Da ist der Kopf meiner kleinen Tochter, den sie unwillkürlich einzieht, wenn jemand eine zu schnelle Bewegung in ihre Richtung macht, gerade wenn derjenige ein Mann ist. Und bei mir selbst sieht es kaum anders aus.

Weder Livie noch ich haben sichtbare Narben davongetragen, doch die Verletzungen, die die Jahre mit Greg an unserer Psyche hinterlassen haben, sitzen noch immer tief. Ich habe verlernt, mir selbst und anderen zu vertrauen. Vielleicht ist das mit das Schlimmste, was er mir persönlich angetan hat, obwohl ich Livies Verletzungen umgehend auf mich nehmen würde, wenn ich es für sie damit ungeschehen machen könnte. Aber wer kann das schon? Leider kann ich die Zeit nicht zurückdrehen, so bleibt mir nur, dafür zu sorgen, dass es ihr jetzt so gut wie möglich geht. Und dazu gehört, sie niemals wieder der Gefahr durch einen neuen Mann auszusetzen, der ihr Schmerzen zufügen könnte.

+++

Sexy. Die meisten Menschen würden Jessica Turners Stimme als sexy bezeichnen, sie klingt immer ein wenig träge und heiser, so als wäre Jessica gerade erst wach geworden.

Vor allem am Telefon, wenn man so etwas zwangsläufig noch viel intensiver wahrnimmt, als wenn man sich gegenübersteht. Zumal man in Jessicas Fall meistens deutlich von ihrem Äußeren abgelenkt wird, wenn man ihr tatsächlich gegenübersteht. Sie ist bis heute eine der schönsten Frauen, die Liam jemals getroffen hat. Exotische, schräg stehende Rehaugen, die je nach Stimmung verletzlich oder sexy aussehen oder zornig funkeln können. Ein Schmollmund, der seinesgleichen sucht, und dann diese Brüste … und dieser Hintern … Eine Figur, die Männer dazu bringt, sich in einem sabbernden Idioten zu verwandeln, der aus nichts mehr als einem Häufchen Hormonen besteht.

Doch Liam hat sich lange genug wie ein Idiot verhalten, und er ist seit einigen Jahren erstaunt darüber, wie immun er gegen ihre Reize geworden ist. Wie sehr man etwas verabscheuen kann, das man früher einmal anziehend gefunden hat.

Liam bekommt Kopfschmerzen davon, wenn er ihr zuhören muss, und obwohl er sich eigentlich als sehr geduldigen und friedliebenden Menschen sieht, verspürt er jedes Mal den Drang, irgendetwas zerstören zu wollen, wenn er gezwungen ist, mit seiner Exfrau zu telefonieren.

„Hör zu, Jess, wir hatten eine Abmachung diesbezüglich!“, unterbricht er sie nun schon zum zweiten Mal; er hat einfach keine Nerven, ihren Ausführungen stundenlang zuzuhören.

„Es sind bloß zwei Wochen, Liam. Was sollen die schon ausmachen?“

„Es sind zwei Wochen, in denen Josh bereits bei mir sein und zur Schule gehen sollte. Also, mir macht es was aus! Und zumindest Letzteres sollte dir ebenfalls etwas ausmachen!“

„Schule wird meiner Meinung nach völlig überbewertet. Du weißt, dass ich nie eine gute Schülerin gewesen bin, aus mir ist trotzdem etwas geworden! Und in dem bisschen, was er verpasst, werde ich ihn in der Zwischenzeit unterrichten."

Ihm liegt eine Bemerkung zu diesem Thema bereits auf der Zunge, aber er schluckt sie wieder hinunter. Es macht keinen Sinn, sich mit seiner Exfrau anzulegen, wenn sie so drauf ist. Schlimmstenfalls haut sie einfach ab und meldet sich wochenlang nicht mehr bei ihm, und zwar mitsamt ihrem gemeinsamen Sohn; und das ist etwas, das er gerne vermeiden würde.

„Ich weiß, was du über die Schule denkst, Jessica. Es ändert jedoch nichts daran, dass ich eine andere Einstellung zu diesem Thema habe. Obendrein haben wir eine klare Abmachung getroffen, schriftlich und im Beisein unserer Anwälte. Wenn das für dich so wenig Bedeutung hat, kann ich ja mal drüber nachdenken, ob meine Unterschriften auch so wenig von Belang sind."

Man kann Jessica vieles unterstellen, aber sie ist nicht dumm, zumindest dann nicht, wenn es um Geld geht. Der Unterhalt, den Liam ihr bezahlt, seit sie geschieden sind, geht weit über das hinaus, was er ihr zahlen müsste.

„Aber ich muss unbedingt zu diesem Casting, das ist die Rolle meines Lebens!" Ihre Stimme beginnt zu zittern, so als ob sie jeden Moment anfangen würde zu weinen. Dass sie in letzter Zeit keine großen Rollen mehr bekommen hat, mag an vielen Dingen liegen, nicht jedoch an mangelndem schauspielerischen Talent. Davon hat sie wirklich jede Menge, und Liam konnte sich mehr als einmal davon überzeugen, wie echt ihre Gefühle wirken können, wenn sie sich nur genug Mühe gibt, sie zu spielen. „Und danach wollte ich mit meinem kleinen Jungen noch ein paar Tage Urlaub auf Hawaii machen. Dann kann er erst mit zum Casting und danach können wir uns entspannen."

„Mir reicht das Theater jetzt. Du kannst Josh gerne vor dem vereinbarten Termin herbringen, aber auf keinen Fall danach. Er hat genug Schulstoff verpasst, und du weißt nicht erst seit gestern, wann er zu mir kommen soll. Du hättest genug Zeit gehabt, mit ihm Urlaub zu machen, und zwar während der Ferien! Ich erwarte, dass Joshua wie abgemacht und pünktlich zu mir kommt." Ohne Jessicas Antwort abzuwarten und bevor er noch etwas sagt, das ihm hinterher leidtun wird, legt er auf.

Liam muss an seine eigene Mutter denken, die doppelt und dreifach kontrollierte, ob er auch wirklich krank war, bevor sie ihm gestattete, nicht zur Schule zu gehen, und die lieber Familienfeiern ausfallen ließ, bevor sie ihren Sohn einfach so einen Tag aus der Schule nahm. Und das, obwohl Liam im Gegensatz zu Josh ein sehr guter Schüler gewesen ist.

Als er sich von Jessica getrennt hat, war es selbstverständlich für ihn, dass ein Kind bei dessen Mutter bleiben muss. Das ist eben so, weil … ja weil … weil es eben so ist. Erst nach und nach hat er erkannt, dass diese Entscheidung vielleicht doch nicht zu den besten in seinem Leben gehört hat, und eigentlich hätte er es von Anfang an besser wissen müssen.

Generell sollte die Überlegung, dass es nicht vom Geschlecht abhängig ist, ob man ein gutes Elternteil ist oder nicht, ja keine gänzlich neue sein. Wir leben im einundzwanzigsten Jahrhundert, und auch zu Liam ist durchaus durchgedrungen, dass es so etwas wie alleinerziehende Väter immer häufiger gibt – ebenso wie Mütter, die Karriere machen und dennoch keine Unmenschen sind. Trotzdem ist er stets davon ausgegangen, dass Jessica über etwas verfügt, das er selbst nicht hat: nämlich Mutterinstinkt.

Es hat eine Weile gebraucht, dass man diesen anscheinend auch als Mann haben kann – und zwar mehr als manche Frau.

Wenn er an die Tränen denkt, die sein Sohn am Ende jeder Sommerferien vergießt, die Liam und Josh zusammen verbracht haben … Liam ist sich ziemlich sicher, dass keine einzige davon fließt, wenn es darum geht, von Jessica wegzufahren. Vielleicht ist das ein unfairer Vorteil, denn natürlich ist es etwas anderes, wenn man in den Ferien jede Menge Zeit und so gut wie keine Alltagsaufgaben hat. Jedoch glaubt er mehr und mehr, dass das Problem ganz woanders liegt. Wenn man sein Kind liebt, dann sollte man doch eigentlich das Beste für es wollen. Es sollte ein konstantes, liebevolles Zuhause haben, eine solide Schulbildung, Eltern, die für ihr Kind da sind. Allerdings setzt das voraus, dass man sich um irgendwen Gedanken macht, außer um sich selbst. Und auch wenn Liam das lange Zeit nicht wahrhaben wollte, erst nicht in Bezug auf sich selbst, und später nicht in Bezug auf seinen Sohn, so glaubt er mittlerweile, dass Jessica Turner zu solchen Gefühlen einfach nicht fähig ist. Für sie gibt es nur einen einzigen Menschen auf dieser Welt, dem ihre ganze Liebe gilt, und das ist sie selbst.

+++

# Kapitel 11

Wenn einem Dinge nicht ganz geheuer sind, so wie mir mein bevorstehender erster Arbeitstag, dann durchlebt man manchmal ein Gefühlswirrwarr. In meinem Fall besteht dieser vor allem aus einer Mischung aus „Wann-geht-es-endlich-los-damit-ich-es-hinter-mir-habe“ und „Oh-nein-bitte-nicht-so-bald.“ Aber so oder so ist mein erster Arbeitstag irgendwann da.

Morgens stehe ich eine Stunde früher auf, als ich müsste, weil ich, wie so oft, nicht schlafen kann, und ziehe die dunkelblaue Stoffhose sowie die weiße Bluse an, die ich mir am Abend zuvor herausgelegt habe. Ich glaube, ich habe eine geschlagene Stunde vor meinem Kleiderschrank verbracht, bevor ich mich endlich entscheiden konnte. Mehr als einmal habe ich mir gewünscht, dass ich eine Uniform tragen muss, so wie die Hausmädchen in den alten Filmen. Das hätte die Sache zumindest deutlich unkomplizierter gemacht – und das obwohl ich beim besten Willen nicht viele Klamotten habe. Ich bin nur froh, dass sich mein Fuß erstaunlich gut erholt hat, sodass ich meinen ersten Arbeitstag nicht humpelnd antreten muss.

Nachdem ich Livie verabschiedet habe, bleibt mir noch eine halbe Stunde, bevor ich meinen ersten Arbeitstag beginnen muss. Zeit, die einfach nicht vergehen will. Ich schalte den Fernseher an und wieder aus, streiche bestimmt zum zehnten Mal die Decke über der Sofalehne glatt und verschicke drei Textnachrichten an Skye sowie eine an Cherry. Dann spiele ich kurz mit dem Gedanken, zwanzig Minuten früher an Liam Brooks' Haus aufzukreuzen, verwerfe diesen jedoch schnell wieder. Zum einen bedeutet zu früh zu kommen auch unpünktlich zu sein, zum anderen kann man nie wissen, in welcher Verfassung man jemanden vorfindet, wenn man dort unerwartet klingelt. Das Letzte, was ich momentan gebrauchen kann, ist ein neuer Arbeitgeber, den ich vielleicht gerade aus der Dusche geholt habe und der noch nicht richtig angezogen ist. Dennoch bin ich immer noch fünf Minuten zu früh dran, als ich schließlich vor der Eichentür der Villa stehe, und traue mich kaum zu klingeln. Ich werfe einen leicht panischen Blick auf meine Armbanduhr, als sich die Tür von innen öffnet und ein gut gelaunter Liam Brooks vor mir steht.

Sein Haar ist noch leicht feucht, als wäre er tatsächlich vor wenigen Minuten noch unter der Dusche gewesen, und ich versuche, die Bilder, die in meinem Kopf auftauchen, so schnell wie möglich wieder zu verscheuchen.

„Guten Morgen, Gwen. Schön, dass du da bist." Sein Lächeln ist entwaffnend. Ich will gar nicht wissen, wie viele Frauen sich ihm allein wegen seiner Art zu lächeln völlig willenlos zu Füßen geworfen haben.

Obwohl ich bei meinem Vorstellungsgespräch schon fast alles vom Haus gesehen habe, führt er mich noch ein zweites

Mal herum und händigt mir einen Haustürschlüssel aus, damit ich ab morgen nicht mehr klingeln muss.

„Wenn du magst, kannst du dich ja vielleicht mal in der Küche umsehen. Ich muss noch mal eine Stunde weg." Er zuckt mit den Schultern, als würde er selbst nicht so ganz genau wissen, wofür er mich eigentlich angestellt hat, und wie mein Tagesablauf nun aussehen soll.

„Wahrscheinlich wäre es sinnvoll, wenn du mal die Vorratsschränke kontrollierst und aussortierst. Mein Geschmack, was Essen angeht, ist vielleicht nicht unbedingt der gesündeste, und wenn Josh dauerhaft hier einzieht, will ich, dass er vernünftig ernährt wird. Klar dürfen Kinder ab und an mal Süßigkeiten essen, aber wir wollen ja nicht übertreiben!", sagt er leicht kryptisch zu mir, bevor er sich seinen Autoschlüssel aus einer kleinen Schale schnappt, die auf dem Flur auf einer Kommode steht, und verschwindet.

+++

Hausangestellte zu haben, ist irgendwie schräg. Natürlich hat er eine Putzfrau, vermutlich hätte er sonst auch schon mehrfach irgendwelche Leute vom Seuchenschutz vor der Tür stehen gehabt. Saubermachen ist wirklich nicht so sein Ding, und dass sie außerdem seine Wäsche wäscht, bewahrt ihn davor, ständig alles neu kaufen zu müssen.

Aber seine Putzfrau weiß, was sie tun muss, ohne dass er ihr das erst sagen muss, und meist legt er ihre

Arbeitszeiten so, dass er selbst nicht zu Hause ist oder sich zumindest in einem anderen Raum aufhält. Das Haus ist schließlich groß genug.

Doch eine Haushälterin zu haben, die nun in seinen Schränken schalten und walten kann, wie sie will, das ist irgendwie seltsam.

Wenn er darüber nachdenkt, wie der Inhalt seiner Vorratsschränke aussieht, dürfte es jedoch ebenso merkwürdig wie notwendig sein. Wenn Josh ihn in den Ferien besucht hat, hat er versucht, möglichst oft auswärts mit ihm essen zu gehen, zumal sein Sohn den fragwürdigen Geschmack von Jessica teilt, die gesundes Essen und Salat Fastfood und Zucker vorzieht. Aber auf die Dauer ist es ihm wichtig, dass Josh ein Zuhause hat, das so normal ist, wie es eben geht. Allerdings ist Liam selbst ein solch miserabler Koch, dass er diesbezüglich lieber gar kein Risiko eingehen wollte.

Doch im Augenblick hat er keine Zeit, sich über Essen Gedanken zu machen.

Seit seinem Ausstieg aus dem Profisport ist es ihm nicht immer gut ergangen. Die meisten Sportler hören auf, wenn sie aufhören müssen. Weil sie eine Verletzung haben, weil sie zu alt werden, weil ihre Familie ihnen Druck macht.

Liam Brooks hat aufgehört, weil er Angst hatte, und Angst ist etwas, das Footballspieler nicht haben dürfen. Schon gar nicht Angst um ihre Gesundheit. Football ist eines der letzten Dinge, bei denen sich Männer noch wie echte Männer fühlen können, selbst dann, wenn sie mit ihren fetten Bäuchen vor dem Fernseher sitzen.

Hier wird Aggressivität noch belohnt, als wäre man ein Gladiator oder ein Krieger in einer altertümlichen Schlacht. Man muss ein gewisses Maß an Brutalität an den Tag legen, um in diesem Sport erfolgreich zu sein, darauf wird man getrimmt, sobald man anfängt Football zu spielen – und die meisten, die später Profisportler werden, fangen sehr früh damit an.

Brutalität und Aggressivität machen den Reiz des Spiels aus, und Liam muss zugeben, dass er es früher durchaus auch ein Stück weit genossen hat. Wir leben in einer Gesellschaft, in der körperliche Aggression ein absolutes No-Go ist, und das zu Recht. Football war ein Ventil für ihn, eine Mischung aus körperlicher Anstrengung, unglaublicher Disziplin, erlaubter Brutalität und Adrenalin. Liam mochte alles daran, den Teamgeist, den Erfolg, selbst die gemeinsam erlebten Niederlagen.

Liam kommt aus einer Familie, in der Football Tradition hat; nahezu jeder seiner männlichen Verwandten hat mehr oder weniger erfolgreich gespielt. Sein Onkel Cooper war sogar, ebenso wie Liam, Profi in der höchsten amerikanischen Football-Liga.

Cooper ist mit Mitte dreißig in Rente gegangen, so wie die meisten Spieler es tun. Irgendwann macht der Körper die Dauerbelastung einfach nicht mehr mit, man wird langsamer, die Kondition lässt nach, man verletzt sich schneller und die Verletzungen brauchen länger, bis sie heilen.

Ein kaputter Körper ist der Preis, den man in diesem Fall für den Profisport bezahlt. Was für die meisten nicht dramatisch ist. Solange man nicht extrem verschwenderisch gelebt und sein Geld mit beiden Händen zum Fenster rausgeworfen hat, kann man sich von dem Geld, das man zuvor verdient hat, ein sorgenfreies Leben im Luxus finanzieren. Man muss nie wieder arbeiten gehen, wenn man das nicht möchte, und man kann sich die besten Ärzte leisten. Da spielt ein kaputtes Knie oft eine eher untergeordnete Rolle, so nach dem Motto *irgendwas ist eben immer*. Und letztendlich ist es das ja auch tatsächlich. Wenn man sich beispielsweise anschaut, wie kaputt manche Handwerker sind, wenn sie nach vierzig Jahren oder mehr mit ihrem Beruf aufhören, scheinen die paar körperlichen Gebrechen, die man nach dem Football hat, beinahe lächerlich zu sein, zumal wenn man die Zeit und das verdiente Geld bedenkt.

Kaputte Knochen sind allerdings das eine, und sie sind auch etwas, was einem von Anfang an klar ist.

Ganz anders sieht es aber aus, wenn es einem ergeht wie Cooper.

Coopers Karriere war bereits zehn Jahre beendet, als er begann, sich zu verändern. Es fing damit an, dass er nachts nicht mehr schlafen konnte.

„Er macht mich wahnsinnig!“, sagte seine Frau Emily damals. „Nachts tigert er umher, morgens will er nicht aufstehen. Kein Wunder, dass er ständig gereizt ist und alles vergisst. Außerdem hat er ständig Kopfschmerzen!“

Cooper, der einst ein lebenslustiger und außerhalb des Spielfeldes ein beinahe sanftmütiger Mann war, veränderte sich so stark, dass es irgendwann selbst Außenstehenden auffiel. Während er früher die Geduld in Person war, waren es nun oft Kleinigkeiten, die ihn völlig in Rage brachten. Ein liegen gelassenes Paar Schuhe seiner Söhne im Hausflur, das er früher nicht einmal bemerkt hätte, die Hundehaare, die sich trotz Staubsaugens auf dem Sofa angesammelt hatten oder die Lautstärke des neuen Benzin-Rasenmähers der Nachbarn waren völlig ausreichend, damit er einen ausgewachsenen Wutanfall bekam.

Er ging zum Arzt und ließ sich dort durchchecken, es wurden Aufnahmen von seinem Kopf gemacht, bei denen jedoch nichts Auffälliges festgestellt werden konnte. Sein Arzt konnte ihm nicht helfen. Er verschrieb ihm Schmerzmittel gegen die Kopfschmerzen, Antidepressiva gegen die Depressionen und Schlafmittel gegen die

Schlaflosigkeit, aber nichts zeigte eine tatsächliche Verbesserung. Ganz im Gegenteil, es wurde immer schlimmer.

Liam wird niemals den Tag vergessen, an dem Tante Emily, die so leicht nichts erschüttern konnte, in Tränen aufgelöst und völlig fertig in der Küche seiner Eltern saß.

„Ich weiß einfach nicht mehr weiter!", schluchzte sie, die Augen vom vielen Weinen bereits gerötet. „Er sieht noch genauso aus wie früher, er sieht noch genauso aus wie mein Cooper. Wie mein Mann, mein bester Freund, der Vater meiner Kinder. Doch er scheint ein völlig anderer zu sein. Als ob es den Mann von früher nicht mehr geben würde."

Seine Mutter saß damals mit großen Augen neben Tante Emily und tätschelte ihr hilflos die Hand, während sein Vater sich an die Arbeitsplatte gelehnt hatte und permanent seufzte. Was sollten sie ihr auch sagen? Sie alle hatten bemerkt, dass Cooper sich verändert hatte, dass er ein Problem hatte, aber niemand wusste so wirklich, was es war.

Ein Jahr später war Onkel Cooper tot. Er war an einer Überdosis gestorben, einer Mischung aus Schmerztabletten und Schlafmitteln, heruntergespült mit jeder Menge Alkohol. Ob es ein Unfall oder Selbstmord gewesen war, konnte niemals endgültig festgestellt werden, Fakt aber war, dass er schon lange vor seinem Tod nicht mehr richtig gelebt hatte.

Tante Emily bestand auf eine weiterführende Obduktion, weil sie Gewissheit haben wollte, was mit ihrem Mann passiert war. Im Rahmen dessen wurde auch Onkel Coopers Gehirn untersucht, und man stellte Veränderungen fest, die vorher niemandem aufgefallen waren.

CTE hieß die Diagnose. Chronisch traumatische Enzephalopathie, eine Erkrankung, die durch immer wiederkehrende Hirnverletzungen entsteht. Durch Gehirnerschütterungen, die man sich immer wieder und wieder beim Footballspielen zuzieht, und die meistens weit weniger beachtet werden als Verletzungen der Knochen und Gelenke.

Theoretisch darf man mit einer Gehirnverletzung nicht mehr aufs Spielfeld.

Theoretisch.

Die Realität sieht anders aus.

In der Realität würde sich kein Spieler je die Blöße geben, nicht weiterzuspielen, bloß weil er ein paar auf die Rübe bekommen hat. Das würde bedeuten, Schwäche zu zeigen, und das ist etwas, was in diesem Spiel nichts zu suchen hat, etwas, dass die Leute nicht sehen wollen. Man darf nur dann aufhören, wenn man einfach nicht mehr dazu in der Lage ist, noch zu spielen, weil das Knie einen nicht mehr hält oder die Schulter aus dem Gelenk gesprungen ist, sodass man es nicht mehr schafft, den Ball zu werfen. Es gibt genug Spieler, die selbst mit gebrochenen Knochen und unter höllischen

Schmerzen zurück aufs Spielfeld laufen, um weiterzuspielen, da stellt eine leichte Gehirnerschütterung wohl kaum ein ausreichendes Hindernis dar. Die Helme, die sie tragen, bringen dabei eine trügerische Sicherheit mit sich. Denn natürlich fangen diese einiges ab, aber eben leider nicht genug.

Die Profis werden gut dafür bezahlt, dass sie sich ihre Körper kaputtmachen. Doch dass dies auch ihre Gehirne betrifft, ist den wenigsten bewusst. Liam hat die Gehirnerschütterungen nicht gezählt, die er auf dem Platz erlitten hat. Man gewöhnt sich daran, genauso wie an die unzähligen Prellungen, die man sich zuzieht.

Tacklings gegen den Kopf sind mittlerweile bloß noch in einem sehr eingeschränkten Bereich des Spieles, der sogenannten Tackle-Box erlaubt, alle anderen werden bestraft. Aber weder Spieler noch Schiedsrichter sehen diese Regel sonderlich streng. Schließlich ist Football eine Kontaktsportart, etwas für wahre Männer. Und wahre Männer bekommen nun mal keine Folgeerkrankungen, nur weil sie sich nicht genug geschont haben.

Mit Football werden jährlich Milliarden von Dollar verdient, die Lobby dahinter ist riesig, die Ideologie ebenfalls.

Nach Onkel Coopers Beerdigung hat Liams Mutter ihren Sohn angefleht, mit dem verdammten Sport endlich aufzuhören. Liam war erst neunundzwanzig und stand gerade auf dem Höhepunkt seiner Karriere. Da hört man nicht so einfach auf; und bloß weil andere zu weich für diesen Sport sind, musste das ja noch lange nicht für ihn selbst gelten. Schließlich trifft so etwas immer nur die anderen. Oder nicht?

Dann bekam Liam gleich in zwei Spielen hintereinander so stark einen Schlag auf den Kopf, dass er Sterne gesehen hat. Beim zweiten Mal ist er umgefallen und kam erst im Krankenhaus wieder zu sich. Als er die Augen öffnete, saß seine Mutter an seinem Bett, das Gesicht ganz verquollen vom vielen Weinen.

„Hör mir zu, mein Sohn!“ Ihre Stimme brach mehrfach, als sie weitersprach. „Ich habe dich zur Welt gebracht und ich habe dich aufgezogen. Vielleicht war ich nicht immer eine perfekte Mutter, dennoch habe ich getan, was in meiner Macht stand, um dich zu einem vernünftigen, verantwortungsvollen Mann zu erziehen. Aber anscheinend hat all das nicht genügt. Ich habe erkennen müssen, dass mein Sohn alles andere als schlau ist. Er ist ein dummer Junge, dem seine Karriere wichtiger zu sein scheint als alles andere. Geld und Anerkennung scheinen dir wichtiger geworden zu sein als deine Familie. Das alles wäre kein Problem, wenn du ganz allein auf der Welt wärst. Doch das bist du nicht. Du hast selbst einen Sohn. Du hast Eltern, die dich lieben. Reicht es nicht, dass Cooper gestorben ist?“ Sie hielt einen Moment inne, um die Tränen wegzuwischen, die ihr über die Wangen liefen. „Ich liebe dich, mein Sohn. Aber wenn du so egoistisch sein willst, will ich nichts mehr mit dir zu tun haben. Du kannst unmöglich von mir verlangen, dass ich dabei zusehe, wie du riskierst, eines schönen Tages aufzuwachen und nur noch Brei im Kopf zu haben. Das Leben birgt genug Gefahren, man muss sich ihnen nicht auch noch freiwillig aussetzen, vor allem dann nicht, wenn es völlig unnötig ist. Du hast genug Geld verdient, um nie wieder arbeiten gehen zu müssen. Es gibt keinen Grund dafür, zurück aufs Spielfeld zu gehen, außer Leichtsinn und Egoismus. Und in diesem Fall ..." Sie atmete zitternd ein und rang sichtlich um Fassung. „In diesem Fall werde ich nicht weiter dabei zusehen. Wenn du nicht mit dem Football aufhörst, werde ich mich aus deinem Leben zurückziehen, weil ich es einfach nicht mehr ertragen kann. Ich wollte nur, dass du das weißt." Eine Weile blieb sie noch an seinem Bett sitzen und betrachtete ihn durchdringend aus diesen himmelblauen Augen, die sie ihm vererbt hatte. Irgendwann stand sie schweigend auf. Sie küsste ihn auf die Stirn und verließ, ohne noch ein einziges Wort zu verlieren, sein Krankenzimmer, gefolgt von Liams Vater, der nur entschuldigend mit den Schultern zuckte, aber der sich wahrscheinlich nicht weniger Sorgen um seinen Sohn machte.

Liam ist sich bis heute nicht sicher, ob sie es tatsächlich durchgezogen hätte, den Kontakt zu ihm abzubrechen, oder ob es nur eine Finte gewesen ist; eine geniale Taktik, um zu bekommen, was höchstwahrscheinlich die meisten Mütter wollen: einen gesunden Sohn, der in Sicherheit ist.

So oder so hat er sich nicht getraut, es auszuprobieren, vielleicht auch, weil sie ihm die Augen geöffnet hat. Plötzlich war ihm selbst nicht mehr klar, warum er sich zuvor dem Risiko ausgesetzt hatte. Die Saison war fast vorbei, sein Vertrag bei den Boston Raccoons lief ohnehin aus, einen neuen hatte er noch nicht unterschrieben, da sie sich noch mitten in den Verhandlungen befanden. Die Verletzungen, die er im letzten Spiel davongetragen hatte, waren schwer genug, um ihn für die restliche Saison außer Gefecht zu setzen.

Liam gehörte schon immer zu den Menschen, die keine halben Sachen machen. Noch während er mit Physiotherapie und Reha aufgrund seiner Handgelenksverletzung beschäftigt war, gründete er eine Stiftung, die sich für Footballspieler einsetzt, die an CTE erkrankt sind, und außerdem Öffentlichkeitsarbeit leistet, um über die Gefahren durch ständig wiederkehrende Schläge und Stöße gegen den Kopf aufzuklären und die Football-Liga unter Druck zu setzen, neue Regeln sowie bessere Helme zu entwickeln, um dies in Zukunft möglichst zu vermeiden.

In dieser Saison gewannen die Boston Raccoons ohne ihn den Superball, aber der Sieg war überschattet von den Schlagzeilen, für die Liam gesorgt hatte.

Obwohl sein Engagement ja generell einem guten Zweck diente und es bis heute tut, hat er sich ebenso viele Feinde wie Freunde damit gemacht, wenn nicht sogar noch mehr. Manchmal kam es ihm so vor, als hätte er Kindern ihr Lieblingsspielzeug weggenommen, denn sowohl einige seiner Teamkollegen als auch viele Fans reagierten mit ungefähr genauso viel Verständnis wie ein Kleinkind, das man abends ins Bett schickt, statt es weiterspielen zu lassen. Bis heute gibt es nur eine Handvoll von Spielern, die überhaupt noch mit ihm reden. Er ist als Weichei und als Verräter beschimpft worden, ihm wurden Feigheit sowie mangelnder Patriotismus vorgeworfen, weil er die amerikanischste aller Sportarten in ein schlechtes Licht gerückt hatte. Einmal ist er sogar in aller Öffentlichkeit bespuckt worden, und sein Wagen wurde mehr als einmal mit Eiern und Tomaten beschmissen oder mit Graffitis verunstaltet.

Im Nachhinein hat er sich manches Mal gefragt, ob er es wohl anders gemacht hätte, wenn er all das vorher gewusst hätte, aber wahrscheinlich wäre ihm das egal gewesen. Wenn er einmal beschlossen hat, etwas zu tun, dann zieht er es auch durch. So ist er schon immer gewesen, wahrscheinlich auch etwas, das er von seiner Mutter geerbt hat.

+++

# Kapitel 12

Nachdem ich den Vormittag damit verbracht habe, Pläne mit Essenvorschlägen für die nächsten Wochen zu erstellen, natürlich alles gesund und gleichzeitig kindgerecht, fange ich ab Mittag wie vereinbart an, die Vorräte zu sichten, die bereits im Haus sind, und eine Liste mit allem zu schreiben, was noch angeschafft werden muss.

Liams Küche ist ziemlich groß und sehr modern, Holz wechselt sich mit gebürstetem Edelstahl ab, und ich persönlich finde sie eine Spur zu ungemütlich. Sie hat so etwas Industrielles an sich, das nicht wirklich dazu einlädt, sich an diesem Ort gemütlich niederzulassen.

Ein wenig fassungslos öffne ich die erste Schranktür in der Küche. Und dann die zweite. Wenn ich es nicht besser wüsste, ich würde davon ausgehen, dass hier bereits ein Kind wohnt, oder wenigstens regelmäßig zu Besuch ist, und nicht nur in den Sommerferien. Und selbst in diesem Fall würde ich mir ernsthafte Sorgen machen – denn kein Kind sollte mit dem Zeug ernährt werden, das ich in Liams Küchenschrank finde.

Es gibt fünf verschiedene Sorten von Frühstücksflocken, vier davon sind entweder schreiend bunt, enthalten Gummibärchen oder werben mit extra vielen Marshmallows. Die fünfte Packung enthält ganz normale

Cornflakes, ist noch original verpackt und seit über einem Jahr abgelaufen.

Da ich im Kühlschrank keine Milch und in der Spülmaschine keine Schale gefunden habe, frage ich mich, ob er sich das Zeug wohl morgens früh trocken in den Mund schüttet, direkt aus der Packung.

In den restlichen Schränken sieht es nicht viel besser aus. Die meisten Lebensmittel enthalten viel zu viel Zucker oder Fett oder Salz oder eine Mischung aus mehreren dieser Komponenten.

Der Gefrierschrank quillt vor Pommes und Chicken-Nuggets nur so über, die Schränke vor Chips und Süßigkeiten ebenfalls. Als hätte ein unvernünftiger Zehnjähriger eingekauft. Selbst Livie würde sich nicht mit diesem Zeug vollstopfen, zumindest nicht ausschließlich, auch wenn ich ihr immer großzügig Süßigkeiten erlaube.

Ich sortiere alles aus, was abgelaufen ist – meistens genau die Dinge, die ich noch halbwegs als gesund bezeichnet hätte, wie etwa die ungesüßten Cornflakes oder Haferflocken. Alles andere stelle ich zunächst auf dem Küchentisch ab und frage mich ernsthaft, wie es Liam gelingt, trotz des Inhaltes seiner Schränke noch so sportlich und gut trainiert zu sein. Eigentlich müsste er einzig aus Fett und verstopften Arterien bestehen und aus dem letzten Loch pfeifen, wenn er um die Ecke kommt.

Beinahe wie aufs Stichwort erscheint er in diesem Moment in der Küche. Ich bin tatsächlich kurz versucht, auf seine Atmung zu achten, aber er scheint nicht einmal das kleinste bisschen aus der Puste zu sein, auch sonst wirkt er eher, als wäre er die lebende Werbung für irgendein Gesundheits- und Fitnessmagazin. Typen, die so aussehen wie er, trifft man normalerweise nicht einfach so auf der Straße.

Als er den Berg von Essen auf dem Tisch sieht, sowie die bereits überquellende Mülltonne daneben, lächelt er, ohne den Anstand zu besitzen, auch nur ansatzweise verlegen zu wirken.

„Wird wohl wirklich Zeit, dass sich mal wieder jemand um meine Ernährung kümmert, was?"

Ich muss schmunzeln.

„Ja, irgendwie schon. Du bist wohl kein Fan von Obst und Gemüse?"

Er schnappt sich eine Tüte mit Gummibärchen vom Tisch, reißt sie auf und stopft sich eine Handvoll davon in den Mund.

„Also, hier steht, dass diese Dinge mehrere Sorten an Vitaminen enthalten." Mit großer Ernsthaftigkeit studiert er die Nährwertangaben auf der Verpackung. „Und wenn ich mir das so ausrechne … Man muss nur genug davon essen, um auf seinen Tagesbedarf zu kommen. So zwei bis drei Packungen vielleicht."

„Allerdings dürfte man dann seinen Tagesbedarf an Zucker um ein Vielfaches überschritten haben." Ich bringe die restlichen Packungen mit Gummibärchen aus seiner Reichweite und verstaue sie wieder im Schrank; das kann ich mir gar nicht mit ansehen.

Liam zuckt mit den Schultern und zwinkert mir zu, bevor er sich eine weitere Handvoll Gummibärchen einwirft.

„Na klar, aber irgendwas ist doch immer, oder?" Er leert die Packung, während er mir dabei zusieht, wie ich alles Brauchbare zurück in die Schränke räume und mir weiterhin Notizen mache. „Als ich noch Profi war, habe ich immer extrem auf meine Ernährung achten müssen, so wie alle Sportler es tun müssen. Wir bekamen Ernährungspläne vorgelegt, an die wir uns halten mussten. Natürlich kann das letztendlich niemand dauerhaft kontrollieren, doch da die Vereine jede Menge Geld für Menschen ausgeben, die sich mit solchen Dingen auskennen, habe ich mich immer daran gehalten. Dennoch war es immer ein merkwürdiges Gefühl, dass man als erwachsener Mensch so fremdbestimmt ist, und das in sehr vielen Dingen, über die andere Menschen wie selbstverständlich selbst entscheiden. Football ist ein Milliardengeschäft und die Teamchefs wollen nur eines: Möglichst viel Profit aus jeder Saison herausholen. Die Spieler sind für sie nur Mittel zum Zweck, sie bezahlen sie gut und dürfen dafür über sie bestimmen. Es gibt die unglaublichsten Dinge, die zum Teil in Verträgen festgelegt werden." Er wirft ein Gummibärchen hoch und fängt es mit dem Mund wieder auf. „Eine Freundin von mir hat vor ein paar Jahren diesen SM-Roman gelesen, auf den ihr Frauen alle so wild wart. Sie hat sich stundenlang über den Vertrag aufgeregt, den die Romanheldin wohl unterschreiben musste, und in dem es um so Dinge ging, wie wie viele Stunden sie schlafen muss, wie viel Sport sie treiben soll, was sie essen und was sie anziehen darf. Tja, was soll ich sagen … Ich habe solche Verträge jahrelang unterschrieben." Noch ein Gummibärchen fliegt in die Luft, diesmal höher, und er fängt es erneut. Dann grinst er unbekümmert. „Wahrscheinlich haben die meisten Footballspieler einfach eine devote Ader, von der sie nichts wissen. Wir sind doch schließlich für allerhand Perversionen bekannt …" Die Tüte ist leer und er wirft sie in den Mülleimer. „Mal abgesehen davon, dass ich in den letzten Jahren all dieses Zeug hier gegessen habe, weil ich es endlich darf, ohne dabei eine Vertragsstrafe zu riskieren, habe ich wohl einen Hang zu ungesundem Essen. Außerdem habe ich zwei linke Hände in der Küche. Aber so richtig. Ich gehöre zu den Menschen, die sogar das Nudelwasser anbrennen lassen. Obendrein mache ich immer noch so viel Sport, dass ich mir all die Kalorien locker leisten kann. Für irgendetwas muss sich die ganze Schufterei ja schließlich lohnen!"

Ich kann es nicht vermeiden, meinen Blick über seinen Körper streifen zu lassen, und was soll ich sagen … die

Schufterei lohnt sich in der Tat. Trotz der vielen Kalorien aus Fett und Zucker scheint es an seinem Körper kein Gramm Fett zu viel zu geben. Ich kann jedenfalls nichts als Muskeln erkennen. Er scheint meinen Blick bemerkt zu haben, denn ein beinahe übermütiges Funkeln tritt in seine Augen, das mich zum Erröten bringt; irgendwie fühle ich mich wie auf frischer Tat ertappt. Doch Liam lockert die Situation auf, indem er beide Arme in die Luft reißt, seinen enormen Bizeps anspannt, sich einmal um sich selbst dreht und dabei seltsam grunzende Geräusche von sich gibt.

„Sieh mich nur an!“, sagt er lachend. „Nicht auszudenken, wie ich bald aussehen werde, wenn du mich ständig mit gesundem, frisch gekochten Essen versorgst. Wahrscheinlich werde ich Halloween gar kein Kostüm mehr brauchen. Ein Eimer grüner Farbe, und jeder wird mich für Hulk persönlich halten.“

Über meine Schulter hinweg grinse ich ihn an und fahre damit fort, seine Schränke wieder ordentlich einzuräumen.

„Apropos selbstgekochtes Essen, ich habe dort drüben schon mal eine Liste zusammengestellt. Aber wir haben gar nicht darüber gesprochen, ob es irgendetwas gibt, das Josh oder du nicht mögt, oder ob es Allergien gegen bestimmte Lebensmittel gibt.“

„Ich esse eigentlich fast alles, und Josh ist ebenfalls ein sehr dankbarer Esser. Wir werden ganz bestimmt mit dem zurechtkommen, was du ausgesucht hast.“ Er lässt seine

Schultern einmal vor- und zurückrollen, als hätte er Verspannungen in diesem Bereich, dann geht er in Richtung Küchentür. „Ich lasse dich mal weitermachen. Wenn du irgendwelche Fragen haben solltest, ich bin im Keller und trainiere die Gummibärchen wieder ab.“ Lächelnd verlässt er das Zimmer und ich schaue ihm noch eine Weile hinterher. Das war deutlich unkomplizierter, als ich mir das vorgestellt hatte. Irgendwie ist Liam Brooks sehr viel normaler, als ich zunächst angenommen hatte, und sehr viel netter. Wahrscheinlich wird der Job hier leichter und besser, als ich bisher befürchtet habe.

# Kapitel 13

„Und, wie war dein erster Tag?“ Als ich am späten Nachmittag nach Hause komme, ist Skye schon da. Das Haus duftet nach Kaffee und auf dem Küchentisch steht eine kleine Vase mit Rosen, sowie drei Cupcakes, die sie von unterwegs mitgebracht hat.

„Es ist noch etwas ungewohnt, aber eigentlich war es erstaunlich einfach, und die Zeit ging ebenfalls schneller vorbei, als ich gedacht hätte.“

„Das klingt doch super!“ Sie schenkt uns Kaffee ein, und ich setze mich zu ihr an den Tisch. „Und wie ist dein neuer Chef so?“

„Er ist sehr nett“, antworte ich. Ich greife nach Milch und Zucker und rühre in aller Ruhe um, bevor ich sie anschaue, weil ich ganz genau weiß, wie sie jetzt guckt, nämlich mit schief gelegtem Kopf und hochgezogenen Augenbrauen. Erwartungsvoll, in etwa so, als hätte ich ihr irgendetwas Wesentliches verschwiegen. „Was willst du denn von mir hören?“, frage ich sie lachend, während ich an meinem Kaffee nippe. „Dass er total heiß ist und wir gleich am ersten Tag wilden Sex auf dem Küchentisch hatten?“

Skye grinst.

„Und? Hattet ihr?“

„Natürlich nicht."

„Was ich sehr schade für dich finde. Für mich ebenfalls, ich hätte mir wenigstens die schmutzigen Details anhören können. Hach ... Liam Brooks!" Sie seufzt mit absichtlich übertriebenem Entzücken. „Ich kenne jede Menge Frauen, die glatt kostenlos für ihn arbeiten würden, nur um in seiner Nähe sein zu dürfen." Verträumt pustet sie auf ihren Kaffee, den Blick in die Ferne gerichtet.

„Wahrscheinlich hat er deswegen mich angestellt und keine von ihnen. Weil ich meine Arbeit erledige, statt mich den ganzen Tag damit zu beschäftigen, ihn anzuhimmeln. Ich bin gegen diese Art von männlichen Reizen immun." Ich gähne hinter vorgehaltener Hand und hoffe, dass sie meine Lüge nicht bemerkt. Eine Lüge, an die ich zu gerne selbst glauben würde.

Skye verschränkt die Arme vor der Brust, und mustert mich mit diesem Blick aus ihren grünen Katzenaugen, bei dem man das Gefühl hat, nichts vor ihr verbergen zu können. Was mich selbstverständlich nicht davon abhält, es dennoch zu versuchen.

„Gegen welche Art von männlichen Reizen denn genau, Gwen?"

Verdammt, ich sitze in der Falle! Denn egal, was ich nun sage, sie wird es unter Garantie gegen mich verwenden. Denn wenn ich jetzt auch nur einen einzigen seiner Reize aufzähle, wird sie mich den Rest des Abends damit aufziehen, dass ich ihn überhaupt wahrgenommen habe.

„Keine Ahnung ...“, ich zucke mit den Schultern. „Du hast schließlich mit dem Thema angefangen!“

Selbstverständlich durchschaut Skye mich trotzdem und beginnt zu grinsen.

„Ha! Also doch. Und ich dachte schon, ich müsste vielleicht einen Platz im Kloster für dich organisieren.“

Zu meinem Ärger werde ich rot.

„Natürlich kann ich sehen, dass er ein attraktiver Mann ist. Ich habe schließlich Augen im Kopf! Er ist halt nicht mein Typ.“ Ich fühle mich wie ein Teenager, dem man eine heimliche Liebe unterstellt, und ärgere mich darüber, dass ich eine solche Diskussion führen muss. Natürlich will Skye mich nur ein bisschen necken.

„Alles gut!“, sagt sie und hebt abwehrend die Hände. „Ich freue mich, wenn du langsam wieder ein bisschen deine Fühler ausstreckst. Außerdem weiß ich, dass du nicht der Typ von Frau bist, der sich gleich an jemanden ranschmeißt. Bloß, weil du Liam Brooks sexy findest, musst du ja nichts mit ihm anfangen.“

„Ich finde ihn nicht ...“ *Sexy* will ich sagen, aber zum Glück kommt Olivia in eben diesem Moment zur Tür rein und bewahrt mich vor dieser Lüge.

„Mommy! Skye!“ Fröhlich wie immer kommt sie in die Küche und gibt uns beiden einen Kuss. „Wie war es bei euch heute?“

Erst jetzt fällt mir ein, dass ja auch Skye heute einen besonderen Tag hatte, denn es ging ja darum, ob eine renommierte Bostoner Boutique zukünftig ihrem Schmuck verkaufen wird oder nicht.

„Super! Und bei dir?“, antworten wir beide wie aus einem Munde und verbringen den restlichen Nachmittag mit Lachen, Erzählen und Kaffeetrinken.

Gegen Abend fahren Livie und ich Skye zum Flughafen, und als wir uns verabschieden, haben wir alle Tränen in den Augen.

„Ich besuche euch bald wieder!“, sagt sie, als sie erst mich und anschließend Livie fest an sich drückt. „Die Boutique war mehr als interessiert, ich muss in Zukunft bestimmt öfter herkommen. Bei meinem nächsten Besuch zeige ich dir, wie man die Armbänder macht, die dir so gut gefallen haben, okay? Nächstes Mal bringe ich alles für dich mit.“ Sie verpasst Livie einen Kuss auf die Nase, dann umarmt sie mich noch einmal.

„Nun geh schon!“ Ich drücke sie ein letztes Mal und trete einen halben Schritt zurück. „Du weißt doch, wie sehr ich Abschiede hasse!“

Skye nickt, winkt uns noch einmal zu, dann geht sie in Richtung des Terminals. Wir bleiben draußen stehen, bis die Gestalt aus Duft und Farben verschwunden ist, bevor wir zurück zum Auto gehen.

Nachts liege ich noch lange wach und denke darüber nach, warum ich so ein Problem damit habe, zuzugeben, dass ich Liam Brooks anziehend finde.

Ich glaube, dass das Problem darin liegt, dass ich nach meiner Trennung von Greg dachte, dass ich Männern gegenüber zukünftig völlig immun sein werde. Tatsächlich war ich sogar fest davon überzeugt, dass das so sein wird. Und bisher war ich das auch, und dadurch habe ich mich auf der sicheren Seite gefühlt. Ich war mir sicher, dass ich nie wieder von einem Mann abhängig sein werde, weil mir einfach nie mehr einer gefallen würde. Nun bin ich mir da auf einmal nicht mehr so sicher, und obwohl sich Skye darüber freuen mag, bereitet mir dieser Umstand alles andere als positive Gefühle.

# Kapitel 14

Manche Menschen behaupten ja, dass es furchtbar sei, auf der Arbeit zu viel zu tun zu haben. Das mag auch sicherlich stimmen, doch auf der Arbeit so gut wie gar nichts zu tun zu haben, ist noch viel schlimmer.

An meinem zweiten Arbeitstag geht es noch halbwegs. Da fahre ich zum Einkaufen. Nicht mit meinem eigenen Auto, sondern mit Liams Zweitwagen, einem kleinen Kombi mit Elektromotor; er hat darauf bestanden, dass ich diesen dafür nehme. Gleich morgens hole ich meine Einkaufsliste, nehme mir das Portemonnaie, das Liam für mich bereitgelegt hat, sowie den Autoschlüssel und die Fernbedienung für das Garagentor.

Also werfe ich meine Handtasche auf den Beifahrersitz, stelle den Rückspiegel richtig ein und schnalle mich an. Ich drücke auf den Startknopf, den Liam mir gezeigt hat, bemerke, dass zwar alle Lichter angehen, aber sonst nichts passiert. Ich versuche es erneut, ein zweites und ein drittes Mal, doch der Erfolg bleibt aus. Schließlich bin ich kurz davor, einfach wieder ins Haus zu gehen und nach Liam zu suchen, als ich, eher durch Zufall, versuche, die Gangschaltung von Parken auf Fahren zu stellen. Das Auto rollt derart anstandslos an, dass ich es beinahe gegen die Mauer der Garage fahre, weil ich so erstaunt bin. Es gelingt mir in letzter Sekunde, es unfallfrei nach draußen zu bekommen, erst dann fällt mir ein, was das Problem war: Der Elektromotor ist nahezu geräuschlos, während ich die ganze Zeit auf ein tiefes dunkles Brummen gewartet habe, am besten noch kombiniert mit einem unwilligen Stottern. Die Geräusche eben, die alle Autos von sich gegeben haben, mit denen ich je gefahren bin.

Als ich schließlich mit dem leisen Flüsterauto die Einfahrt verlasse, lache ich über mich selbst. Ich bin nur froh, dass ich Liam nicht um Hilfe gebeten habe, ich hätte mich in Grund und Boden geschämt.

Für andere einkaufen zu gehen, ist ein seltsames Gefühl. Obwohl Liam gesagt hat, dass ich kaufen soll, was ich will und nicht aufs Geld schauen brauche, kann ich es doch nicht lassen. Alte Gewohnheiten legt man eben nicht so schnell ab. Allerdings leiste ich mir den Luxus, Bio-Produkte einzukaufen, außerdem nehme ich noch ein paar Keksdosen mit alten Werbebildern darauf mit. Die passen perfekt in Liams Küche und gestalten sie hoffentlich ein bisschen gemütlicher. Außerdem kaufe ich eine Reihe von Kerzen und dazu passende Halter – immerhin hat er gesagt, ich solle anschaffen, was ich für nötig halte. Ich halte es durchaus für nötig, dass man einem Kind ein möglichst gemütliches Zuhause bietet, und es in keiner Küche essen muss, die eher an einen Schlachthof erinnert, als an einen Ort, an dem man sich ausruhen und gemütlich zusammensitzen kann.

Sich an die Kasse zu stellen und Einkäufe zu bezahlen, die einem selbst gar nicht gehören, ist irgendwie ein seltsames Gefühl. Bei jedem Teil, das die Verkäuferin über das Band zieht, schiele ich angespannt auf die Gesamtsumme, um mich selbst immer wieder damit zu beruhigen, dass ich das alles nicht aus eigener Tasche bezahlen muss.

Zurück bei Liam schleppe ich meine Einkäufe ins Haus und beschäftige mich den Rest des Tages lange und ausgiebig damit, mir einen Plan zu erstellen, was man am besten wo unterbringt. Die mittlerweile größtenteils leeren Schränke kommen mir da sehr entgegen.

Außerdem katalogisiere ich, was ich alles gekauft habe, und trage es in ein Kassenbuch ein, das ich aus dem Supermarkt mitgebracht habe. Auf diese Art behalte ich einen Überblick über die Kosten, kann mir aufschreiben, was ich verbraucht habe, und so feststellen, wann ich etwas neu kaufen muss.

Natürlich ist das eigentlich überflüssig, denn in einem so kleinen Haushalt fällt es leicht, den Überblick zu bewahren, anders als in dem Catering Service, in dem ich gearbeitet habe, bevor wir zurück nach Boston gefahren sind. Dennoch hatte ich auch da eine gute Zeit, und eine sehr liebe Chefin obendrein, und manchmal frage ich mich, ob es wirklich die richtige Entscheidung war, aus Greenwish wegzugehen –

denn von unserem Heimweh einmal abgesehen, habe ich mich dort gut aufgehoben gefühlt.

Es geht mir einfach besser, wenn ich alles bis ins kleinste Detail nachweisen kann, schließlich ist es nicht mein Geld, das ich hier ausgebe. Selbst wenn ich nicht glaube, dass Liam diesbezüglich zu Kontrollen neigt.

Zumindest an diesem Tag schaffe ich es somit mit Ach und Krach auf meine bezahlten Arbeitsstunden zu kommen. Was ich mit dem morgigen Tag anfangen soll, ist mir allerdings ein Rätsel. Ich würde ja Liam fragen, aber ich habe ihn heute noch gar nicht zu Gesicht bekommen, und irgendwann ist die Zeit für meinen, nicht sonderlich wohlverdienten, Feierabend auch so erreicht.

Ich hatte in meinem Leben bereits jede Menge Jobs, doch ich glaube langsam, dass dies der erste Job meines Lebens sein wird, bei dem ich mich schon am dritten Arbeitstag zu langweilen beginne.

# Kapitel 15

Irgendwie habe ich es geschafft, meine erste Arbeitswoche herumzubekommen und meine zweite zu beginnen, ohne mir dabei allzu nutzlos vorzukommen.

Bis Liams Sohn Joshua einziehen soll, dauert es noch drei Tage, Liam selbst ist beinahe nie zu Hause, und ich habe keinen blassen Schimmer, was ich bis dahin anstellen soll.

Aus lauter Verzweiflung habe ich schon damit angefangen, mir Gerichte auszudenken, die man vorkochen und einfrieren kann, falls ich mal nicht da sein sollte oder es schnell gehen muss, aber auch der Gefrierschrank platzt mittlerweile aus allen Nähten.

Die Küche ist umdekoriert, so gut es eben ging, und ich habe keine Ahnung, ob es Liam gefällt oder nicht, oder ob er es überhaupt zur Kenntnis genommen hat. Gerne hätte ich mich dem Rest des Hauses gewidmet, aber soweit ich Liam verstanden habe, hat er mich vor allem als Köchin eingestellt, und da ich ihn leider nie zu Gesicht bekomme, kann ich ihn auch nicht fragen, ob ich mich im Rest des Hauses noch nützlich machen soll.

Seufzend wische ich zum vermutlich hundertsten Mal über die Arbeitsplatte und überlege mir, was ich noch machen könnte, als mein Blick auf die Keksdosen fällt, die ich oben auf den Schränken deponiert habe.

Ursprünglich habe ich sie ja vor allem für Dekorationszwecke gekauft, doch natürlich spricht auch nichts dagegen, sie zu befüllen.

Kinder lieben doch Kekse, oder? Livie zumindest ist immer ganz verrückt danach.

Kurz überprüfe ich meine Vorräte, aber da ich mehr als gründlich eingekauft habe, um auf jegliche Eventualitäten vorbereitet zu sein, habe ich alle nötigen Zutaten im Haus.

Gut gelaunt schalte ich das Radio ein, bleibe bei einem Sender mit Oldies und Evergreens hängen und mache mich ans Werk.

Ich beginne mit zwei Blechen Triple-Choc-Cookies, die mit drei verschiedenen Sorten Schokolade gebacken werden, fahre fort mit meiner persönlichen Lieblingssorte mit weißer Schokolade und Cashewkernen, dann backe ich noch ein Blech mit Zimtkeksen mit kleinen Apfelstücken darin.

Die Küche beginnt süß und warm zu duften, so stelle ich mir den Geruch von glücklicher Kindheit vor.

Im Radio läuft „What a wonderful world" und lächelnd beginne ich mitzusingen. Ich liebe es zu kochen und zu backen, und ich kann nur hoffen, dass Joshua Brooks ein lieber Junge und ein guter Esser sein wird.

Während ich das letzte Blech mit Keksen in den Ofen schiebe, sortiere ich bereits die ersten Cookies in die Dosen ein, weil sie mittlerweile genügend abgekühlt sind.

Als ich mich umdrehe, um sie auf den Küchentisch zu stellen, nehme ich eine Gestalt wahr, die im Türrahmen steht und mich beobachtet. Mit einem leisen Aufschrei lasse ich die Keksdose fallen, die in einer Kakophonie aus Scheppern und Knallen auf dem Boden aufschlägt.

„Um Himmels willen, das tut mir leid! Ich wollte Sie nicht erschrecken!" Die Gestalt löst sich aus dem Türrahmen und ich erkenne eine kleine rundliche Frau mit grauem Haar und einem energischen Auftreten. „Bitte verzeihen Sie mir, dass ich so unhöflich war. Ich hätte mich wirklich bemerkbar machen müssen. Es ist nur … ich weiß auch nicht. Sie sahen so zufrieden und versunken aus, dass ich Sie nicht stören wollte." Meine Hand wandert zu meinem rasenden Herzen und ich starre die Frau, die zugegeben eher harmlos wirkt, noch immer an, während ich mit der anderen Hand nach dem Handy in meiner Schürzentasche taste, um gegebenenfalls schnell die Polizei rufen zu können. „Oh Gott! Und vorgestellt habe ich mich auch noch nicht, heute scheint wirklich nicht mein Tag zu sein. Ich bin Emma Brooks, Liams Mutter!"

Das würde zumindest erklären, wie sie ins Haus gekommen ist, ohne Schlüssel ist das nämlich kaum möglich, und die Frau, die vor mir steht, sieht nicht unbedingt wie jemand aus, der in der Lage ist, aufwendige Schlösser zu knacken. Aber gut, wissen kann man das natürlich nie ganz genau. Andererseits … wenn sie wirklich seine Mutter ist … Ein wenig zögerlich ergreife ich ihre ausgestreckte Hand.

„Ich bin Gwen Campbell, Liams Haushälterin. Bitte entschuldigen Sie das Chaos." Ich deute auf den Teil der Kekse, der nun verteilt auf dem Fußboden liegt, und mache mich daran, ihn aufzusammeln.

„Nicht doch. Lassen Sie das liegen, und kümmern Sie sich lieber um die, die noch im Backofen sind. Das hier mache ich weg, das war schließlich meine Schuld. Und es wäre wirklich sehr schade, wenn noch mehr Kekse verdorben werden, nur weil sie hinterher im Backofen verbrennen."

Wahrscheinlich sollte ich ihr widersprechen, aber sie hat so etwas an sich, das es schwer macht, sich nicht ihrem Willen zu beugen.

Also mache ich, was sie mir sagt, und nehme die fertigen Kekse aus dem Ofen, während sie zielsicher Kehrblech und Handfeger aus dem Wandschrank holt und beginnt, die Krümel vom Fußboden zu entfernen. Anscheinend kennt sie sich gut aus hier, und ich lasse meine Vorsicht etwas fallen, erst recht, nachdem ich sie etwas genauer betrachtet habe. Ihre Augen sehen genauso aus wie die von Liam, aquamarinblau mit einem beinahe schwarzen Ring um die Iris herum.

„Die sehen köstlich aus!" Sie schaut mir über die Schulter, während ich die noch heißen Cookies zum Abkühlen auf ein Kuchengitter lege. „Was halten Sie davon, wenn ich uns einen Kaffee koche und wir dabei die Kekse essen, die ich gerade noch retten konnte? Ich konnte Schokolade noch niemals widerstehen." Sie zwinkert mir zu. „Eigentlich wollte ich ja meinen Sohn besuchen, aber da er sich schon wieder irgendwo herumzutreiben scheint, habe ich nun jede Menge Zeit." Völlig unverhohlen mustert sie mich einmal von Kopf bis Fuß. „Außerdem bin ich eine stets besorgte Großmutter und es interessiert mich sehr, wen mein Sohn für die Betreuung meines einzigen Enkelkindes eingestellt hat!" Sie beugt sich beinahe verschwörerisch zu mir herüber. „Mein Mann meinte zwar, das würde mich nichts angehen, aber ich bin einfach immer viel zu neugierig!"

# Kapitel 16

+++

In den letzten Tagen hatte Liam mehr als genug um die Ohren, um einen Grund haben, nicht nach Hause zu kommen. In der Stiftung herrscht momentan Chaos, sein Anwalt bereitet sich für einen neuen Prozess mit einem Ex-College-Footballspieler vor. Der Fall ist besonders brisant, da der arme Kerl nicht einmal genug Geld hat, um die Arztkosten für die Gutachten zu bezahlen. Sie sind sich zwar nicht sicher, ob es sich um CTE handelt, aber es scheint doch sehr wahrscheinlich, dass die Konzentrationsstörungen und Ausfallerscheinungen, an denen Spencer Adams leidet, Folgen eines schlecht ausgeheilten Schädel-Hirn-Traumas sind, mit dem die Teamärzte ihn vor fünf Jahren einfach haben weiterspielen lassen, statt ihn ins Krankenhaus zu schicken.

Während CTE im Boxsport längst eine anerkannte Folgeerkrankung ist, sträubt sich die NFL bis heute, es wirklich anzuerkennen, und gibt nur durch den immer massiver werdenden Druck von außen langsam nach, zumal man eine sichere Diagnose dieser Erkrankung erst nach dem Tod des Patienten bei einer Hirnautopsie feststellen kann.

Spence hat nur bis zum Collage Football gespielt. Vielleicht war das sein Glück, wer weiß, was sonst noch alles mit seinem Kopf passiert wäre. Aber Collage-Football bringt kein Geld, und nachdem er aus der Mannschaft geflogen war, konnte er keinen Abschluss mehr machen, weil Spencers Stipendium ebenfalls an dem Platz in der Mannschaft hing.

Doch selbst, wenn Liam weniger zu tun gehabt hätte, hätte er höchstwahrscheinlich einen Grund gefunden, um von zu Hause wegzubleiben. Gestern hat er zum Beispiel stundenlang die Rosen im Garten beschnitten.

Zweimal hat er den Fehler gemacht, zu früh zurückzukommen, und beide Male hat er Gwen in seiner Küche vorgefunden, völlig in ihre Arbeit versunken.

An sich wäre das natürlich kein Grund, um von zu Hause wegzubleiben, denn dass sie ihre Arbeit erledigt, ist sehr löblich, und es ist auch nicht so, als ob ihm das nicht gefallen würde. Das Problem ist eher, dass es ihm zu gut gefällt. Viel zu gut.

Es ist lange her, dass er nicht in ein einsames leeres Haus kam, wenn er abends Feierabend hatte. So lange, dass er fast vergessen hatte, wie gut es sich anfühlen kann, wenn dies nicht der Fall ist, wie schön es sein kann, wenn da jemand ist.

Nachdem er sich dabei ertappt hat, dass er sich für einen klitzekleinen Moment der Illusion hingegeben hat, Gwen würde sich vielleicht sogar darüber freuen, dass er nach Hause kommt, hat er beschlossen, ihr in Zukunft einfach aus dem Weg zu gehen.

Natürlich muss er sich diesem kleinen Problemchen spätestens in dem Moment stellen, in dem Josh endlich einzieht. Aber dann ist es Josh, auf den er sich freut, wenn er nach Hause kommt, und sich auf seinen eigenen Sohn zu freuen, sollte ja unproblematisch sein, und bis dahin sind es schließlich nur noch drei Tage.

Allerdings hat er heute einfach keinen Grund mehr gefunden, um noch länger von zu Hause wegzubleiben; er hat auch so schon den halben Tag damit verbracht, andere von der Arbeit abzuhalten. Irgendwann war schließlich der Zeitpunkt gekommen, an dem er sich lächerlich dabei vorkam, seine Rückkehr noch länger hinauszuzögern. Es ist schließlich sein Zuhause, und es ist seine Angestellte. Obendrein ist das Haus groß genug, er wird ihr einfach aus dem Weg gehen, damit sie ihre Arbeit in Ruhe erledigen kann; seine lächerlichen Gefühle mitsamt seinen noch lächerlicheren Sehnsüchten nach einer Frau und einer Familie wird er dabei einfach ignorieren.

Entschlossen lenkt er seinen Wagen in Richtung Einfahrt und wartet, bis sich das doppelflügelige eiserne Tor automatisch geöffnet hat, bevor er seinen Wagen auf dem Hof abstellt. Natürlich hätte er auch einfach in die Garage fahren können, in diesem Fall hätte sogar die Möglichkeit bestanden, die Küche und somit die akute Gefahrenzone einfach zu umgehen; aber dabei hätte er sich wie ein Dieb in seinem eigenen Haus gefühlt.

Ihm gehört dieses Haus, verdammt noch mal, mit allem, was sich darin befindet, also wird er durch den Haupteingang gehen, wie sich das gehört, einen kurzen Blick in die Küche werfen, höflichst nachfragen, ob alles in Ordnung ist, und dann seines Weges gehen. Völlig cool und völlig ohne irgendwelche unerwünschten Emotionen.

Doch bereits als er die Haustür aufschließt, ist er sich nicht mehr ganz so sicher, wie emotionslos ihm dieser Auftritt gelingen wird, denn das gesamte Haus ist mit dem Duft von Keksen erfüllt. Kekse riechen unweigerlich nach Kindheit, und wer kann schon völlig emotionslos bleiben, wenn ihn etwas an seine Kindheit erinnert? Sind das nicht mit die intensivsten Gefühle und Erinnerungen überhaupt?

Kurz bleibt er stehen und schließt die Augen, um den warmen, süßen Duft nach Vanille, Schokolade und Heimat einzuatmen. Er könnte beinahe schwören, das heitere Lachen seiner Mutter zu hören. Ärgerlich schüttelt er den Kopf. Er sollte wirklich aufhören, sich in solche Dinge so dermaßen hineinzusteigern! Wenn man bereits Stimmen in seinem Kopf hört, kann das sicherlich nicht gesund sein.

Also richtet Liam sich gerade auf und strafft seine Schultern. Nur ganz kurz Hallo sagen, dann seiner Wege gehen, dem Drang widerstehen, sich einfach in die Küche zu setzen und Gwen bei ihrer Arbeit zu beobachten. Das ist sein fester Plan.

Mit einer energischen Geste drückt er die Türklinke hinunter und betritt das, was seine Innenarchitektin als total angesagt beschrien hat, als sie sein Haus eingerichtet hat, ihm jedoch immer ein wenig steril vorgekommen ist.

Fassungslos bleibt er in der Tür stehen, nun fest davon überzeugt, dass irgendetwas in seinem Kopf tatsächlich nicht in Ordnung ist.

„Mom?“ Er klingt genauso fassungslos, wie er sich fühlt. Seine Mutter sitzt mit Gwen am Küchentisch, isst Kekse und trinkt Kaffee, als wären die beiden seit Jahren beste Freundinnen. Und das, obwohl seine Mutter Fremden gegenüber eigentlich eher zurückhaltend ist, fremden Frauen gegenüber erst recht.

„Oh! Hallo Liam!“, seine Mutter blickt zu ihm hoch und schenkt ihm ein warmes und freundliches Lächeln. „Setz dich zu uns. Gwens Kekse sind wirklich köstlich. Josh wird sie bestimmt lieben! Und du sicherlich auch.“

„Sicher. Ganz bestimmt“, murmelt Liam, und ist sich dabei nicht völlig sicher, ob seine Mutter über die Bäckerin oder ihr Produkt spricht.

„Komm, setz dich!“

Doch auch die wiederholte Aufforderung kann ihn nicht dazu bewegen, auch nur einen Fuß mehr in seine Küche zu setzen. Alle seine Selbstschutzmechanismen scheinen auf einmal in höchster Alarmbereitschaft zu sein, ohne dass er so wirklich weiß, warum eigentlich.

„Ich …“ Verlegen nestelt er sein Smartphone aus der Tasche und wirft einen Blick auf den nicht aktivierten Bildschirm. „Ich muss leider nochmal los. Ich habe einen wichtigen Termin vergessen.“

Niemals, nicht um alles in der Welt, wird er den Fehler begehen, sich jetzt mit an den Tisch zu setzen, denn er ist fest davon überzeugt, dass er umgehend davon abhängig werden wird und mehr davon haben will. Das Loch in seinem Herzen, das Jessica vor vielen Jahren hinterlassen hat, schreit danach, wieder gestopft zu werden, aber die Gefahr, dass es dabei zu noch viel größeren Verletzungen kommt, ist viel zu groß. Niemals wäre er wahnsinnig genug, dieses Risiko einzugehen.

Mit einem schalen Lächeln und dem Gefühl, ein Feigling zu sein, verlässt er schließlich sein Haus. Dieses Mal nimmt er die Hintertür.

+++

# Kapitel 17

Selbst nach dem Ende seiner Karriere hat Liam sein Training sehr ernst genommen. Er hat genug Ex-Footballer gesehen, die mit den Jahren so fett geworden sind, dass sie kurz davor stehen, im Flugzeug zwei Sitzplätze buchen zu müssen; und das ist etwas, was er definitiv nicht für sich selbst will.

Sobald er aus dem Krankenhaus entlassen worden war, hat er wieder angefangen zu trainieren, und bis heute nimmt er es mit seinem Trainingsplan sehr genau.

Doch so viel Sport wie in den letzten Tagen hat er schon lange nicht mehr gemacht; momentan ist er beinahe besessen davon.

Als er Gwen Campbell das erste Mal traf, war er davon ausgegangen, dass keine Gefahr von ihr ausgehen würde. Sie war so still und unauffällig, nicht unattraktiv, natürlich nicht, aber auch niemand, der sein Blut übermäßig in Wallung gebracht hätte. Dabei ist ihre Schönheit einfach nur still, ihre großen Rehaugen stehen eine Spur zu weit auseinander, was ihr etwas Verletzliches verleiht. Ihre Haut ist sahnig und hell, beinahe durchscheinend. Alles an ihr, bis zu dem seidig glänzenden braunen Haaren, wirkt, als wäre sie eine vergessene Fee aus irgendeinem alten Märchen.

Gwen gehört zu den Frauen, die man erst auf den zweiten Blick bemerkt, und sich dann fragt, wie man vorher nur so blind gewesen sein konnte. Und das ist ein verdammtes Problem. Frauen, bei denen man nicht mehr wegsehen kann, sind Frauen, die Probleme mit sich bringen. Vor allem, wenn man sie jeden Tag um sich hat, und das ist gefährlich.

Vielleicht sollte er sich mal wieder irgendwo ein bisschen austoben gehen, eine der Nummern aus seinem Adressbuch wählen und eine alte Freundin treffen, die genauso wenig Interesse an Beziehungen hat wie er selbst – aber eine Nacht voller heißem, wilden Sex genauso zu schätzen weiß.

Mit diesem Plan für die Nacht im Kopf geht es ihm gleich viel besser, und er läuft noch einmal um den See, den er momentan mehrfach am Tag umrundet.

+++

Heute Nachmittag habe ich frei, vermutlich, weil auch Liam nicht mehr weiß, womit er mich beschäftigen soll. Ohnehin habe ich ein wenig den Eindruck, dass ihm meine Anwesenheit hier unangenehm ist. Es ist so, als würde er mir ständig aus dem Weg gehen und vor mir auf der Flucht sein.

Vielleicht bilde ich mir das Ganze auch bloß ein, schließlich will mir kein vernünftiger Grund dafür einfallen, dass er sich unwohl fühlt, wenn ich da bin; außer vielleicht dieses allgemeine Unwohlsein, das man manchmal hat, wenn Fremde im Haus sind. Aber er müsste es ja eigentlich gewohnt sein, dass Hausangestellte da sind. Immerhin hat er eine Putzfrau, und wenn ich mir den riesigen Park anschaue, vermutlich auch einen Gärtner. Obwohl, nein, keinen Gärtner. Bei diesem Gedanken muss ich schmunzeln. Immerhin übernimmt er diese Rolle ja zu gerne selbst, nur für das Beschneiden der Bäume und Büsche kommt ab und an eine Gartenbaufirma vorbei. Seine Mutter hat mir erzählt, dass bereits Liams verstorbener Großvater eine Schwäche fürs Gärtnern und für Rosen hatte, und Liam ihn als kleiner Junge dabei unterstützt hat.

Da Liam mir mein Gehalt wöchentlich bezahlt, beschließe ich, heute mit Livie zum Shopping zu gehen. Es ist das erste Mal seit langem, dass ich das Gefühl habe, lang genug in einem Haus bleiben zu wollen, um es ein bisschen wohnlicher einzurichten. Also überrasche ich sie damit, dass ich sie von der Schule abhole und mit ihr in ein nahegelegenes Einkaufszentrum fahre, von dem ich neulich einen Werbeprospekt in der Post hatte. Sie scheinen eine schöne und günstige Abteilung für Wohnaccessoires zu haben.

„Oh, Mommy, schau mal! Können wir ein paar von diesen Kissen haben? Für unser Sofa?“ Livie zeigt begeistert auf cremefarbene Kissen mit Fotodrucken von Eichhörnchen, Rehen und diversen anderen Wildtieren, die optimal zu unserem Sofa passen würden, und obendrein nicht die Welt kosten.

„Wenn du sie schön findest, dann such uns drei oder vier Stück aus, mein Schatz. Die würden bestimmt gut aussehen."

Livie ist mit Begeisterung bei der Sache, vergleicht die einzelnen Tiere und die Drucke miteinander, und ich muss über ihren Enthusiasmus sowie ihre Sorgfalt lächeln.

Anschließend suchen wir gemeinsam noch drei Windlichter in verschiedenen Größen für den Couchtisch aus sowie eine bunte Tagesdecke für Livies Zimmer.

Obwohl die Preise wirklich günstig sind, haben wir für unsere Verhältnisse ein Vermögen ausgegeben, als wir fertig sind. Aber heute ist einer dieser Tage, an dem ich mir deswegen keine Sorgen mache, sondern mich einfach gut dabei fühle. Wir haben in den letzten Jahren so verdammt sparsam gelebt, dass so ein kleines bisschen Luxus einfach mal sein muss.

„Wollen wir noch ein Eis essen?" Ich deute auf die kleine Eisdiele und Livie nickt begeistert.

„Ich war bei unserem Ausflug mit Granny und Grandpa hier", erzählt sie mir, während wir uns mit dem Eis in der Hand auf eine Bank setzen, unsere großen Einkaufstüten zwischen unseren Beinen verstauen und die vorbeigehenden Menschen beobachten. „Sie haben mir erzählt, dass wir uns hier vielleicht mal mit Dad treffen können, weil er bald aus dem Gefängnis entlassen wird. Es ist wohl zu voll dort, und weil er sich so gut benommen hat, seit er da ist, wollen sie ihn früher gehen lassen“, fügt sie leiser hinzu. Dann wird ihre Stimme noch leiser. „Sie haben gesagt, dass ich dir das nicht erzählen soll. Aber du sagst ja immer, dass ich dir alles erzählen kann, auch wenn andere sagen, ich soll nicht.“ Beinahe krampfhaft schaut sie auf ihr Eis, und ich spüre, wie sich mein Herz zusammenschnürt und sich dieser eisige Klumpen in meinem Bauch bildet, der mir so vertraut ist, weil er mich schon viel zu lange begleitet. Eine Mischung aus Liebe, Angst und Wut macht sich in mir breit, die mir kurzzeitig die Sprache verschlägt. Fassungslos starre ich mein kleines Mädchen an.

„Mommy? Bist du jetzt böse auf mich?“ Unter langen Wimpern wirft Live mir einen vorsichtigen Blick zu. Ich hole tief Luft und bemerke erst jetzt, dass ich sie angehalten hatte.

„Du hast alles richtig gemacht, mein Schatz!“ Ich hauche ihr einen Kuss auf den Scheitel und atme den vertrauten Duft ihres Erdbeershampoos ein. „Du hast alles richtig gemacht, und es ist gut, dass du mir das erzählt hast. Ich bin stolz auf dich, meine Kleine.“ Aufmunternd lächle ich sie an, und ich bin erstaunt, dass ich mir das halbwegs zu gelingen scheint. Livie lehnt sich an mich und kuschelt ihren zierlichen Körper an meine Seite. Meine Gefühle sind so sehr in Aufruhr, dass es mich wundert, dass es mir überhaupt gelingt zu sprechen. Ich muss mich zweimal räuspern. „Haben deine Großeltern etwas dazu gesagt, ob ihr Daddy ein anderes Mal treffen werdet?“

Nachdenklich schaut Olivia auf ihr Eis.

„Sie meinten, dass es vielleicht nächsten Monat klappen könnte. Und ob ich mich schon darauf freuen würde."

„Würdest du dich denn darüber freuen, Daddy zu treffen?"

Sie blickt zu mir hoch, in ihren Augen schwimmen Tränen.

„Ich weiß, dass man seine Eltern lieben sollte. Aber eigentlich will ich ihn nicht sehen. Am liebsten nie mehr wieder."

Ich werfe das Eis in den Mülleimer neben uns, weil mir der Appetit vergangen ist, und ziehe meine Tochter enger an mich.

Ja, denke ich, normalerweise sollte das so sein. Allerdings müssen einem Eltern auch die Möglichkeit dazu geben, sie lieben zu können. Denn so ein Gefühl sollte auf Gegenseitigkeit beruhen, und einem Menschen, den man liebt, bricht man nicht mit Absicht den Arm, Menschen, die wesentlich schwächer sind als man selbst, schon gar nicht.

Dennoch habe ich mich jedes Mal gebraucht gefühlt, wenn er wieder nüchtern war und Besserung gelobt hat. Wenn er sich dafür bedankt hat, dass ich nicht weglaufe, wenn er mir versichert hat, wie sehr er mich braucht und liebt.

Das ist vielleicht einer der Gründe, weshalb ich die Schläge meines Exmannes so lange hingenommen habe, weshalb es so lange gedauert hat, bis ich endlich die Augen geöffnet und gesehen habe, dass er in Wirklichkeit nur sich selbst liebt.

Perverserweise hat genau das dazu geführt, dass der einzige Mensch, der mir jemals seine bedingungslose Liebe entgegengebracht hat, leiden musste. Livie musste unter Greg leiden, weil ich nicht selbstbewusst genug war, um zu gehen. Und ich habe mir geschworen, dass das niemals wieder passieren wird.

Wut kocht in mir hoch und scheint jedes andere Gefühl kurzfristig zu verschlingen.

„Wenn du ihn nicht wiedersehen willst, Livie, dann werde ich alles, was in meiner Macht steht, dafür tun, dass du ihn auch nicht mehr sehen musst." Und wenn es das Letzte ist, was ich tue.

## Kapitel 18

„Cherry? Hi, ich bin's." Meine Finger umklammern das Telefon so fest, dass es beinahe schmerzhaft ist.

„Alles in Ordnung mit dir, Gwen?" Einmal mehr stelle ich fest, dass Cherry über sehr feine Antennen verfügt, denn obwohl ich selbst finde, völlig normal zu sprechen, scheint sie dennoch etwas wahrgenommen haben, das sie in Alarmbereitschaft versetzt.

„Ja. Nein. Ich … ach verdammt. Greg kommt wahrscheinlich bald aus dem Gefängnis. Livie weiß es von ihren Großeltern … Meinst du, du könntest ein Treffen mit dieser Anwältin für mich organisieren, die ihr habt?" Normalerweise würde ich mir lieber die Zunge abbeißen, statt sie das zu fragen, aber für Livie bin ich bereit, über meinen Schatten zu springen. „Du hast doch mal gesagt, dass sie manche Fälle pro bono übernimmt, oder? Meinst du, sie würde sich vielleicht auch auf eine Ratenzahlung einlassen?"

„Oh verdammt, Gwen. Das tut mir so leid." Ich kann hören, wie sie schlucken muss. „Du kannst dir sicher sein, dass wir das irgendwie hinbekommen. Dana wird für dich da sein, und Grayson ebenfalls. Schon aus eigenem Interesse …" Vor lauter Sorge hatte ich völlig vergessen, dass auch Cherry keine guten Erfahrungen mit Greg gemacht hat. Er hätte sie damals beinahe erwürgt, und wenn Grayson nicht dazwischen gegangen wäre … Ich weiß nicht, was dann passiert wäre. „Ich rufe dich in einer halben Stunde zurück. Wir bekommen das ganz sicher hin. Noch heute."

„Ich muss heute eigentlich arbeiten …"

„Ich lasse Grayson bei Liam anrufen und ihm sagen, dass es einen Notfall gibt. Wie ich Liam kenne, wird er dir freigeben, ohne große Fragen zu stellen. Zumal du ja gesagt hast, dass du im Moment ohnehin nicht viel zu tun hast."

Vor lauter Dankbarkeit schließe ich kurz die Augen.

„Cherry … ich weiß gar nicht, wie ich all das je wieder gut machen soll. Ich danke dir vielmals. Dir und Grayson ebenfalls."

„Ich mache das gerne für dich, Gwen. Und ich bin mir sicher, dass du das auch für mich tun würdest, ohne mit der Wimper zu zucken."

Das würde ich in der Tat, auch wenn ich trotzdem nicht hoffe, dass Cherry jemals in eine Situation kommen wird, in der ich das beweisen muss. Nicht um meinet-, sondern um ihretwillen.

Gleich am nächsten Tag bekomme ich einen Termin bei der Anwältin, die Grayson und Cherry mir empfohlen haben. Wir treffen uns bei den beiden in der Stiftung, anscheinend sieht es der Chef der Anwältin nicht gern, wenn sie solche Fälle in der Kanzlei behandelt.

Ich bin fast eine halbe Stunde zu früh da, Cherry nimmt mich in Empfang.

„Möchtest du vielleicht einen Kaffee?“ Aufmunternd drückt sie meine Hand, während sie mich in den kleinen Konferenzraum führt, der eingerichtet wurde, als sie hier alles umgebaut haben.

„Nein, danke.“ Ich habe ohnehin schon Magenschmerzen.

„Dann vielleicht einen Tee?“

Ich schüttele den Kopf.

„Das ist sehr lieb, aber gerade möchte ich wirklich nichts.“ Ich weiß genau, dass sich dieser unangenehme Knoten in meinem Magen erst wieder lösen wird, wenn ich etwas mehr Gewissheit über die gesamte Situation haben werde.

Ich setze mich in einen der vier Bürostühle, die um einen runden Holztisch herumstehen, und schaue mich in dem ansonsten sehr nüchtern eingerichteten Raum um. Alles, was es hier noch gibt, ist ein kleines Fenster, sowie ein schmales Regal mit ein paar Aktenordnern und einem Drucker. Auch der Kunstdruck mit der Landschaftsmalerei an der Wand kann mich nicht wirklich ablenken, und als das Klappern hoher Absätze auf dem Flur erschallt, merke ich, dass meine Hände schweißnass geworden sind.

„Da kommt sie schon!“ Cherry lächelt mir zu, bevor sie zur Tür geht, um die Frau, die hereinkommt, kurz zu begrüßen. „Dann lasse ich euch zwei mal allein.“

Dana Donovan ist maximal Anfang dreißig, aber strahlt die Entschlossenheit und Erfahrung einer alten Veteranin aus. Ihr Haar ist glatt und blond, ihre Augen sind babyblau und sie wirkt, als könne nichts an ihr jemals in Unordnung geraten.

Soweit ich weiß, arbeitet sie eigentlich für eine große Kanzlei in Boston, doch sie hilft auch Grayson und Cherry ab und an, und ist auch die Familienanwältin der Familie Brooks; zumindest hat Cherry das erzählt.

Nachdem wir uns einander vorgestellt haben, nimmt sie mir gegenüber Platz.

Die ganze Zeit über hört sie mir mit großer Ernsthaftigkeit zu, macht sich immer wieder Notizen und unterbricht mich höchstens, weil sie eine Frage hat.

„Durch unsere völlig überfüllten Justizvollzugsanstalten und mangelnde Gelder ist es leider ein weit verbreitetes Problem, dass Häftlinge früher entlassen werden. Oft gibt es in diesem Fall Auflagen, beispielsweise eine elektronische Fußfessel und einen bestimmten Radius, den derjenige dann nicht verlassen darf.“ Nachdenklich sieht sie mich an. „Normalerweise hat der Vater das Recht, sein Kind zu sehen, auch wenn das gegen den Willen der Mutter – und leider auch gegen den Willen des Kindes – ist. In manchen Fällen ist das sicherlich keine gute Entscheidung, aber ich habe auch genug Fälle erlebt, in denen die Mutter – oder auch der Vater – die Kinder regelrecht gegen das andere Elternteil aufhetzen. Die meistens Kinder sind ja leider noch sehr leicht zu manipulieren. Sie glauben gar nicht, was ich diesbezüglich schon alles erlebt habe …" Ich ziehe scharf die Luft ein und meine Augen füllen sich umgehend mit Tränen, die ich versuche wieder zu verscheuchen. Ich hasse es, wenn ich so schwach bin. Dana Donovan greift über den Schreibtisch hinweg nach meiner Hand und drückt sie tröstend. „Ich bin mir ziemlich sicher, dass wir in Ihrem Fall eine Möglichkeit finden werden, Ihrem Ex-Mann den Umgang mit Olivia zu verbieten. Es ist schließlich nachgewiesen, dass er Ihrem gemeinsamen Kind großen Schaden zugefügt hat."

Ich umklammere die Stuhllehnen so fest, dass meine Hände zu schmerzen beginnen.

„Ich befürchte, dass meine Schwiegereltern stur genug sein werden, sich über alle möglichen Entscheidungen hinwegzusetzen."

„Auch Großeltern haben durchaus so etwas wie ein Besuchsrecht. Aber es lässt sich normalerweise natürlich vermeiden, dass Livie ihre Großeltern allein trifft."

„Sie sind das letzte bisschen Normalität, das Olivia in Bezug auf Familie noch hatte. Andere Kinder wachsen mit

Vater und Mutter auf, sie haben gleich von zwei Seiten Großeltern. Livie hat nur noch mich und diese beiden."

Dana lächelt verständnisvoll.

„Solche Dinge sind leider häufig ein Problem. Wenn es um Familienangelegenheiten geht, spielen die Emotionen und Beziehungen oft eine ebenso große Rolle wie die rechtlichen Aspekte. Dennoch würde ich empfehlen, eine einstweilige Verfügung zu erwirken, aus der hervorgeht, dass sich Ihr Ex-Mann Olivia auf nicht mehr als zweihundert Meter nähern darf. Normalerweise ist so etwas wirkungsvoller, als man zunächst annehmen mag. Zumal, wenn er wirklich freikommen sollte und der Rest seiner Haftstrafe zur Bewährung ausgesetzt wird. Ein Verstoß gegen solche Auflagen führt dann dazu, dass er sofort wieder zurück ins Gefängnis geht, und das ist etwas, was seine Mutter sicherlich nicht wollen wird."

Mittlerweile habe ich die Stuhllehne losgelassen und spiele stattdessen mit einem Kugelschreiber herum.

„Nein, das wird seine Mutter sicherlich nicht wollen." Genau genommen ist das wahrscheinlich das Letzte, was sie für ihren Sohn will, der in ihren Augen ohnehin das größte Opfer in der ganzen Geschichte war. Ich bin mir ziemlich sicher, dass sie mit mir niemals wieder ein Wort gewechselt hätte, wenn es Livie nicht geben würde.

„Wir bekommen das hin, Ms. Campbell. In Ihrem Fall ist es ja wirklich ziemlich eindeutig, dass das Wohl Ihrer

Tochter durch den Kindesvater geschädigt ist. Auch das psychische Wohl. Ich werde ein Eilverfahren beantragen und alle Unterlagen noch heute einreichen." Sie blättert die Unterlagen durch, die ich ihr gegeben habe. „Olivia ist noch immer in psychologischer Behandlung deswegen?"

„Nein, momentan nicht mehr. Durch die vielen Umzüge ist es schwierig gewesen, und zuletzt hatte ich manchmal das Gefühl, dass Livie einfach mal eine Weile Ruhe braucht."

„In Ordnung. Hätten Sie etwas dagegen, wenn ich mit Ihrem letzten Psychologen sprechen würde? Und ihn gegebenenfalls als Zeugen vorladen würde, beziehungsweise ihn bitten, mir ein schriftliches Gutachten zu erstellen?"

„Natürlich habe ich nichts dagegen!" Ich suche ihr die Kontaktdaten aus meinem Handy heraus, und schreibe sie ihr auf einen Zettel, den sie mir hinschiebt.

„Wenn Sie noch einen Augenblick Zeit haben, dann erstelle ich noch schnell das Schreiben für den Psychologen. Er muss ja für diesen Fall von seiner Schweigepflicht entbunden werden."

„Natürlich."

Kurz tippt Ms. Donovan etwas an ihrem Laptop ein, dann beginnt auch schon der Drucker zu brummen,

„Hier, essen Sie das." Sie holt einen Schokoriegel aus ihrer Aktentasche hervor und schiebt ihn mir über den Tisch. „Das ist gut für die Nerven. Und bitte, machen Sie sich nicht so viele Gedanken. Ich weiß, das sagt sich immer so leicht. Doch wir bekommen das hin. Ganz bestimmt."

Ich greife nach dem Schokoriegel und beginne, ihn auszupacken. Eigentlich ist mir gerade so gar nicht nach Essen, aber ich will ihr gegenüber auch nicht unhöflich sein.

„Müssen Olivia oder ich vor Gericht ebenfalls anwesend sein? Ich würde es gerne vermeiden, dass meine Tochter gezwungen wird, eine Aussage gegen ihren eigenen Vater zu machen."

„Nein, in der Regel sollten die Gutachten genügen. Ich würde das ebenfalls gerne vermeiden, und meistens sieht das Gericht das ähnlich. Deswegen musste Olivia ja auch im Prozess wegen Körperverletzung nicht gegen ihren Vater aussagen. Man bringt Kinder damit einfach in unmögliche Situationen." Sie packt ihre Sachen zusammen und steht auf. „Ich kümmere mich heute noch darum, ich verspreche es. Ich melde mich bei Ihnen, sobald ich etwas Neues weiß. Und es ist mein Ernst. Bitte machen Sie sich nicht so viele Gedanken. Ich denke, unsere Chancen stehen in diesem Fall sehr gut."

„Ich danke Ihnen!" Ich reiche ihr die Hand, und als wir uns verabschiedet haben, fühle ich mich wirklich schon ein bisschen besser, was vielleicht auch an dem Schokoriegel liegen kann. Schokolade soll bei Stress ja wahre Wunder bewirken.

Kaum, dass sie den Raum verlassen hat, steckt Cherry ihren Kopf zur Tür herein.

„Und? Was sagt sie?" Sie kommt ganz herein und schließt die Tür wieder hinter sich.

„Dass wir das irgendwie hinbekommen." Ich versuche zu lächeln, und Cherry lächelt ebenfalls.

„Oh, das will ich doch hoffen. Schon allein um Grayson Willen. Ich befürchte nämlich, dass er deinen Exmann eigenhändig kastrieren und vierteilen wird, wenn er noch einmal Blödsinn anstellt! Und ich möchte meinen Mann nur sehr ungern im Gefängnis besuchen müssen."

Trotz aller Aufregung muss ich grinsen.

„Wenn er diesbezüglich ein Alibi braucht, soll er einfach Bescheid sagen."

Mit einem Verschwörerlächeln verlassen Cherry und ich gemeinsam den Raum.

# Kapitel 19

Ein wenig ungehalten steht Liam am Flughafen und nimmt seinen Sohn entgegen, der ihm von einer Stewardess übergeben wird.

„Das ist also dein Vater?“, flötet sie viel zu gut gelaunt, während sie mit ihren langen Wimpern klimpert. Liam seufzt und Josh verdreht die Augen.

„Warum sprechen die Frauen immer alle so komisch, wenn sie in deiner Nähe sind, Daddy?“, fragt Josh leise, während sich Vater und Sohn umarmen.

„Wie sprechen sie denn?“

„Komisch eben. Irgendwie höher, und so, als wären sie auf einmal furchtbar aufgeregt.“

Liam unterdrückt ein Grinsen.

„Ich habe keine Ahnung …“ Dann setzt er Josh wieder ab.

„Danke, dass Sie sich um meinen Sohn gekümmert haben!“, sagt er distanziert und höflich zu der Stewardess. Er könnte schwören, dass die obersten beiden Knöpfe an ihrer Bluse bis gerade noch nicht geöffnet waren.

„Ach, aber sehr gerne doch!“ Sie strahlt über das ganze Gesicht. „Ihr Sohn ist so ein süßer Junge, es war mir ein Vergnügen. Kann ich sonst noch etwas für Sie tun, Mr. Brooks?“ Die Art und Weise, wie sie *sonst noch etwas* betont, lässt Liam vermuten, dass sie auch keine Probleme hätte, sich um ihn selbst zu kümmern, und das in einem nicht ganz jugendfreien Sinne.

„Nein, danke. Das wäre dann alles." Er klingt unfreundlicher, als er es geplant hatte, und nimmt der verdutzten Flugbegleiterin Joshs Koffer sowie dessen Rucksack aus der Hand. Er kann es nicht leiden, wenn ihm jemand in Anwesenheit seines Kindes zweideutige Angebote macht, und irgendwie ist er in solchen Situationen auch immer eine Spur beleidigt. Was erwartet sie denn von ihm? Dass er seinen Sohn, der gerade erst angekommen ist, irgendwohin abschiebt und sich selbst auf eine schnelle Nummer auf der Toilette einlässt?

Liam ist in seinem Leben schon eine Menge vorgeworfen worden, einiges zu Recht, anderes zu Unrecht, fast alles davon war ihm herzlich egal. Doch zu den wenigen Vorwürfen, die er einfach nicht auf sich sitzen lassen will, gehört, dass er ein schlechter Vater sein könnte.

Vielleicht macht er nicht immer alles perfekt. Aber ganz sicher kümmert er sich um seinen Sohn, statt diesen gleich wieder abzuschieben, wegen irgendeiner x-beliebigen Frau ... Allein, dass sie sich ernsthaft Chancen ausgerechnet haben könnte, macht ihn schon wütend.

So schnell wie möglich bringt er seinen Sohn und sich selbst außer Reichweite.

„Warum hat deine Mutter dich eigentlich nicht begleitet?"

Josh und Liam sitzen im Auto und fahren nach Hause.

„Keine Ahnung. Sie ist seit einer Woche in L.A. und hat gesagt, dass du gesagt hast, dass ich nicht mitfahren darf."

Liam beißt ärgerlich die Zähne zusammen.

„Das hat sie wirklich gesagt?"

Josh zuckt mit den Schultern, und schaut stur geradeaus, und Liam beschließt, was dieses Thema angeht, nicht weiter nachzubohren. Jessica war immer gut darin, andere gegeneinander auszuspielen, und Liam will auf keinen Fall Teil dieses Spiels sein. Nie wieder.

„Jedenfalls freue ich mich, dass du jetzt bei mir bist, mein Sohn."

„Ich freue mich auch, Daddy!"

Josh lächelt ihn an und Liam geht das Herz auf, während es gleichzeitig schwer wird, weil er sich der Verantwortung, die er nun tragen wird, nur allzu bewusst ist.

+++

Ich weiß nicht genau, wer aufgeregter ist: Liam oder ich.

So oder so waren wir beide den gesamten gestrigen Tag damit beschäftigt, alles für Joshuas Ankunft vorzubereiten, und ich war froh, dass ich etwas zu tun hatte, um mich abzulenken.

Seit ein paar Tagen ist es Livie wieder öfters passiert, dass sie nachts ins Bett macht, und das obwohl wir es in den letzten Monaten eigentlich sehr gut im Griff hatten. Das macht mir Sorgen, weil es in meinen Augen ein Zeichen für ihre momentane Verfassung ist, und bereitet mir Kummer, weil sie sich selbst das jedes Mal so sehr zu Herzen nimmt und dafür schämt.

Livie würde dringend ein paar Freunde brauchen, aber im Moment will sie nichts davon hören, sich nachmittags mit jemanden zu verabreden. Stattdessen verbringt sie ihre Freizeit lieber mit einem Buch in ihrem Zimmer.

Wenn ich zurückrechne, hat sich ihr Verhalten geändert, seitdem sie den letzten Ausflug mit ihren Großeltern gemacht hat, und ich ärgere mich über mich selbst, dass es mir mal wieder nicht gelungen ist, sie ausreichend zu schützen.

Heimlich hoffe ich ja, dass sich Livie und Josh vielleicht ein bisschen anfreunden werden, schließlich wird Josh ja ebenfalls neue Freunde brauchen und die beiden sind im selben Alter.

Wahrscheinlich mache ich mir viel zu viele Gedanken über dieses Thema. So oder so freue ich mich, dass Livie mir heute Abend hilft und ich sie nicht allein in unserem Haus lassen musste.

„Können wir noch einen Salat dazu machen, Mommy?“, fragt mich Livie, ohne damit aufzuhören, die Pfanne mit dem Fleischklößchen durchzurühren.

„Einen Salat? Meinst du denn, Josh wird das mögen?“ Die meisten Kinder, die ich kenne, essen ja eher ungern Gemüse, in rohem Zustand schon gleich dreimal nicht.

„Einen Möhrensalat mag doch jeder, oder? Ich zumindest liebe Salat.“ Das tut sie tatsächlich, auch wenn ich mir manchmal wünschen würde, dass sie kalorienhaltigere Lebensmittel bevorzugen würde, denn sie ist nach wie vor sehr dünn. Jedes Mal, wenn wir aus irgendwelchen Gründen zum Kinderarzt mit ihr müssen, werde ich ermahnt, dass sie mehr essen müsste.

Aber gut. Immerhin ist der Salat ansonsten gesund.

„Also einen Möhrensalat?“, frage ich, und hole die elektrische Küchenmaschine aus dem Schrank. Dafür, dass Liam nicht kocht, ist seine Küche erstaunlich gut ausgestattet. „Mit Sonnenblumenkernen?“

„Und Rosinen!“, freut sich Livie, aber sie wird sofort wieder ernst. „Aber vielleicht sollten wir das beides in ein Extraschälchen geben? Damit sich davon jeder selbst nehmen kann? Vielleicht mag ja Josh keine Rosinen. Oder keine Sonnenblumenkerne.“

„Das ist eine prima Idee.“ Manchmal bin ich wirklich sehr stolz auf sie. Nein, eigentlich bin ich fast immer sehr stolz auf sie. Und während wir zusammen in der Küche das

Abendessen für ein fremdes Kind zubereiten, denke ich darüber nach, dass es ein Glück ist, dass wir wenigstens einander haben. Denn das macht mich in gerade diesem Moment glücklich.

+++

Als er an diesem Abend mit seinem Sohn nach Hause kommt, nimmt er nicht die Hintertür, denn irgendwie hat er das Gefühl, dass Joshua jedes bisschen an Geborgenheit und Familie gebrauchen kann, dass er ihm bieten kann.

Die ganze Fahrt über war er erschreckend still, was Liam von seinem Sohn, der sonst kaum in der Lage ist, länger als eine Minute lang den Schnabel zu halten, gar nicht kennt. Wahrscheinlich steckt er die Situation nicht so einfach weg, wie Liam es gehofft hatte. Was an sich ja auch kein Wunder ist, immerhin stellt es Joshs Leben komplett auf den Kopf.

Ein warmes Essen und ein bisschen Nestwärme. Vielleicht ist das genau das, was er braucht, nachdem seine Mutter ihn in seiner letzten Woche in New York zu Hause alleingelassen hat und ihn dann von einem Kindermädchen zum Flugzeug hat bringen lassen.

Liam knirscht mit den Zähnen. Wenn er das gewusst hätte, wäre er selbst nach New York geflogen, um Liam abzuholen. Sein Sohn hätte schon seit einer ganzen Woche hier sein können, und vielleicht wäre er in diesem Fall weniger still und in sich gekehrt, als er es momentan ist.

Als er die Tür aufschließt, dringt der Geruch von Knoblauch und Gewürzen zu ihnen in den Flur, begleitet von fröhlichem Gelächter.

Josh dreht sich verwundert zu ihm herum und sieht ihn fragend an.

„Oh, das sind Gwen und ihre Tochter. Gwen wird in Zukunft das Essen für uns machen. Wenn du dir etwas wünscht, brauchst du es nur zu sagen."

Sein Sohn schenkt ihm das erste halbwegs entspannte Lächeln an diesem Abend.

„Ich bin froh, wenn du nicht selbst kochst … das schmeckt immer irgendwie seltsam. Außer den Steaks, die du grillst. Die mag ich. Aber bloß mit einer extragroßen Portion Ketchup."

Liam geht zu ihm und zerzaust ihm das Haar.

„Du bist ganz schön frech, weißt du das? Und jetzt ab in die Küche. Gwen und Olivia warten bestimmt schon auf uns!"

Sanft schiebt er Josh in Richtung Küche und öffnet die Tür.

Der Tisch ist schön gedeckt, überall brennen Kerzen, und an Joshs Platz steht eine Torte, die Gwen liebevoll verziert und mit „Willkommen zu Hause" beschriftet hat. Schokolade. Joshs Lieblingskuchen.

„Oh!" Josh macht große Augen. „Das sieht ein bisschen aus wie Geburtstag! Ist das alles für mich?"

„Klar! Für wen denn sonst?“ Gwen kommt ihnen entgegen und streckt die Hände nach Josh aus, die dieser ohne zu zögern ergreift. „Ich bin Gwen, und das ist meine Tochter Olivia. Ich kümmere mich um das Essen. Wenn du einen Wunsch hast, sag es mir einfach, und ich schaue, dass wir ihn umsetzen können.“

„Ich darf mir alles zu essen wünschen, was ich will?“ Dann wird seine Stimme leiser. „Auch Salat? Dad hasst nämlich Salat … aber ich esse gern welchen.“

Gwen lacht auf und tauscht einen verschwörerischen Blick mit ihrer Tochter aus.

„Du darfst dir wünschen, was du willst. Und wenn es Salat ist, mache ich immer gerne welchen. Über jeden Tag Schokoladentorte müssten wir uns allerdings noch mal unterhalten.“

Sie lässt Joshs Hände wieder los und weist ihn den Platz am Tisch gleich neben dem Kuchen zu.

Lächelnd beobachtet Liam das Szenario eine Weile, bevor er sich ebenfalls an den Tisch setzt, fest davon überzeugt, mit seiner neuen Haushälterin eine hervorragende Wahl getroffen zu haben.

Es ist bereits weit nach Mitternacht, als er seinen Sohn schließlich ins Bett bringt, aber morgen ist Samstag, somit spielt es keine große Rolle.

Irgendwann hat Josh doch noch zu seiner alten Form gefunden und fast den gesamten Abend erzählt. Er und Livie haben sich auf Anhieb gut verstanden, beinahe so, als wären sie schon seit Ewigkeiten Freunde. Während Liam darauf wartet, dass Josh mit Zähne putzen fertig wird, denkt er darüber nach, wie viel Glück er hat, so einen lieben Jungen zu haben.

„Soll ich dir noch eine Gute-Nacht-Geschichte vorlesen?"

Josh gähnt herzhaft.

„Ich glaube, heute nicht. Ich bin schon sehr müde."

„In Ordnung. Dann schlaf gut, mein Sohn!" Er zieht die Decke über den schläfrigen Josh, und betrachtet seinen Sohn noch ein paar Augenblicke, bevor er hinausgeht. Beinahe tut es ihm leid, dass Josh keine Geschichte mehr vorgelesen haben wollte, denn lange wird es nicht mehr dauern, bis er dafür zu groß sein wird.

+++

# Kapitel 20

Joshua Brooks ist ein lieber Junge – und ein dankbarer Esser. Er scheint beim Essen dieselben Dinge wie Livie zu mögen, und weil die beiden sich so gut verstehen, hat Liam mich gefragt, ob sie nicht immer gemeinsam essen möchten.

Soweit ich das beurteilen kann, hat er sich recht gut eingelebt, zumal wenn man bedenkt, dass in seinem Leben auf einmal nichts mehr so ist, wie es vorher war. Und auch die neue Schule scheint ihm ganz gut zu gefallen, auch wenn er dort wohl noch keine neuen Freunde gefunden hat. Anders als Livie, die eine öffentliche Schule in der Nähe besucht, geht Liam auf eine Privatschule, und ich beneide Liam ein wenig darum, dass er seinem Sohn so etwas mühelos finanzieren kann.

Ich selbst habe auch endlich ein bisschen mehr zu tun: Ich bereite gesundes Frühstück und Abendessen für die Kinder zu, ansonsten kümmere ich mich um die Einkäufe, und habe Liam überredet, dass ich zumindest Joshuas Wäsche noch in meinen Arbeitsbereich mit aufnehme, damit ich irgendetwas habe, mit dem ich meine Arbeitstage füllen kann.

Und das ist auch gut so, denn es lenkt mich hervorragend von meinen eigenen Problemen ab – meine

Schwiegereltern, die ständig anrufen, die Sorge, dass Greg eventuell entlassen werden könnte, und von Livie, die immer noch nachts Alpträume hat.

Ich bin mir nicht sicher, ob es sonderlich professionell ist, wenn meine Tochter immer mit Liams Sohn zusammen isst, denn irgendwie verwischt das unser rein berufliches Verhältnis. Doch da es beiden Kindern gutzutun scheint, sie jedes Mal glücklich und gelöst miteinander erzählen, drücke ich ein Auge zu und lasse sie einfach, zumal Liam mich ja explizit darum gebeten hatte.

Liam selbst bekomme ich auch deutlich mehr zu Gesicht, seit Joshua hier ist; er verbringt so viel Zeit wie möglich mit seinem Sohn, der wiederum Livies Gesellschaft vorzuziehen scheint, wie es bei Kindern in diesem Alter eben so ist. Irgendwann werden die Freunde beinahe wichtiger als die eigenen Eltern.

„Es ist unglaublich, dass der Junge so viel Salat isst. Wenn ich es nicht sicher wüsste, würde ich davon ausgehen, dass er gar nicht mein Sohn ist.“ Liam hat sich neben mich an die Arbeitsplatte gelehnt und stopft sich mit den Keksen voll, die ich vorhin aus dem Ofen geholt habe. Irgendetwas an seinen Worten lässt mich aufhorchen, es schwingt viel mehr Schärfe mit, als es bei einer eher scherzhaft gemachten Äußerung normalerweise sein sollte. Ich werfe ihm einen fragenden Blick zu, doch er schaut stur geradeaus, beinahe so, als wäre es ihm peinlich, was er gesagt hätte.

„Es ist ja auch unglaublich, dass der Vater dieses Kindes kiloweise Kekse essen kann, ohne dabei fett zu werden!", erwidere ich schließlich, weil das Schweigen zwischen uns ein wenig unangenehm ist. „Nicht, dass mich das nicht freuen würde – ich backe für mein Leben gern. Aber es ist schon ein Phänomen."

Er nimmt sich noch einen Keks und dreht sich dann ein Stück zu mir herum.

„Dabei siehst du nun auch nicht unbedingt wie jemand aus, der sich sonderlich viel mit Essbarem beschäftigt. Ich habe immer Angst, dass durch die Presse geistert, ich würde meine Angestellten hungern lassen, wenn dich mal jemand sieht." Er greift nach einem weiteren Keks und drückt ihn mir in die Hand. „Ich sehe die Überschriften in den Klatschzeitungen bereits vor mir: „Bei dem beliebten Ex-Footballstar Liam Brooks herrschen mittelalterliche Verhältnisse. Nachts, wenn alle schlafen, müssen seine Hausangestellten bei Wasser und Brot im Keller darben. Was hat der attraktive Promi sonst noch für Geheimnisse?"

Ich muss schmunzeln.

„Das ist aber viel zu lang für eine Überschrift. Und wenn man dem Stapel Zeitschriften Glauben schenkt, die dort drüben auf dem Tisch liegen, ist der attraktive und beliebte Ex-Footballstar momentan alles andere als beliebt."

Sein Blick verfinstert sich unmerklich.

„Na, immerhin bin ich noch attraktiv. Man kann eben nicht alles haben." Er lächelt, doch sein Lächeln bleibt an seinem Mund hängen, ohne seine Augen zu erreichen. Einen kurzen Augenblick lang habe ich den verrückten Gedanken im Kopf, ihn einfach zu küssen, damit er schnell auf andere Gedanken kommt, aber dann klingelt irgendwo das Telefon, und zum Glück ist der Gedanke damit so schnell wieder weg, wie er gekommen ist.

+++

„Jessica!" Er hat sich schon vor langer Zeit abgewöhnt, seine Exfrau freundlich zu grüßen, es macht ohnehin keinen Unterschied, und im Gegensatz zu ihr sind seine eigenen schauspielerischen Fähigkeiten eher unterentwickelt.

„Liam, huhu!", flötet sie ins Telefon, und er verdreht die Augen, was sie ohnehin nicht sehen kann.

„Was gibt's?" Normalerweise bedeutet es Ärger, wenn Jessica anruft.

„Ich wollte bloß fragen, wann du Joshua zum Flughafen bringst."

„Zum Flughafen?" Er kommt sich gerade genauso idiotisch vor, wie er sich anhört. „Warum sollte ich Josh denn zum Flughafen bringen?" Laut ihrer Absprachen soll Josh seine Mutter erst Silvester wieder besuchen.

„Ich bin aus L.A. zurück." Jessica hört sich ebenfalls so an, als ob er ein Idiot wäre. „Und deine drei Wochen mit ihm sind um."

„Drei Wochen, Jessica? Josh soll bei mir bleiben, hast du das schon vergessen? Für immer. Nicht nur für drei Wochen. Wir haben darüber gesprochen. Mehrfach! Und wir waren beide der Meinung, dass es das Beste für ihn wäre!"

„Ich habe meine Meinung eben geändert!" Sie klingt beinahe beleidigt.

„Du hast bitte was?" Liam muss sich zusammenreißen, um nicht zu brüllen, und schließt vorsichtshalber die Tür, damit ihn niemand hört. „Du kannst doch zu solchen Themen nicht einfach deine Meinung ändern, und dann davon ausgehen, dass alle anderen machen, was du willst!"

„Er ist mein Sohn, und er ist mir wichtig!"

Liam knirscht so laut mit den Zähnen, dass er davon überzeugt ist, dass Jessica es selbst durch das Telefon hindurch hört.

„Er war dir nicht wichtig, als du vor vier Monaten gesagt hast, er solle ab dem Sommer bei mir wohnen, weil Justin keine Kinder mag. Er war dir ebenfalls nicht wichtig, als du vor vier Wochen nach L.A. geflogen bist, früher als besprochen, und ihn in seiner letzten Woche in New York allein zu Hause gelassen hast! Also bitte – erzähl mir nicht, das Kind wäre dir wichtig!"

Sein eigener Puls dröhnt laut in seinen Ohren.

„Ich musste in L.A. arbeiten! Und davor habe ich mir ein paar Tage Urlaub gegönnt. Ich habe dringend ein bisschen Erholung gebraucht, und du hast schließlich verboten, dass ich Joshi mitnehme." Sie klingt so empört, als hätte Liam ihr unterstellt, kleine Welpen zum Frühstück zu verspeisen. „Außerdem habe ich in L.A. einen neuen Mann kennengelernt und mich von Justin getrennt. Justin war mir einfach zu unreif. Daniel ist da ganz anders. Er und ich wollen bald heiraten, und Daniel liebt Kinder! Er kann es kaum abwarten, Joshi endlich kennenzulernen."

„Josh hasst es, wenn du ihn so nennst, weißt du das eigentlich?"

„Das behauptet er, aber eigentlich mag er es."

So ist es mit Jessica immer. Alle mögen, was sie macht, wer sie ist, was sie will, und wenn sie es doch nicht wollen, ist das bloß ein Versehen.

„Hast du dir eigentlich mal überlegt, was du Josh damit antust, wenn du ihm erst sagst, er muss zu mir, nur um deine Meinung ein paar Wochen später wieder zu ändern?"

„Also bitte! Als ob das ein Problem wäre! Er ist sonst den Sommer über auch bei dir gewesen und hat keinen Schaden davongetragen!"

„Da ist er aber nicht davon ausgegangen, dass er bleiben wird, Jess."

„Als ob das einen Unterschied machen würde …"

Liam lacht voller Bitterkeit auf.

„Das macht sogar einen Riesenunterschied."

„Was aber nichts daran ändert, dass ich ihn wiederhaben will. Also, wann bringst du ihn zum Flughafen?"

„Er ist doch kein Gegenstand, den man nach Belieben hin- und herschicken und einfach wiederhaben kann!"

„Jetzt sei nicht so kleinlich!" Sie klingt beleidigt. „Du weißt genau, wie sehr ich es hasse, wenn du mich ständig verbesserst. Es ist kein Wunder, dass du nie eine neue Partnerin gefunden hast. Man will vernünftig mit dir über etwas reden, und du wirst gleich so rechthaberisch!"

„Ich habe nie eine neue Partnerin gefunden, weil du so ein verlogenes Miststück bist und ich lieber nie mehr eine Frau in mein Leben lasse, als noch einmal auf so eine wie dich hereinzufallen." Das hätte er eigentlich nicht sagen wollen, aber nun wo es ausgesprochen ist, fühlt es sich irgendwie gut an. „Und ich werde dir Josh nicht wiedergeben. Das kannst du vergessen. Er ist jetzt bei mir, und hier bleibt er auch!" Wütend legt er auf, um anschließend das Telefon gegen die Wand zu werfen, wo es in tausend Einzelteile zerbricht.

+++

# Kapitel 21

„Ich habe die Kinder nach draußen zum Spielen geschickt." Sorgfältig spüle ich den Lappen aus, und hänge ihn über den Rand des Waschbeckens. Ich weiß, dass Liam in der Küche ist, obwohl ich mit dem Rücken zu ihm stehe, und er sich auch nicht bemerkbar gemacht hat. Seine Wut und seine aufgewühlten Emotionen scheinen den ganzen Raum auszufüllen. Bevor ich mich zu ihm umdrehe, atme ich ein paar Mal tief durch, und versuche mühsam, meine zitternden Hände unter Kontrolle zu bringen. So viel Wut macht mir Angst. Große Angst. Aber sie wird nicht besser werden, wenn ich ihr nicht ins Auge blicke. Wenn ich Liam nicht ins Auge blicke.

Er lehnt im Türrahmen, und sieht mich an. Sein Haar ist zerzaust, als wäre er entnervt mit den Händen durchgefahren, seine Augen wirken eine Nuance dunkler. Er sieht wahnsinnig wütend aus, doch er wirkt dabei nicht aggressiv, und ich entspanne mich ein bisschen.

„Danke, dass du dafür gesorgt hast, dass sie sich mein Gebrüll nicht mit anhören müssen." Er stößt sich vom Türrahmen ab, setzt sich an den Tisch und greift nach der Dose mit den Keksen, nur um den Deckel zu öffnen und ihn umgehend wieder zu schließen.

„Wie viel hat Josh mitbekommen?"

Ich zucke mit den Schultern.

„Ich befürchte, genug, um ein Gespräch nötig zu machen."

Er nickt, dann schüttelt er den Kopf und nickt danach erneut. Schließlich vergräbt er sein Gesicht in seinen Händen und bleibt einen Augenblick so sitzen.

„Ich weiß, dass sie seine Mutter ist, und ich weiß auch, dass ich es für Josh nur noch schlimmer mache, wenn ich ihm die ganze Wahrheit über sie erzählen würde. Sie ist seine Mutter, und er hat jedes Recht sie lieb zu haben, außerdem bin ich mir sicher, dass er ihr auch irgendwie am Herzen liegt. Soweit sie zu solchen Gefühlen überhaupt in der Lage ist." Er starrt irgendwo ins Leere, und ich bin mir nicht sicher, ob er überhaupt mit mir oder doch eher mit sich selbst spricht. „Diese Frau ist einfach ein absolutes Miststück. Ich kannte sie schon beinahe mein gesamtes Leben, und irgendwie gehörten wir zu den Paaren, bei denen bereits im Sandkasten klar gewesen ist, dass wir eines Tages heiraten werden. Dann habe ich Karriere gemacht und Jessica nicht. Wir waren gleichermaßen ehrgeizig, aber bei mir lief es einfach besser als bei ihr. Nicht, dass sie nicht schön oder talentiert genug war, das war niemals der Grund. Leider ist exotisch, sexy und üppig in der Filmbranche schwieriger unterzubringen, als sich Jessica das vorgestellt hatte, und so geriet sie ständig an die Rollen des dümmlichen Sexluders, das spätestens bei Minute sechsundzwanzig im Film blutüberströmt zusammenbricht, um der eigentlichen Heldin, meistens die beste und viel vernünftigere Freundin, klarzumachen, dass der Lehrer mit der Kettensäge/der Mann mit der Maske/der freundliche Nachbar mit der Messersammlung/der Farmer mit dem Hang zu den lebensecht wirkenden Vogelscheuchen auch wirklich, wirklich gefährlich ist. Ihr großer Durchbruch kam erst später, als sie mit den richtigen Leuten geschlafen hat." Jetzt greift er doch wieder zu den Keksen, und diesmal entscheidet er sich dafür, auch einen zu essen.

„Man sollte in einer Beziehung ja nie einem allein dafür die Schuld geben, wenn die Dinge irgendwann nicht so laufen, wie man sich das vorgestellt hat, und ich muss tatsächlich zugeben, dass ich selten bis nie zu Hause gewesen bin. Meine Karriere hat meine gesamte Zeit aufgefressen. Es ist mir nicht einmal aufgefallen, dass sie ebenfalls immer weniger zu Hause gewesen ist, dass sie ständig neue Klamotten anhatte und neuen Schmuck getragen hat. Erst viel später ist mit klargeworden, dass sie mich schon damals begonnen hat zu betrügen. Wenn wir uns dann doch mal gesehen haben, haben wir uns gestritten … und wieder versöhnt." Liam beginnt den nächsten Keks zu essen, und ich überlege mir, ob ich mir wohl konkreter vorstellen möchte, wie diese Versöhnung wohl ausgesehen haben mag, oder ob ich das lieber bleiben lasse; schließlich entscheide ich mich für Letzteres. „Irgendwann war ich so weit, dass ich beschlossen hatte, wir beide wären besser dran, wenn wir getrennte Wege gehen würden. Denn eine funktionierende Beziehung haben wir bereits lange nicht mehr geführt. Ich kam abends nach Hause, mit dem festen Vorsatz, Jessica zu sagen, dass ich ausziehen werde. Vielleicht hat sie etwas geahnt, ganz bestimmt sogar, denn als ich die Haustür aufgeschlossen habe, kam sie mir schon entgegen, sie hatte sich hübsch gemacht, ein Kleid angezogen, das ich ihr mal geschenkt hatte, und sogar etwas gekocht. Sie hätte eine Überraschung für mich, sagte sie, und führte mich in die Küche. Sie hatte sich wirklich Mühe gegeben, der Tisch war schön gedeckt, und ich war ziemlich erstaunt über ihr Verhalten. Zum Nachtisch holte sie einen kleinen Karton mit Babyschuhen hervor und stellte ihn neben meinen Teller." Nachdenklich malt Liam mit dem Finger Kreise auf den Tisch. „Komischerweise habe ich mich aufrichtig darüber gefreut, dass sie schwanger war. Ich war einundzwanzig Jahre alt und naiv genug, um zu glauben, dass ein Kind alles zwischen uns ändern würde. Lange Zeit war ich davon ausgegangen, sie sei die Liebe meines Lebens und ich habe neue Hoffnung für uns gesehen, wo es vorher keine mehr gab. Vier Wochen später haben wir geheiratet." Er zuckt mit den Schultern und verschränkt die Arme vor der Brust. „Es war eine wahnsinnig tolle Feier, geplant bis ins kleinste Detail, und wahrscheinlich hätte ich erstaunt darüber sein sollen, wie man das in nur wenigen Wochen auf die Beine stellen kann. Aber ich hatte von Hochzeitsplanung keine Ahnung und habe das alles Jessica überlassen. Da das Ganze mehr als teuer war, bin ich davon ausgegangen, dass man für genug Geld auch eine Wahnsinnsfeier binnen kürzester Zeit auf die Beine stellen kann. Vielleicht kann man das sogar, ich habe keine Ahnung. Mittlerweile weiß ich, dass Jessica die Hochzeit schon sehr viel länger geplant hatte. Ich war ihr Goldesel, und als sie gemerkt hat, dass ich drohe davonzulaufen, hat sie sich etwas einfallen lassen."

Mit beiden Händen reibt er sich über das Gesicht, bevor er mich ansieht. „Ich verrate dir vermutlich kein Geheimnis, wenn ich dir erzähle, dass Kinder eine Beziehung nicht kitten können, sondern sie sogar noch komplizierter machen, selbst dann, wenn man sich ein Kindermädchen leistet, das die meiste Zeit aufpasst. Ich glaube, dass Jessica mit Josh völlig überfordert war. Er hat als Baby sehr viel geschrien, und ihr fehlte einfach die innere Ruhe, um das ausgleichen zu können. Ich selbst war ohnehin kaum zu Hause und somit auch keinen Deut besser. Und wenn ich abends Zeit mit meinem Sohn verbracht habe, war sie eifersüchtig. Wir haben also wieder angefangen, uns zu streiten, noch schlimmer als zuvor. Aber Joshua war da, und ich wäre wahrscheinlich heute noch bei ihr und unglücklich. So doof, jung und naiv war ich. Bis ich eines Abends früher vom Training heimgekommen bin. Das Kindermädchen kam mir mit Josh im Kinderwagen entgegen, und ich habe schon gemerkt, dass irgendetwas nicht stimmte. Sie sah entsetzt aus, als sie mich gesehen hat, und gleichzeitig mitleidig. Außerdem hat sie versucht, mich aufzuhalten, was ihr jedoch nicht sehr lange gelungen ist. Als ich schließlich nach Hause kam, habe ich ziemlich schnell erkannt, was nicht stimmte. Jessica lag auf meinem Sofa und hat es mit einem alten Schulfreund getrieben. Die beiden waren so beschäftigt, dass sie mich gar nicht bemerkt haben." Als könne er es bis heute nicht richtig fassen, schüttelt Liam den Kopf. „Ich habe sie nicht gestört, sondern bin gleich weiter zu meinem Anwalt gefahren. Während der Scheidung hat sich herausgestellt, dass Jessica mich schon seit Jahren und mit diversen meiner Freunde betrogen hatte. Obendrein hat sie es geschafft, bei der Scheidung eine Abfindung zu bekommen, die wirklich mehr als üppig war. Doch am schlimmsten fand ich es, nicht zu wissen, ob Josh wirklich mein Sohn ist." Er hält einen Moment inne. „Ich meine, eigentlich sollte es einem ja egal sein. Ich habe meinen Sohn von der ersten Sekunde an geliebt, und wahrscheinlich sollten solche Dinge keine Rolle spielen. Aber es war mir nicht egal. Der Gedanke, dass ich nicht Joshs biologischer Vater sein könnte, hat mich nahezu wahnsinnig gemacht."

„Als Frau hat man es da eindeutig leichter. Ich kann mir nicht vorstellen, wie es sich anfühlt, es nicht zu wissen. Und wahrscheinlich ist die Frage weniger, ob es einem etwas ausmacht, sondern vielmehr, wie man hinterher damit umgeht. Hast du einen Vaterschaftstest machen lassen?"

„Ja, das habe ich. Ich habe lange Zeit gezögert, ob ich es wirklich wissen will, weil ich mir nicht sicher war, was schlimmer ist: Die Ungewissheit, oder ein Ergebnis, das ich vielleicht doch lieber nicht hätte wissen wollen. Man kann vorgefertigte Sets für so etwas bestellen, wusstest du das? Dann braucht man nur noch zwei Speichelproben, schickt das Ganze ein und bekommt ein Ergebnis. Ich habe eine Woche gebraucht, um den Brief mit den Proben abzuschicken, und eine weitere, um den Umschlag mit dem Ergebnis zu öffnen." Liam lächelt, und man kann die Liebe und die Sorge in seinem Blick sehen. „Ich war so erleichtert, dass Josh wirklich mein Sohn war. So war wenigstens nicht mein komplettes Leben eine einzige Lüge. Trotzdem war ich dumm genug, ihn mit Jessica gehen zu lassen, als sie nach New York gezogen ist. Ich kämpfe seit Jahren darum, dass ich ihn bekomme. Aber sie hat es nie zugelassen. Ich glaube schon, dass sie ihn auf ihre eigene, verkorkste Art und Weise liebt. Außerdem machen sich Kinder immer gut in der Klatschpresse …"

„Warum hat sie nachgegeben und Josh zu dir ziehen lassen?"

„Ihr Exfreund wollte keine Kinder, Josh war ihm lästig." Liam lacht bitter. „Und jetzt hat sie einen neuen Freund und will Josh zurück zu sich nehmen."

„Wie bitte?“ Entsetzt schnappe ich nach Luft. Dadurch, dass Liam vorhin nicht gerade leise am Telefon gesprochen, habe ich zwar mitbekommen, dass etwas nicht stimmt, aber dass es so schlimm ist, hätte ich nicht gedacht.

Liam schnippst einzelne Kekskrümel vom Tisch, und verwendet dabei so viel Elan, dass ich schwören könnte, dass er sich vorstellt, es sei Jessica, die da wieder und wieder über die Tischkante abstürzt.

„Sie will ihn wiederhaben. Als wäre er irgendein x-beliebiger Gegenstand, den man verleihen und dann zurückholen kann. Aber ich werde ihr Josh nicht wiedergeben. Nur über meine Leiche.“

Entschlossen steht er auf und geht in den Garten, vermutlich um nach Josh zu suchen, und ich sehe ihm lange nach.

Ich würde ihm so gerne helfen, doch leider fällt mir kein Weg dazu ein.

# Kapitel 22

„Gwen? Oh, ich habe großartige Neuigkeiten!“, Dana Donovan klingt enthusiastisch. „Der Richter hat unserem Antrag sofort zugestimmt. Er ist sogar richtig emotional geworden, und meinte, dass jemand, der so etwas mit seinen Kindern macht, in seinen Augen jedes Recht verwirkt hat, Vater zu werden.“

Erleichtert schließe ich kurz die Augen.

„Das bedeutet, dass sich Greg Olivia nicht mehr nähern darf?“

„Genau das bedeutet es. Wir sollten uns in den nächsten Tagen noch einmal treffen, um die Details zu besprechen, und auch überlegen, wie wir vorgehen wollen, falls er gegen diese Auflagen verstößt. Doch erst einmal können Sie ganz entspannt aufatmen.“

So wirklich entspannt bin ich zwar noch nicht, aber aufatmen tue ich in der Tat. Nachdem wir noch einen Termin vereinbart und uns verabschiedet haben, lege ich erleichtert auf.

Heute werde ich eine große Portion Cookies extra backen! Und dann werde ich mit Livie Pläne für das lange Wochenende schmieden, das bevorsteht.

+++

Liam holt Josh jeden Tag von der Schule ab, und wenn er es schafft, fährt er einen Umweg, um auch Olivia mitzunehmen.

Sie ist ein erstaunliches Mädchen. Stets fröhlich, doch dabei beinahe schüchtern, und in Liams Augen viel zu vernünftig und erwachsen für ihr Alter. Er mag Olivia, auch nicht zuletzt deswegen, weil sie sich von der ersten Minute an so gut mit Josh verstanden hat und dieser eine zuverlässige Freundin dringend gebrauchen kann.

Normalerweise fährt Livie mit dem Schulbus, und Gwen hat sich dagegen gewehrt, dass er sie ebenfalls abholt, aber da er sich ohnehin jeden Tag auf den Weg macht, um Josh abzuholen, zu dessen Privatschule kein Schulbus fährt, ist es nur ein sehr geringer Mehraufwand, Livie ebenfalls abzuholen.

Obendrein fühlt sich Liam einfach besser, wenn er weiß, dass die Kinder sicher zu Hause sind, egal wie wichtig es ist, dass sie selbständig werden. Wahrscheinlich muss er sich einfach erst daran gewöhnen, Vollzeit-Daddy zu sein. Für ihn ist Josh immer noch sein kleiner Junge, und Livie ist schließlich noch ein halbes Jahr jünger als Josh.

Die letzten drei Wochen waren nicht immer leicht, weder für Josh noch für ihn. Jessica hat sich nicht noch mal gemeldet, aber Liam ist sich ziemlich sicher, dass sie hinter den negativen Pressemitteilungen steckt, die plötzlich wieder über ihn auftauchen und in Joshs Leben für Furore sorgen.

Jessica hatte in den letzten Jahren immer einen guten Draht zur Presse und war sich auch nie zu schade dafür, diesen Vorteil hemmungslos gegen jeden auszuspielen, der ihr in den Weg gekommen ist. Dass sich Liam wegen seines Engagements gegen die NFL ohnehin bei vielen Menschen unbeliebt gemacht hat, kommt ihr da wahrscheinlich gerade recht.

Zum Glück steht nun ein langes Wochenende vor der Tür, und Liam ist froh, dass sie vielleicht alle ein bisschen ausspannen können.

Heute hat Livie früher Schluss als Josh, und während sie sonst immer schon auf dem Parkplatz auf ihn wartet, kann er sie heute nirgendwo entdecken. Also stellt er seinen Wagen ab und steigt aus, um sich auf die Suche nach ihr zu machen.

Obwohl sie auf eine öffentliche Schule geht, ist diese recht klein und hat einen sehr guten Ruf. Wahrscheinlich hat Gwen bei der Schulwahl viel Bedacht an den Tag gelegt, um ihrer Tochter auch ohne das Geld für eine Privatschule eine möglichst angenehme Schulzeit zu ermöglichen.

Vom Parkplatz bis zum Schulgebäude sind es nur wenige Meter und Liam sieht Olivia beinahe sofort, als er auf die Schule zugeht. Sie steht neben dem Haupteingang, flankiert von einem älteren Mann und einer Frau. Beide sehen sehr gepflegt aus, aber die Frau hat irgendetwas an sich, das Liam auf Anhieb unsympathisch ist. Vielleicht der verkniffene Zug um ihren Mund oder das künstliche Lächeln, das so aufgesetzt wirkt, dass es beinahe wehtut. Vielleicht ist es auch das platinblond gefärbte Haar, bei dem jedes so exakt an seinem Platz sitzt, als wäre ihre Frisur in Beton gegossen worden.

Während die Frau permanent auf Olivia einredet, schaut der Mann in eine andere Richtung, als wäre ihm die Angelegenheit nicht ganz geheuer.

„Aber was ist denn mit dir?", hört er die Frau sagen, als er näherkommt. „Du musst deinen Daddy bestimmt sicher sehr vermissen und wirst ihn sehen wollen, oder nicht?"

Livie schaut auf ihre Zehenspitzen, als würde sie sich nicht trauen, der Frau neben sich ins Gesicht zu blicken.

„Ich habe Angst vor ihm, Grandma!" Ihre Stimme klingt tonlos und sie wirkt, als wäre ihr Situation furchtbar unangenehm.

„Angst?" Die Frau lacht, als hätte Livie einen schlechten Witz gemacht. „Du musst doch keine Angst vor ihm haben, Engelchen! Er ist doch dein Daddy und er liebt dich. Er würde dich so gerne treffen, und du würdest ihm eine solch große Freude machen! Und uns auch …" Sie redet weiter auf das Mädchen ein, anscheinend ohne zu merken, dass Livies Schultern bereits zu zucken begonnen haben, als würde sie jeden Moment in Tränen ausbrechen, ohne dabei den Blick von ihren Füßen zu lösen.

Liam wird das Herz schwer, als er sie so dastehen sieht, gleichzeitig wird er wütend. Wie können Menschen nur so unsensibel sein?

Die Alte ist immer noch so sehr damit beschäftigt, Livie zu erzählen, wie großartig ihr Daddy doch wäre, dass sie ihn bisher gar nicht bemerkt hat.

Er macht noch einen weiteren Schritt auf sie zu und ist nun so nah, dass er die Hand nach Livie ausstrecken könnte, um sie zur Not einfach mitzunehmen.

„Komm, Olivia. Wir gehen!" Ihr Blick schnellt zu ihm hoch und die Erleichterung darin spricht Bände.

„Ich werde abgeholt. Bis dann, Grandma und Grandpa!" Mit zwei, drei schnellen Schritten ist sie bei ihm und stellt sich neben ihn.

„Nicht so schnell, junge Dame!" Livies Großmutter greift nach ihr, vermutlich um sie an der Schulter zu fassen und zurückzuhalten, aber Liam ist schneller und stellt sich zwischen die Frau und das Kind. „Wer sind Sie eigentlich und was bilden Sie sich ein, dass Sie meinen, sich hier einmischen zu dürfen?" Sie mustert ihn abfällig von oben bis unten. Liam ist solche Blicke gewohnt. Seine Tätowierungen und sein gesamtes Auftreten sind nicht unbedingt das, was die Herzen älterer Damen höherschlagen lassen. Aber während es ihn normalerweise eher amüsiert, ärgert er sich über Livies Grandma.

„Ich bin Miss Olivias Chauffeur!“, erwidert er schließlich trocken und schiebt das Mädchen unauffällig ein Stück hinter sich.

Ihre Großmutter sieht ein wenig perplex aus.

„Das ist Liam Brooks, Daisy. Der Ex-Running Back der Boston Raccoons und Gwens neuer Arbeitgeber. Liam Brooks! Daisy …“ Livies Großvater schüttelt den Kopf. „Jeder kennt Liam Brooks.“

„Nun, ich nicht!“, antwortet Daisy pikiert und schürzt abfällig die Lippen. „Und wenn ich ihn genauer betrachte, will ich ihn auch gar nicht kennenlernen. Ich möchte mich lediglich mit meiner Enkeltochter darüber unterhalten, warum sie ihren Vater nicht treffen möchte, und behauptet, vor ihm Angst zu haben.“ Sie versucht sich um Liam herum zu Livie zu beugen, aber er schirmt sie mit seinem Körper ab. „Hat deine Mutter dir das eingesungen, Schatz?“ Da sie nicht zu Livie herumkommen kann, spricht sie gegen Liams Brustkorb, und dieser muss grinsen.

„Ich habe keine Angst vor meinem Vater, meine Mutter kann nicht singen, und ich verbitte mir die Vertraulichkeiten. Schatz dürfen mich einzig die Frauen nennen, die mich schon mal nackt gesehen haben – und Sie haben gerade erst erwähnt, dass Sie kein Interesse daran haben, mich näher kennenlernen zu wollen.“ Er mustert sie kurz von oben bis unten, genauso wie sie es eben mit ihm gemacht hat. „Nicht, dass da meinerseits irgendwelches Interesse bestünde, Ma'am. Damit wir uns richtig verstehen …"

Daisy schnappt empört nach Luft.

„Sie arroganter Flegel! Wie können Sie nur? Hat Ihre Mutter Ihnen keinerlei Manieren beigebracht?"

Irgendetwas in Liam steigt auf und droht zu explodieren, ohne dass er sagen kann, wodurch es genau verursacht worden ist.

Vielleicht liegt es daran, dass die ganze Woche schon so anstrengend war, oder daran, dass Livie, die sonst immer auf Abstand bleibt und darauf bedacht ist, ihn nicht zu berühren, plötzlich ihre Hand in seine schiebt und versucht, ihn wegzuziehen, als wolle sie so schnell wie möglich von hier verschwinden. Vielleicht liegt es auch an der Art, die Livies Großmutter an den Tag legt, jedenfalls ist es zu viel für ihn.

„Ich glaube nicht, dass sie sich anmaßen können, sich despektierlich über die Erziehung anderer Mütter äußern zu können, Ma'am. Während meine Mutter vielleicht vergessen haben mag, mir ein paar Manieren beizubringen, haben Sie wesentlich Größeres versäumt. Nämlich Ihrem Sohn beizubringen, dass man keine Schwächeren schlägt und kleinen Kindern keine Arme bricht. Auch den eigenen nicht. Und wenn Sie mich jetzt entschuldigen würden – Livie und ich haben noch wichtigere Dinge zu tun."

Auch, wenn er sich eigentlich vorgenommen hatte nicht neugierig zu sein und sich in Gwens Angelegenheiten einzumischen, hat er auch nicht weggehört, als Cherry und Grayson sich neulich über dieses Thema unterhalten haben.

Er dreht sich zu Livie um und legt ihr so sanft wie möglich einen Arm um die schmalen Schultern, um ihr noch die Möglichkeit zu lassen, sich dieser Berührung zu entziehen. Aber sie schmiegt sich noch enger in seine Umarmung, als sie in Richtung seines Wagens gehen und ihre verdutzen Großeltern allein zurücklassen.

Olivia geht schweigend mit ihm und steigt ebenso schweigend in den Wagen und schnallt sich an; die ganze Zeit über schaut sie stur geradeaus.

Erst als die Schule schon lange außer Sicht ist, dreht sie ihr Gesicht in seine Richtung.

„Danke!", flüstert sie beinahe tonlos, und Liam erwidert kurz ihren Blick.

„Es war mir ein Vergnügen!"

+++

Durch das Küchenfenster habe ich den Hof wunderbar im Blick und bekomme so immer mit, wenn Liam mit den Kindern nach Hause kommt.

Seit Josh hier ist, ist es beinahe selbstverständlich geworden, dass Liam nicht nur ihn, sondern auch Olivia von der Schule abholt, meine Einsprüche diesbezüglich hat er einfach ignoriert. Vielleicht waren sie auch einfach zu halbherzig, denn ich weiß, dass sich Livie so etwas lange gewünscht hat; eine Vaterfigur, die sie von der Schule abholt.

Unruhig beiße ich mir auf die Unterlippe. Manchmal habe ich den Eindruck, dass die Dinge etwas aus dem Ruder geraten, dass das alles hier viel zu eng wird. Liam ist mein Boss, und ich will nicht, dass Livie irgendwelche familiären Gefühle für Josh oder ihn entwickelt. Und ich sollte das beim besten Willen auch nicht tun. Ich sollte gar keine Gefühle für ihn entwickeln, und schon gar nicht welche von der Art wie die, die sich nachts manchmal heimlich in meine Träume schleichen und in denen wir beide erstaunlich wenig anhaben.

Ich hole den Nudelauflauf aus dem Ofen, den die Kinder sich heute zum Essen gewünscht haben, und stelle ihn neben den bereits fertigen Salat auf den Tisch, als ich Liams Wagen höre. Lächelnd decke ich weiter den Tisch und warte auf das fröhliche Geplapper, das normalerweise zu hören ist, sobald die drei den Flur betreten haben. Doch heute scheint irgendetwas anders zu sein, denn auch, als Liam und die Kinder in der Küche ankommen, begleitet sie nichts als Schweigen.

Olivia ist noch ein bisschen blasser als sonst, Josh sieht aus, als hätte er heimlich geweint, und Liam selbst ist knallrot im Gesicht.

„Geht und packt euer Zeug zusammen. Wir fahren übers Wochenende ans Meer!“, verkündet er schließlich ohne eine Begrüßung, und ich schaue ihn erstaunt an.

# Kapitel 23

Ein langes Wochenende am Meer – das ist etwas, von dem Livie und ich schon ewig geträumt haben, uns aber finanziell nie leisten konnten. Ich würde mir nur wünschen, dass der Anlass ein fröhlicherer gewesen wäre, als Josh, der von einem Mitschüler gehänselt worden ist, und Livie, die von ihren Großeltern bedrängt wurde.

Dennoch werden wir nun versuchen, das Beste daraus zu machen, und eine kleine Auszeit tut uns vermutlich allen gut.

Liams Haus am Meer ist ganz anders als die alte Villa. Es ist ein zweistöckiges Holzhaus, das früher mal als Lager für eine größere Fischereigesellschaft gedient hat; Liam hat es gekauft und umbauen lassen, als diese Pleite gegangen ist.

In der unteren Etage befindet sich eine riesige Wohnküche mit einem daran angrenzenden Wohnzimmer sowie ein Gästeschlafzimmer inklusive Badezimmer; in der oberen Etage sind drei weitere Schlafzimmer und zwei Bäder vorhanden.

Alles ist freundlich und einladend, helles Holz, sandfarbene Wände und Vorhänge, ein gemütliches Sofa – ich bin völlig begeistert von diesem Haus, das auch noch direkt am Meer liegt.

Die Kinder haben gleich am ersten Tag einen Aushang für geführte Bootstouren speziell für Kinder entdeckt und uns so lange bedrängt, bis wir schließlich nachgegeben und ihnen erlaubt haben, dort mitzufahren.

Ich mache mir immer Sorgen um Livie, aber sie nach der unangenehmen Begegnung mit ihren Großeltern auf diesem Bootsausflug alleinzulassen, hinterlässt ein mulmiges Gefühl in meinem Bauch. Livie war gestern noch schweigsamer als sonst, aber wahrscheinlich wird ihr der Ausflug gut tun, um auf andere Gedanken zu kommen.

*Es ist eine Tour, die speziell für Kinder gemacht wird. Mit pädagogischen Fachkräften, die auf sie aufpassen. Tausende von Kinder machen so etwas beinahe jeden Tag. Und zur Schule lässt du sie schließlich auch gehen! Außerdem ist sie schon zehn!*

Ich versuche mir selbst gut zuzureden, dass das alles so in Ordnung ist, wie es ist, aber die Anspannung der letzten Tage lässt sich so schnell nicht vertreiben. Eigentlich sollte ich den Moment der Auszeit genießen, die Zeit im Liegestuhl mit meinem Buch verbringen und einfach ein kleines bisschen entspannen und abschalten. Ich habe mir wirklich eine kleine Auszeit verdient. Und Livie auch.

Doch obwohl ich das alles weiß, lese ich den selben Abschnitt in meinem Buch bereits zum vierten Mal, ohne anschließend auch nur den Hauch einer Ahnung davon zu haben, was eigentlich dort steht.

Seufzend klappe ich es zu, stehe auf und lasse das Buch in meinen Liegestuhl fallen. Seit Wochen sehne ich mich nach etwas mehr Ruhe, und jetzt, wo ich sie habe, würde ich mir ein wenig mehr Trubel wünschen; irgendetwas, das mich ablenkt und auf andere Gedanken bringt. Der warme, weiche Sand schmeichelt meinen nackten Füßen, als ich in Richtung Wasser gehe, um aufs Meer hinauszuschauen, ohne mir dabei einzugestehen, dass ich wider aller Vernunft hoffe, das Boot irgendwo zu entdecken, mit dem Josh und Livie weggefahren sind.

„Das funktioniert nicht, selbst mit einem Fernglas nicht." Unwillkürlich zucke ich zusammen, als ich plötzlich Liams Stimme hinter mir höre. Er hebt entschuldigend die Hände, während er einen Schritt rückwärts macht, als wüsste er genau, dass ich so viel Nähe so plötzlich manchmal nicht gut ertragen kann. „Komisch, wie schwer es manchmal ist, Kinder etwas allein machen zu lassen. Dabei weiß ich eigentlich genau, dass die beiden dort gut aufgehoben sind. Und dennoch mache ich mir Sorgen", spricht er beinahe meine eigenen Gedanken aus und schenkt mir ein schiefes Lächeln, bei dem sich um seine Augen diese unzähligen kleinen Lachfältchen bilden, die sein Gesicht irgendwie … na ja … noch attraktiver machen.

Sofern das überhaupt möglich ist. Tatsächlich muss sich meine Wahrnehmung diesbezüglich in den letzten Wochen irgendwie stark verändert haben. Ich ertappe mich immer öfters dabei, dass ich ihn anstarre und als schön wahrnehme, was mich zunächst erschreckt hatte.

Liam betrachtet mich mit schief gelegtem Kopf, in seinen Augen scheinen die dunklen Pünktchen auf einmal zu tanzen.

Lapislazuli. Sie haben die Farbe von Lapislazuli. Als Teenager habe ich mich mal für die angeblichen energetischen Wirkungen von Steinen interessiert. Bei den Indianern galt der blaue Stein als Himmelsstein. Der Weisheit und Liebe bringen soll.

*Liebe.*

Ein gefährlicher Gedanke und ein Gefühl, das ich für einen Mann schon lange nicht mehr empfunden habe. Nicht einmal so etwas wie wirkliche Zuneigung.

Schnell wende ich mich ab und drehe das Gesicht wieder dem Meer zu. In meinem Kopf überschlagen sich alle möglichen Gedanken, und bei nicht einem einzigen davon wäre es klug, ihn laut auszusprechen.

Liam schweigt ebenfalls. Trotz des Rauschens der Wellen und des Kreischens der Möwen scheint auf einmal absolute Stille zu herrschen. Sie fühlt sich an, als könne man sie mit Händen greifen, als wäre sie bedeutsamer als jedes Wort, das man aussprechen könnte.

Es dauert mehrere Atemzüge, bis ich mich wieder halbwegs sortiert habe.

„Die Kinder werden bestimmt einen wunderschönen Tag haben und gesund und munter zu uns zurückkehren“, sage ich schließlich, weil die Stille zwischen uns mehr wird, als ich glaube aushalten zu können.

„Ganz bestimmt!“, antwortet Liam nah hinter mir, und seine Stimme hört sich ein bisschen rauer an als sonst. Die feinen Härchen in meinem Nacken stellen sich auf und unwillkürlich durchläuft mich ein leichtes Zittern, während sich in meinem Bauch ein warmes, ziehendes Gefühl ausbreitet. Ich verschränke meine Arme vor der Brust. Um mich zu schützen. Um mich abzuschirmen. Und das, obwohl ich eigentlich nichts lieber tun würde, als mich einfach gegen ihn zu lehnen, als all meine Schutzbarrieren fallen und mich in seine Arme sinken zu lassen. Aber das geht nicht. Es geht nicht, weil er mein Chef ist. Weil ich mir geschworen habe, mich nicht mehr auf so etwas einzulassen. Und weil … weil … ja, warum eigentlich?

Ich weiß nicht, was mich mehr erschreckt. Dass ich mich zum ersten Mal seit langem überhaupt wieder nach einem Mann sehne oder dass ich mich ausgerechnet nach diesem Mann sehne.

Wie von selbst wickeln sich meine Arme noch ein wenig enger um meinen Oberkörper. Liam steht jetzt so nah hinter mir, dass ich die Wärme spüren kann, die sein Körper abstrahlt, und den Duft seiner Haut einatmen kann – nach Salz, nach Vetiver und nach ihm selbst.

„Frierst du, Gwenhwyvar?“ Ich kann mich kaum daran erinnern, dass mich je jemand mit meinem richtigen

Vornamen angesprochen hat. Meine Mutter war ein großer Fan alter Rittersagen, doch anscheinend war ihr der Name von König Artus' Frau für den Alltag doch zu sperrig. Ich mochte ihn auch nie leiden. Aber aus Liams Mund hört er sich gut an. Beinahe wie eine Liebkosung.

„Ein bisschen vielleicht." Es ist gelogen, denn eigentlich ist mir plötzlich sehr, sehr heiß, doch das würde ich ihm gegenüber natürlich niemals zugeben.

Was sich ziemlich schnell als Fehler erweist, wie so oft im Leben, wenn man eine Lüge der Wahrheit vorzieht. Denn beinahe im selben Moment spüre ich seine Hände, die sich warm auf meine Schultern legen. Ich kann den wohligen Schauer, der mich durchläuft, nur mühsam unterdrücken, aber Liam scheint ihn dennoch wahrzunehmen. Das leise Lachen, das er von sich gibt, ist kaum zu hören und frei von jeder Belustigung. Es scheint eher wie ein Geräusch, das irgendwo tief aus seiner Seele zu kommen scheint.

„Lass die Dinge doch einfach mal geschehen, kleine Fee", flüstert er nun ganz nah an meinem Ohr, in einer weiteren Anspielung auf meinen Namen. Dass er sich so gut auskennt, sollte mir zu denken geben, anscheinend hat er sich mehr mit mir beschäftigt, als mir lieb sein dürfte. Oder er verfügt über eine überdurchschnittlich gute Allgemeinbildung, vielleicht steht er auch auf Fantasy-Romane, wer weiß das schon so genau. Aber ich bin abgelenkt, weil er seine Hände etwas tiefer gleiten lässt, von meinen Schultern hinab zu meinen Oberarmen, und sie eine leichte Gänsehaut hinterlassen. „Hör einfach mal auf zu denken. Nur für ein paar Augenblicke.“ Seine Lippen streifen sanft über mein Ohr, während er mich näher an sich heranzieht, bis mein Rücken an seinem Oberkörper lehnt.

Auch wenn seine Hände noch immer auf meinen Armen liegen, bräuchte ich nur einen Schritt nach vorn zu machen, um mich wieder zu befreien.

Falsch.

Ich *sollte* einen Schritt nach vorn machen. Dringend. Jetzt sofort. Ich sollte wirklich.

Nur fühlt es sich viel zu gut an. Ich weiß nicht, wann ich mich das letzte Mal an jemanden anlehnen konnte. Vielleicht konnte ich es auch noch nie, auf alle Fälle muss es so lange her sein, dass ich keine Erinnerung mehr daran habe. Und gerade in diesem Moment habe ich das Gefühl, einfach nicht mehr damit aufhören zu können, egal wie sehr ich es auch will.

In stiller Kapitulation schließe ich die Augen und lasse meinen Kopf nach hinten sinken, bis er an Liams Schulter lehnt. Er wartet noch einen Moment ab, wie um sicherzugehen, dass ich es auch tatsächlich ernst meine, dann löst er seine Hände und legt seine Arme um meinen Körper, gleich über meine eigenen, die mich immer noch umschlingen.

So stehen wir da und schauen aufs Wasser, während die Wellen unsere Füße und Knöchel umspülen. Das Schweigen zwischen uns hat sich verändert und auf einmal ist es nichts Bedrohliches mehr, sondern etwas seltsam Vertrautes.

+++

Oh verdammt!

Er hätte wirklich nicht zu ihr gehen sollen.

Vielleicht hätte er sie auch einfach niemals einstellen sollen.

Aber eigentlich war er schon längst verloren, als sie wie ein einsames verlorenes Etwas vor seiner Tür gestanden hat. Nicht, dass er einen überdimensional ausgeprägten Helferinstinkt hätte, doch diese Mischung aus Zerbrechlichkeit und Stärke, die sie immer zeigt, stellt irgendetwas mit ihm an, rührt irgendetwas in ihm, von dem er vorher gar nicht wusste, dass es existiert. Unter anderem den Wunsch sie zu beschützen, obwohl sie dazu vermutlich auch bestens allein in der Lage wäre.

Leider spricht ihre Nähe auch noch ganz andere Seiten in ihm an. Andere Stellen, um genauer zu sein. So zu stehen, dass seine ausgewachsene Erektion nicht gegen die verlockende Wölbung von Gwens Hinterteil drückt, ist eine Herausforderung – und überaus unbequem. Allerdings ist er sich ziemlich sicher, dass Gwen sofort die Flucht ergreifen würde, wenn sie bemerken würde, wie es um ihn steht.

Was merkwürdigerweise etwas ist, das er auf gar keinen Fall will.

Er will sie nicht erschrecken, will nicht, dass sie weggeht, will sich nicht von ihr lösen.

Stattdessen würde er in diesem Moment gerne die Zeit anhalten. Einfach nur hier stehen, ihren warmen, zarten Körper an seinem spüren, ihren Duft nach Sommerwiese und Äpfeln einatmen. Süß, frisch und mit einem Hauch erotischer Schwere irgendwo darunter.

Ihr Duft ist so, wie sie selbst. Zunächst unaufdringlich und beinahe unscheinbar, erst bei genauerer Beachtung nimmt man die Tiefe wahr, die Schönheit, die Verführung.

Während er mit Gwen so dasteht, fragt er sich, warum ihm all das nicht schon sehr viel früher aufgefallen ist. Er hat sich von ihrem unschuldigen Äußeren täuschen lassen, nur um dann blindlings in eine Falle zu tappen, von der sie sich vermutlich selbst gar nicht drüber im Klaren ist, dass sie sie gestellt hat.

Das hier ist ein Fehler.

Gwen und er brauchen einander. Jedoch nicht als Paar, das birgt viel zu viele Gefahren, die zu einem jähen Ende ihrer eigentlich geschäftlichen Beziehung führen könnten. Sie beide sind aufeinander angewiesen, und ihr Verhältnis auf eine andere Bahn zu lenken, bedeutet ein viel zu hohes Risiko, und Liam war noch nie jemand, der für einen riskanten Lebensstil bekannt ist, vom Football einmal abgesehen.

Er sagt es sich immer und immer wieder, leider vergebens; irgendwie ist er nicht dazu in der Lage, die Frau in seinen Armen einfach loszulassen und zu gehen.

Mit einem stummen Seufzen schließt Liam irgendwann die Augen und legt sein Kinn sanft auf Gwens Kopf ab, der genau die richtige Höhe dafür hat, als hätte sich jemand etwas dabei gedacht, ihn so groß und sie so klein zu erschaffen.

Er ergibt sich in den Fatalismus der Situation, was bleibt ihm auch anderes übrig?

Es fühlt sich ohnehin viel zu gut an, um echte Reue darüber empfinden zu können. Wenigstens steht sie mit dem Rücken zu ihm, sodass er sie nicht einfach so küssen kann, was wahrscheinlich ihr beider Glück ist; denn so können sie sich immer noch einreden, dass es nichts weiter als eine harmlose Umarmung gewesen ist.

Liam bleibt mit Gwen im Arm stehen, bis ihm aufgrund seiner unbequemen Position schließlich die Beine einschlafen und zu zittern beginnen. Erst dann schafft er es, sich von Gwen zu lösen und gleichzeitig einen entschlossenen Schritt rückwärts zu machen, um bloß nicht wieder auf dumme Gedanken zu kommen.

„Wir sollten reingehen." Seine Stimme ist noch rauer als sonst. „Sonst erkältest du dich noch."

Gwens Mienenspiel bleibt unergründlich, ihr Lächeln ist unverbindlich, als sie sich zu ihm umdreht.

„Ja, vermutlich ist das besser. Ich sollte ohnehin langsam damit beginnen, das Abendessen vorzubereiten. Josh und Livie haben sich selbstgemachte Pizza gewünscht, und der Hefeteig muss mindestens zwei mal gehen, wenn er wirklich locker werden soll. Das braucht seine Zeit."

Erneut lächelt sie, aber irgendwie kommt es nicht bei ihren Augen an.

Erst als sie an ihm vorbei ins Haus geht und dabei eher versehentlich mit ihrem Arm den seinen streift, kann er ein Gefühl in ihrem Gesicht erkennen, das dort kurz aufblitzt, nur um unmittelbar danach wieder unter einer Miene aus Gleichgültigkeit und oberflächlicher Sorglosigkeit verborgen zu werden.

Aber für den Bruchteil einer Sekunde hat er die Sorge in ihrem Gesicht deutlich erkennen können. Ihre Sorge sowie ihre Sehnsucht, die ihm beinahe die Knie weich werden lässt.

+++

# Kapitel 24

Kochen beruhigt mich, das hat es schon immer getan. Ich habe dann etwas Sinnvolles, mit dem ich meine Hände beschäftigen kann, und manchmal, so wie heute, höre ich dabei noch Musik über meine Kopfhörer. Dann ist es beinahe so, als wäre ich in meiner eigenen kleinen Welt, einer Art gigantischen Seifenblase, in der ich alles um mich herum ausblenden kann.

*Alles* ist in diesem Fall in erster Linie Liam.

Doch leider funktioniert meine private Seifenblase heute nicht so gut wie sonst, denn ich muss trotzdem ständig an ihn denken.

Ich kann den Gedanken daran, was noch hätte zwischen uns sein können, einfach nicht aus dem Kopf bekommen. Auch wenn mein Verstand mir immer wieder sagt, dass es besser so ist, dass nicht mehr passiert ist, sehne ich mich dennoch nach Liam; und seine Berührungen haben sich so gut angefühlt wie schon lange nichts mehr.

Seufzend rolle ich den Pizzateig auf dem Backblech aus und beginne ihn zu belegen, an jeder Ecke anders, für jeden mit seinen Lieblingszutaten.

Das hier fühlt sich nach Familie an und es fühlt sich viel zu gut an. Ich sollte ganz dringend zusehen, dass ich mehr Distanz zwischen uns schaffe, sonst wird mir all das noch gehörig auf die Füße fallen.

+++

Gwen kapselt sich ein. Sie hört Musik und kocht und scheint in einer eigenen Welt zu sein, aus der sie ihn einfach ausgesperrt hat.

Er sollte das gut finden, das sollte er wirklich. Sie ist bloß seine Angestellte, die Frau, die das Essen für seinen Sohn kocht. Es ist gut, wenn sie sich einzig und allein auf diese Aufgabe konzentriert. Einzig das sollte sie tun.

Er selbst verhält sich unprofessionell - und zwar hochgradig. Irgendwie hat er, seit sie hier sind, den Eindruck, sie wären mehr als nur ein paar Menschen, die eine Art Zweckgemeinschaft bilden, ohne dabei eine emotionale Bindung zueinander zu haben. Wahrscheinlich ist es der Stress der letzten Wochen, der sie enger hat zusammenwachsen lassen. Oder vielleicht ist es auch dieses verdammte Haus, in dem sie alle schlafen, beinahe wie eine richtige Familie eben.

Woran auch immer es liegt, irgendetwas hat ihn dazu gebracht, die Grenzen zu überschreiten. Das größte Problem bei der Sache ist, dass es sich so verdammt gut angefühlt hat, dass er sich nicht mal sicher ist, ob er es nicht wieder tun wird.

+++

Liam berührt mich kurz an der Hand und ich schaue zu ihm hoch und nehme die Ohrstöpsel heraus. Meine Hand prickelt durch seine Berührung, und ich komme mir vor wie ein albernes kleines Schulmädchen, das Schmetterlinge im Bauch bekommt, weil ihr jemand ihre Bücher trägt. Zum Glück kann er nicht sehen, was er mit mir anstellt, also lächle ich fragend und schaue von den Paprika auf, die ich gerade für Joshs Anteil in schmale Streifen schneide.

„Ich gehe die Kinder vom Boot abholen. Bis gleich!"

„Wenn ihr zurückkommt, ist das Essen fertig."

„Sehr schön!"

Er lächelt mich noch einmal an, dann dreht er sich um, und ich versuche ihn wieder durch meine Musik auszublenden.

Dennoch kann ich es nicht lassen, ihn durch gesenkte Wimpern hindurch zu beobachten, während ich so tue, als würde ich mich weiterhin mit der Zubereitung des Essens beschäftigen. Wenn ich ihn nicht mittlerweile ein bisschen kennen würde, würde er mir an diesem Ort merkwürdig fehl am Platze vorkommen. Mit all seinen Tätowierungen und den extremen Muskeln wirkt er ein wenig wie ein Rockstar in einer Puppenstube. Er sieht so sehr nach freiheitsliebendem Rebell aus; dieses Haus hingegen ist ein Ort, an den man mit seiner Familie kommt, um ruhige Stunden miteinander zu verbringen.

Allerdings habe ich schon längst erkannt, was er für ein wunderbarer Familienvater ist, und ich frage mich manchmal, wie es wohl gewesen wäre, wenn ich an jemanden wie ihn statt Greg geraten wäre.

Aber es hilft ja nichts, was geschehen ist, ist geschehen, und ich kann die Zeit nicht mehr zurückdrehen. Obendrein ist es ja auch nichts als Träumerei, denn Männer wie er heiraten keine Frauen wie mich. Sie heiraten Frauen wie Jessica Turner.

Als er mit den Kindern eine halbe Stunde später zurückkommt, habe ich den Tisch gedeckt und hole gerade die Pizza aus dem Ofen.

Die beiden sehen glücklich aus, ihr Haar ist vom Wind zerzaust, ihre Gesichter sind von Sonne, frischer Luft und Aufregung leicht gerötet. Sie erzählen die ganze Zeit von den Seehunden, die sie heute gesehen haben, und die so nah kamen, dass sie sie sogar anfassen konnten. Anscheinend werden die Tiere oft mit Futter angelockt und warten deshalb regelrecht auf die vorbeikommenden Boote.

Nach dem Essen spielen wir noch eine Runde Mensch-ärgere-Dich-nicht. Sonst spiele ich mit Livie immer allein, aber wir stellen beide fest, dass es zu viert deutlich mehr Spaß macht. Die Kinder sind von ihrem spannenden Tag und der vielen frischen Luft bereits um neun Uhr so müde, dass ihnen beinahe die Augen zufallen.

„Los, Zähne putzen und dann ab ins Bett. Wenn ihr brav seid, lese ich euch noch etwas vor!“ Liam klatscht in die

Hände und scheucht die Kinder spielerisch die Treppe hoch, während ich mich daran mache, den Tisch abzuräumen und das Spiel zusammenzupacken.

Ich räume gerade den Spielekarton auf den großen, verspiegelten Schrank, als Liam wieder zurück ins Wohnzimmer kommt. Selbst wenn ich sein Gesicht nicht sehen könnte, bin ich mir mittlerweile sicher, ihn anhand seines Ganges aus Hunderten von anderen Menschen als Liam Brooks identifizieren zu können.

Die selbstbewussten großen Schritte, die immer federnd und dynamisch wirken, gepaart mit seiner eigenen, unverkennbaren Art machen seinen Gang einzigartig. Über meine Schulter hinweg werfe ich ihm einen kurzen Blick zu, den er mit einem Lächeln quittiert.

„Die Kinder schlafen schon fast. Sie waren todmüde. Sonne, Seeluft und Bewegung scheinen sehr, sehr wirksame Schlafmittel zu sein."

„Das ist schön. Danke, dass du sie ins Bett gebracht hast."

Liam zuckt lässig mit den Schultern.

„Dafür hast du Essen gekocht und hier aufgeräumt."

Langsam klettere ich von meinem Stuhl herunter, um nach dem letzten Spielekarton zu greifen, denn vorhin haben wir alle vom Schrank geholt, damit die Kinder sich eines der Spiele aussuchen können.

„Das ist mein Job, Liam. Falls du dich erinnerst, bezahlst du mich hervorragend dafür, dass ich genau solche Aufgaben übernehme."

Ich klinge selbst für meine eigenen Ohren sehr bestimmt, beinahe eine Spur zickig. Aber nach unserer Begegnung heute am Strand habe ich das Gefühl, unser Verhältnis noch einmal deutlich klären zu müssen. Ein Verhältnis, das rein geschäftlicher Natur ist und von dem ich auch möchte, dass es so bleibt.

*Von wegen!*

Die fiese kleine Stimme in meinem Inneren beginnt höhnisch zu lachen.

*Von wegen, von wegen, von wegen! Du willst doch ganz andere Sachen von ihm, du unverbesserliche Romantikerin.* Manchmal kann ich mich selbst nicht leiden. Denn das Problem ist ja, dass ich, was mich angeht, auch noch meistens recht habe. Wenn ich an Liam Brooks denke, habe ich lauter unzüchtige Dinge in meinem Kopf, die ich so gar nicht von mir kenne, weil ich normalerweise mit Männern nicht so bin.

Okay, zugegeben, meine Erfahrungen mit Männern halten sich stark in Grenzen. Dennoch wage ich zu behaupten, dass ich nie der Typ war, der von Sex sonderlich angezogen wird. Ich habe nie zu denen gehört, die Männern auf den Hintern starren oder sich Bilder von muskulösen Oberkörpern über das Bett hängen. Ich habe Sex immer …

naja … für notwendig gehalten. Er gehört zu einer Beziehung eben irgendwie dazu. Und es ist auch nicht so gewesen, dass ich ihn als unangenehm empfunden hätte. Zumindest meistens nicht. Aber es war eben auch niemals so, dass ich von selbst wirklich das Bedürfnis danach gehabt hätte. Das Bedürfnis nach Nähe und Zärtlichkeit, ja. Doch das Gefühl, dass ich mich nach Sex sehne, dass sich meine Gedanken nur noch um das Eine drehen – das kannte ich vorher nicht.

Unwillkürlich gebe ich ein kleines Seufzen von mir, das Liam dazu bringt, verwirrt die Stirn zu runzeln.

„Alles okay bei dir?“, fragt er, und ich nicke schnell, bevor ich mit der letzten Schachtel in der Hand zurück auf meinen Stuhl klettere.

„Ich hatte bloß einen Frosch im Hals.“ Der Turm aus Kartons ist mittlerweile so hoch, dass ich mich auf die Zehenspitzen stellen muss, um das Mensch-ärgere-dich-nicht Spiel obendrauf legen zu können.

„Lass mich das doch machen, bevor du dir noch das Genick brichst. Die meisten tödlichen Unfälle passieren im Haushalt, wusstest du das nicht?“

Er steht so nah hinter mir, dass ich einen Schreck bekomme und tatsächlich ins Straucheln gerate.

„Vorsicht!“ Liams Hände umfassen beinahe im selben Moment meine Taille, seine Reflexe sind anscheinend nicht zu Unrecht legendär. Ich habe natürlich nur nach seinen

Erfolgen als Spieler gegoogelt, weil ich über meinen Arbeitgeber informiert sein wollte, nicht etwa über den Mann, der seit kurzem ständig in meinen Träumen auftaucht.

Während der Stuhl mit einem lauten Poltern umfällt, stehe ich plötzlich wieder auf dem Boden, Liams Hände immer noch um meine Taille, mein Rücken gegen seinen Brustkorb gelehnt, beinahe so wie heute im Meer.

Unsere Blicke treffen sich im Spiegel des Schrankes und ich kann in Liams Blick dieselbe Sehnsucht erkennen, die auch in meinem geschrieben steht, gepaart mit einem leisen Zögern.

„Danke für die Rettung!“, sage ich leise, und meine eigene Stimme klingt auf einmal fremd.

„Sehr gerne.“ Eigentlich wäre es jetzt Zeit, mich loszulassen, aber statt sich von mir zu lösen, zieht Liam mich noch ein Stück enger an sich. „Dieses Kleid steht dir übrigens hervorragend. Damit siehst du tatsächlich wie eine Fee aus.“ Seine Hände spielen mit der kleinen Häkelspitze an der Taille meines weißen knielangen Baumwollkleides. „Außerdem befürchte ich, dass du zaubern kannst. Ist das möglich?“

„Zaubern?“, wiederhole ich ein wenig dümmlich und suche erneut seinen Blick.

Ein leises Lächeln umspielt seine Lippen.

„Ja, zaubern." Wie in Zeitlupentempo senkt er sein Kinn, bis er mit seinen Lippen sanft meine Schulter berührt. Als er kleine Küsse darauf haucht, bekomme ich eine Gänsehaut. „Du musst zaubern können. Anders kann ich mir jedenfalls nicht erklären, warum du ständig in meinen Gedanken auftauchst. Und in meinen Träumen." Er seufzt in gespielter Theatralik. „In früheren Zeiten hätte ich dich bestimmt dafür anzeigen können. Ist Hexerei nicht strafbar?"

„Wie gut, dass heute niemand mehr daran glaubt." Weil er mich weiterhin küsst, schließe ich die Augen. „Ich würde ungern auf einem Scheiterhaufen verbrennen, das stelle ich mir alles andere als angenehm vor."

„Geholfen hätte es vermutlich auch nicht, weil du dann stattdessen als Gespenst wiedergekommen wärst, um meine Nächte weiterhin zu stören." Seine Hände fahren über meine Seiten nach oben bis hin zu meinen Schultern und blieben dort liegen. „Obwohl ich mir gar nicht so sicher bin, ob ich es wirklich schlimm finden soll, dass du mich so ein bisschen verhext hast. Du bist ziemlich verlockend. Ich könnte mir Unangenehmeres vorstellen, als meine Zeit damit zu verbringen, an dich zu denken."

Seine Lippen finden die empfindliche Stelle gleich hinter meinem Ohr, von der ich bisher nicht wusste, dass sie anscheinend mit tieferen Regionen in direkter Verbindung steht. Als er mich dort küsst, spüre ich träge Hitze, die sich langsam in meinem Schoß auszubreiten beginnt. „Wie schön du bist, Gwenhwyfar.“ Zentimeterweise wandern seine Hände in Richtung meiner Schlüsselbeine und beginnen diese zu erkunden, als ob er noch nie zuvor welche gesehen hätte.

Wie von selbst fällt mein Kopf nach hinten gegen seine Schulter und beinahe im selben Augenblick kann ich seine Lippen auf meinen spüren. Er berührt meinen Mund so vorsichtig mit dem seinen, dass ich mir im ersten Moment gar nicht sicher bin, ob ich mir das Ganze nur einbilde. Aber als ich mich nicht bewege, nimmt sein Kuss an Intensität zu, langsam, als würde er mich um Erlaubnis fragen, mir die Möglichkeit geben, ihm Einhalt zu gebieten.

Natürlich wäre es das Beste, genau das auch zu tun. Ich sollte ihn von mir wegstoßen und gehen, bevor all das eine Dimension annimmt, die wir beide spätestens morgen bereuen werden. Doch als seine Zunge über meinen geschlossenen Mund streift, um Einlass zu erbitten, sind alle vernünftigen Gedanken aus meinem Kopf wie weggefegt.

Kurz frage ich mich noch, wer hier wohl wen verzaubert, dann vergesse ich mich völlig in seinem Kuss.

Langsam aber beharrlich dringt seine Zunge in meinen Mund ein, überredet mich kunstvoll dazu, nachzugeben, wobei ich ohnehin nichts lieber möchte, als genau das zu tun. Liam schmeckt nach Minz-Zahnpasta und nach dem Bier, das er vorhin zum Abendessen getrunken hat, und für einen Moment bin ich selbst darüber erstaunt, dass der Geschmack nach Alkohol mir bei ihm nichts ausmacht. Vielleicht, weil er nicht so intensiv ist, oder vielleicht, weil es eben Liam ist, und nicht Greg.

Zum Glück verschwindet der Gedanke an ihn genauso schnell wieder, wie er gekommen ist, und danach gibt es nur Liam und mich.

Seine Hände sind auf einmal überall, streicheln über meine Schultern, setzen in meinem Bauch ein Feuer in Brand, liebkosen meine Oberarme, bis sie die kleinen Perlenknöpfe meines Kleides finden.

„Der Gedanke daran, diese Knöpfe zu öffnen, hat mich den ganzen Tag beschäftigt", flüstert Liam an meinem Ohr, während er sich dieser Aufgabe widmet, immer so langsam, dass ich genug Zeit hätte, ihn zu stoppen. Als er mit seinen Händen meine Brüste umfängt, stöhne ich leise auf. Ich sehne mich nach seiner Berührung, sehne mich danach, dass er mich weiter berührt, überall, niemals wieder damit aufhört.

Als er die Körbchen meines BHs langsam nach unten schiebt und beginnt, meine Brustwarzen zu liebkosen, schließe ich erneut die Augen.

„Nicht!" Liams Flüstern klingt rau und beinahe genauso atemlos, wie ich selbst mich fühle. „Sieh hin. Schau nur, wie schön du bist!"

Im Spiegel vor uns betrachte ich seine Hände, die sich dunkel von meiner hellen Haut absetzen, während sie meine mittlerweile komplett nackten Brüste umfassen. Ich sehe mein eigenes Gesicht, meine geröteten Wangen, die vom Küssen geschwollenen Lippen, den glasigen Blick. Und ich sehe Liam. In seinen Augen kann ich erkennen, wie gut ihm das alles gefällt.

Ich versuche mich zu ihm umzudrehen, aber er hält mich fest.

„Nicht Gwen. Wenn du dich jetzt zu mir umdrehst, gibt es kein Zurück mehr. Ich schwöre dir, wenn du dich umdrehst, findest du dich umgehend auf dem Esstisch wieder, nackt, mit mir zwischen deinen Beinen. Oder auf dem Fußboden, ich befürchte nämlich, dass ich es nicht mal mehr bis zum Esstisch schaffen werde." Um seine Worte zu unterstreichen, presst er mir seine mächtige Erektion in den Rücken, und ich spiele einen Moment lang mit dem Gedanken, mich dennoch zu ihm umzudrehen. „Denk an die Kinder. Es ist zu riskant!", flüstert er rau und hört dabei nicht auf, mich weiterhin zu liebkosen. Mittlerweile sind seine gierigen Hände dabei, mein Kleid nach oben zu schieben, das sich bisher um meine Hüften gebauscht hat. Beinahe quälend langsam streicht er erst an den Außenseiten meiner Beine hoch, um dann dieselbe süße Folter an der Innenseite meiner Schenkel fortzusetzen, bis er schließlich den Punkt erreicht hat, an dem sich all mein Begehren sammelt.

Durch den dünnen Stoff meines Höschens hindurch reibt er über meine Mitte und stöhnt mit mir zusammen auf, als er bemerkt, wie feucht ich bin.

„So nass, Gwen. Du bist bereit für mich. Und du kannst dir gar nicht vorstellen, wie sehr ich dich gerade will."

Ich will ihn ebenfalls. Ich will ihn so sehr, wie ich noch nie einen Mann zuvor gewollt habe. Um ehrlich zu sein, wäre es mir völlig egal, ob er mich auf dem Boden oder auf dem Esstisch nimmt, solange er mich überhaupt nimmt. Jetzt. Hier. Sofort.

Ich starte einen erneuten Versuch, mich in seinen Armen umzudrehen, aber er unterbindet es, indem er seine Finger unter mein Höschen gleiten lässt, mit geübten Fingern meine nasse Spalte teilt, die Nässe, die er mir vorher entlockt hat, über meine kleine Knospe reibt und dafür sorgt, dass ich laut aufstöhne.

„Nicht doch, Gwen. Denk an die Kinder!" Er erstickt mein Stöhnen mit einem Kuss, doch er vergisst dabei, dass ich gar nicht mehr in der Lage bin zu denken. All meine Sinne haben sich auf seine Finger an meiner Mitte konzentriert, und seine Liebkosungen sind fast zu viel für mich, fast zu intensiv – und dennoch nicht genug.

„Liam … bitte …", höre ich mich selbst flüstern, aber ich bin mir nicht sicher, um was ich genau bitte. Ihm scheint es egal zu sein.

„Ich kümmere mich um dich, meine kleine Fee. Mach dir keine Sorgen. Ich kümmere mich um dich."

Er hört nicht auf, mich zu liebkosen, mit dem Daumen streichelt er weiterhin meine kleine Perle, und als er dabei mit zwei Fingern in mich eindringt, ist es im Nu um mich geschehen. Ich drücke mein Becken gegen seine Hand, reibe mich an ihm wie ein rolliges Kätzchen, kann mein Stöhnen nur mit Mühe zurückhalten. Der Druck in meinem Inneren wird immer größer, bis ich das Gefühl habe, in bunten Farben und exotischen Rhythmen zu explodieren, während meine Knie unter mir nachgeben und ich hingefallen wäre, würde Liam mich nicht mit seinem freien Arm um meine Taille halten und gegen seinen großen, festen Körper drücken.

„So wunderschön!", flüstert Liam an meinem Ohr, und als ich die Augen wieder öffne, ist sein Blick ebenso verhangen wie der meine.

Einen Moment lang bleiben wir beide so stehen, seine eine Hand ruht auf meiner Scham, seine andere hält noch immer meine Taille umschlungen, und seine kräftigen, sonnengebräunten Arme mit den vielen Tattoos bieten einen harten Kontrast zu meiner hellen Haut und dem weißen, beinahe unschuldig wirkenden Kleid.

Liam lächelt, als er meinen Blick im Spiegel einfängt.

„Ich finde, wir sehen gut zusammen aus, meinst du nicht?"

Ich durchsuche meinen Kopf nach einer sinnvollen Antwort, denn ich bin immer noch nicht wirklich bei mir, als ich ein Geräusch oben auf der Treppe höre.

„Daddy?“ Es ist Joshs helle Stimme, noch träge vom Schlaf. „Ich habe Durst, Daddy!“

Liam muss sich zweimal räuspern, ehe er antworten kann.

„Ich bin gleich bei dir, Josh. Ich bringe dir etwas hoch.“

Mit einem Mal ist die Nähe, die bis gerade nicht nur körperlich zwischen uns bestanden hat, wie weggeblasen. Während Liam zur Spüle eilt, um seinen Sohn ein Glas Wasser zu bringen, ordne ich selbst hektisch meine Kleidung.

Wie verantwortungslos wir waren! Bloß ein paar Minuten früher, und wir wären vermutlich beide viel zu sehr damit beschäftigt gewesen, um Josh zu hören. Ich will mir lieber gar nicht vorstellen, was dann gewesen wäre. Die Kinder haben in den letzten Wochen wahrlich genug durchgemacht.

Bevor Liam mit dem Glas Wasser in der Hand nach oben verschwindet, wirft er mir noch einen entschuldigenden Blick zu. Ich bin mir ziemlich sicher, Reue darin erkennen zu können, was exakt dem entspricht, was ich gerade ebenfalls empfinde.

Wir hätten niemals so weit gehen dürfen. Aus verschiedenen Gründen.

Mit einem Mal empfinde ich nur noch Scham und Verlegenheit. Ich habe mich verhalten wie eine notgeile, läufige Hündin, mich schamlos an Liam gerieben, statt ihm Einhalt zu gebieten.

Ich warte so lange, bis ich mir sicher bin, dass er in Joshs Zimmer verschwunden ist, dann flüchte ich ins Bad und anschließend in mein eigenes Zimmer. Wenn ich ihm heute noch unter die Augen treten muss, befürchte ich, vor lauter Peinlichkeit sterben zu müssen.

+++

In dieser Nacht kann Liam nicht schlafen, etwas, was ihm so gut wie nie passiert.

Er hatte mit einigen Frauen in seinem Leben Sex. Da er sich nicht für jede eine Kerbe in den Bettpfosten geritzt hat, ist er sich über die genaue Anzahl mittlerweile nicht mehr sicher. Aber er war die ganzen Jahre seit seiner Trennung von Jessica Single, ein bekannter Sportler, und auch ohne eitel zu sein, ist er sich drüber im Klaren, dass er nicht unbedingt als hässlich zu bezeichnen ist.

Wie auch immer – die eine oder andere Frau hätte er sich schon mit Gewalt vom Leib halten müssen, und warum hätte er das tun sollen? Erst mit Ende seiner Football-Karriere ist es etwas ruhiger um ihn geworden, und sein Sexleben somit auch.

Vielleicht liegt es nur daran, dass die Nummer mit Gwen, die ja letztendlich nicht mehr als ein bisschen Petting war, sich so aufregend angefühlt hat. Aufregender als alles andere, an das er sich in dieser Hinsicht erinnern kann.

Oder daran, dass sie nicht bis zum Äußersten gegangen sind. Oft sind es ja gerade die Dinge, nach denen man sich sehnt, aber die man aus irgendwelchen Gründen nicht erreichen kann, die einem einfach nicht aus dem Kopf gehen.

Wahrscheinlich ist sie ihm als so schön erschienen, weil er so lange her ist, dass er das letzte Mal eine Frau beim Orgasmus beobachten konnte.

Eventuell bringt ihn die Szene mit Gwen jetzt nur deshalb um den Schlaf, weil er selbst nicht zum Zug gekommen ist, und er panisch versucht hat, seine Erektion zu verstecken, als er Josh vorhin etwas zu trinken gebracht hat.

Allerdings hätte dann ja die Nummer mit sich selbst vorhin unter der Dusche Abhilfe schaffen können, die er noch genommen hat, bevor er ins Bett gegangen ist.

Oder die zweite Nummer mit sich selbst, die er im Bett hingelegt hat. Oder wenigstens die dritte, ebenfalls im Bett.

Aber wenn er jetzt an Gwen denkt …

Leise fluchend strampelt er sich die ohnehin zu warme Decke von seinen Beinen und steht auf, um in die Küche zu gehen.

Dort lässt er das Wasser so lange laufen, bis es kalt ist. Erst dann trinkt er es in einem Zug aus.

Wie von selbst scheinen ihn seine Beine anschließend direkt zu Gwens Zimmertür zu tragen, als hätten sie nur auf diese Gelegenheit gewartet.

Liam hebt die Hand, um anzuklopfen, aber im letzten Moment überlegt er es sich doch noch wieder anders.

„Scheiße!“, zischt er durch zusammengebissene Zähne, während er den Kopf gegen die glatte Holztür sinken lässt. „Ich glaube, du hast ein ernsthaftes Problem, Junge.“

Als er zurück zu seinem eigenen Zimmer geht, ist ihm die ganze Angelegenheit fast schon peinlich. Dass er sich das letzte Mal wie ein notgeiler, unsicherer Teenager verhalten hat, muss gewesen sein … als er noch ein notgeiler, unsicherer Teenager war. Und selbst da kann er sich an kein konkretes Beispiel erinnern.

Um ehrlich zu sein, hat er keine Ahnung, wie es nun weitergehen oder wie er sich am nächsten Tag verhalten soll.

Aber eines zumindest ist gewiss: Er steckt in der Scheiße, und zwar ziemlich tief.

+++

# Kapitel 25

Nächte ohne Schlaf sind für mich nicht unbedingt etwas Ungewöhnliches. In den letzten Jahren hatte ich mehr als genug davon. Man sollte also meinen, dass ich langsam etwas Übung darin hätte, die Zeit zwischen Zubettgehen und Aufstehen sinnvoll oder wenigstens halbwegs angenehm zu gestalten, wenn ich nicht schlafen kann.

Leider ist das ein Irrglaube. An manche Dinge gewöhnt man sich niemals; und Sorgen zu haben, fällt eindeutig in diese Kategorie. Genauso, wie am nächsten Morgen müde zu sein – auch das ist etwas, in dem ich vermutlich nie Übung bekommen werde.

Statt zu schlafen, drehe ich mich also von einer Seite auf die andere und grüble darüber nach, was ich morgen mache, wie ich mich verhalten soll.

Ein paar Mal stehe ich auf und gehe zur Tür, fest entschlossen, zu Liam zu gehen und über die ganze Sache zu reden.

Aber was gibt es da schon zu reden?

Wir sind zwei erwachsene Menschen und wir hatten ein bisschen Sex. Oder vielmehr ich hatte ihn, ich bin mir nicht sicher, wie es mit den genauen Definitionen aussieht, wenn bloß einer den anderen angefasst hat. Hatte in diesem Fall nur ich Sex oder hatten wir beide welchen?

Nicht dass ich Liam nicht ebenfalls gerne berührt hätte. Eigentlich kann ich die gesamte Nacht an kaum etwas anderes denken als an ihn und das wenige, was ich von seinem Körper bisher gespürt habe. Was vertrackt ist, denn genau er ist ja derjenige, den ich aus meinem Kopf herausbekommen möchte.

Am liebsten würde ich all meine Sachen zusammenpacken, mir meine Tochter schnappen und von hier verschwinden.

Dumm nur, dass ich mir fest vorgenommen habe, genau das nie wieder zu tun. Ich will nicht mehr weglaufen. Und obendrein würde ein Teil von mir ja auch nichts lieber tun, als hin- statt wegzulaufen. Zu Liam hinzulaufen, und mich in diese verdammt muskulösen Arme zu werfen, die mir so sehr den Verstand rauben. Genau wie der Rest von ihm auch.

Als das erste Morgenrot am Horizont durch mein Schlafzimmerfenster erkennbar wird, gebe ich den Kampf gegen die Schlaflosigkeit verloren und stehe auf.

Ich nehme eine Dusche, die so heiß ist, dass ich es gerade eben noch aushalten kann, und dusche mit kaltem Wasser hinterher, in der Hoffnung, so die rastlose Müdigkeit zu vertreiben, die ich als so unangenehm empfinde.

Danach gehe ich in die Küche. Es ist fünf Uhr morgens, bis die anderen wach werden, vergehen vermutlich noch mehrere Stunden. Um mich bis dahin mit irgendetwas zu beschäftigen und mir nicht ständig den Kopf darüber zu zerbrechen, wie es sein wird, Liam heute zu begegnen, beschließe ich, Scones zu backen.

Livie liebt frisch gebackene Scones und ich vermute, dass Joshua und Liam sie auch nicht verschmähen werden.

Während ich die Zutaten abwiege und beginne, den Brotteig zu kneten, beruhigen sich meine angespannten Nerven nach und nach ein wenig; die vertrauten Handgriffe und Tätigkeiten beim Kochen haben oft diese Wirkung auf mich. Vielleicht stehe ich deshalb so gerne in der Küche.

Ich teile den Teig in zwölf Stücke und forme kleine Kugeln, die ich mit dem Handballen wieder platt drücke und anschließend mit Kondensmilch bepinsele. Gerade, als ich das Blech in den Ofen schiebe, spüre ich, dass jemand den Raum betritt.

„Guten Morgen!“ Es ist Liam, dessen schöne, immer leicht heisere Stimme mir so vertraut geworden ist.

Als ich mich zu ihm umdrehe und ihm in die Augen sehe, weiß ich plötzlich, warum mich der Sex mit ihm vermutlich so berührt hat:

Gestern im Spiegel hat er mir einen Blick auf mich aus seinen Augen gewährt. Und in seinen Augen war ich wunderschön, begehrenswert und wertvoll, innerlich ebenso wie äußerlich. Ein Gefühl, das ich noch niemals zuvor in meinem Leben empfunden habe, und von dem ich befürchte, ziemlich schnell süchtig danach werden zu können.

„Guten Morgen, Liam!“, erwidere ich schließlich, und bin stolz auf mich selbst, weil meine Stimme viel stärker klingt, als ich mich fühle. Lediglich meine Hände beginnen umgehend zu zittern, doch ich glaube, es gelingt mir halbwegs, dies zu verbergen, indem ich damit beginne, die Küche aufzuräumen.

+++

Normalerweise ist Liam nicht sonderlich schwer von Begriff, aber heute Morgen benötigt er eine ganze Weile, bis er das Gefühl zuordnen kann, das er gerade empfindet.

Es ist Verlegenheit.

Wahrscheinlich hat er solche Schwierigkeiten damit, diese Empfindung zu benennen, weil sie in seinem Leben so selten vorkommt. Ihm ist beinahe nie etwas peinlich. Zum einen, weil er zu den Menschen gehört, die im Normalfall recht überlegt handeln. Er ist generell weder sonderlich impulsiv und auch nicht übertrieben spontan, was an sich schon eine Menge an Situationen vermeidet, die einem im Nachhinein unangenehm sein könnten.

Zum anderen steht Liam einfach zu fast allen Dingen, die er macht, und wenn ihm versehentlich mal ein Missgeschick passiert, so tut ihm dies zwar leid – ist ihm aber meistens nicht sonderlich unangenehm. Schließlich muss man sich nur für die Dinge schämen, die man hätte anders machen können.

Wahrscheinlich gehört sogar der gestrige Abend mit Gwen in diese Kategorie. Etwas, das man nicht hätte anders machen können. Denn irgendetwas zwischen ihnen scheint beinahe unausweichlich dazu zu führen, dass sie einander anziehen wie zwei Magnete.

Dennoch ist er heute verlegen, als er nun Gwen gegenübertritt. Vielleicht als Reaktion auf ihr eigenes Verhalten. Sie ist eine gute Schauspielerin, das ist sie wirklich, doch Liam hat sein halbes Leben lang trainiert, seine Gegner einzuschätzen, ihre Schwächen zu erkennen, ihren nächsten Zug vorauszuahnen, ihre Unsicherheiten auszunutzen.

Den meisten Menschen wäre das minimale Zusammenzucken wahrscheinlich gar nicht aufgefallen, als er sie begrüßt hat. Sie hätten das vermehrte Blinzeln nicht wahrgenommen, und auch das leichte Zittern ihrer Hände nicht, als sie damit beginnt, die Küche aufzuräumen.

Natürlich ist das nichts Neues, Gwen gehört ja generell nicht unbedingt zu den selbstsicheren Persönlichkeiten.

Aber die Art und Weise, wie sie ihm ausweicht, ist neu, ebenso wie die verlegene Röte, die in ihren Wangen aufsteigt, wenn sie es dennoch nicht vermeiden kann, ihn anzusehen oder sich ihre Blicke zufällig begegnen. Was sie noch häufiger tun als sonst. Oder fällt es ihm heute nur mehr auf als sonst?

So oder so: Es ist, als würde sich Gwens Anspannung auf ihn selbst übertragen, ähnlich, wie es gestern mit ihrer Erregung geschehen ist.

Und dann auf einmal begegnet ihr Blick dem seinen und ist offen und klar. Für einen kurzen Augenblick ist es, als würde er in die unendlichen Tiefen ihrer Seele blicken können, mit all ihrer Verletzbarkeit, all ihren Ängsten, all ihrer Liebe.

Beinahe so schnell, wie der Moment gekommen ist, ist er auch schon wieder vorbei. Fast hektisch dreht Gwen ihm den Rücken zu, sodass er nur noch einen Blick auf ihre schmalen Schultern in dem gelb karierten Sommerkleid erhaschen kann, das sie unglaublich jung und verletzlich aussehen lässt, wie eine Frau, die er unbedingt beschützen möchte.

Eine Frau, die er einfach nicht mehr aus seinem Kopf bekommen kann.

+++

Ich weiß nicht, wie es uns gelingt, aber irgendwie schaffen wir es tatsächlich, die verbleibenden zwei Tage hinter uns zu bringen, ohne uns dabei noch einmal allein zu begegnen.

Liam scheint die gesamte Situation ebenso unangenehm zu sein wie mir, was meine eigene Verlegenheit noch zusätzlich verstärkt.

Ich meine, natürlich war mir klar, dass das Ganze nur aus einer Laune heraus passiert ist. Er ist ein Mann, ich bin eine Frau, und ich war eben gerade anwesend und verfügbar. Sind Männer nicht so? Zumindest wird das immer wieder behauptet.

Dennoch war da in einem geheimen, verborgenen Winkel meines Herzens ein kleines bisschen Hoffnung. Hoffnung darauf, dass ich mehr für ihn sein könnte als eben anwesend und verfügbar.

Ich sollte solche Gedanken nicht haben. Und ich sollte zusehen, dass ich in den nächsten Tagen möglichst nicht mehr mit Liam allein sein werde.

Es ist erstaunlich, was für hervorragende Vorwände Kinder einem geben können, wenn man darum bemüht ist, sich aus dem Weg zu gehen.

Den nächsten Tag verbringe ich mit Josh und Livie am Strand, abends täusche ich Kopfschmerzen vor und gehe früh schlafen.

Auf der Rückfahrt nach Boston sitze ich vorsichtshalber hinten bei Livie im Wagen und lasse Josh auf den Beifahrersitz, um Liam bloß nicht zu nahe sein zu müssen.

Tatsächlich hatte ich auch nicht den Eindruck, dass ihm meine Ausweichtaktiken sonderlich unangenehm waren, eher im Gegenteil, er hat es mir mehr als leicht gemacht. Wahrscheinlich war er genauso froh, nicht mehr mit mir allein sein zu müssen, wie ich.

# Kapitel 26

+++

Seit sie zurück in Boston sind, ist es, als wäre die kleine Geschichte am Meer niemals passiert.

Obwohl, genau genommen ist es vielleicht nicht ganz so, denn sie beide weichen einander aus, als hätte der andere eine hochansteckende Krankheit.

Sie sind seit einer Woche wieder zurück und in dieser Zeit nicht einmal allein gewesen.

Was gut ist.

Was überaus bedauerlich ist.

Was …

Ach, es ist einfach kompliziert.

Genau wie sein restliches Leben momentan.

Jessica will noch immer, dass Josh zu ihr zurückkommt, und droht ihm deshalb mittlerweile damit, einen Anwalt einzuschalten, was Liam selbst schon lange getan hat. Dennoch hofft er, die Sache noch irgendwie friedlich klären zu können. Allerdings glaubt er mittlerweile nicht mehr wirklich daran, dass es eine friedliche Lösung geben wird.

Liams Anwältin hat zwar noch keine rechtlichen Schritte gegen Jessica unternommen, aber zumindest jede Menge Nachforschungen angestellt und dabei herausgefunden, dass Jessica eine neue Rolle hat. Sie wird die Hauptrolle in einer Fernsehserie spielen, in der sie die Mutter von fünf

Kindern spielt und eine echte Vorzeige-Mom sein soll. Ausgerechnet Jessica!

Aber natürlich macht sich ein eigenes Kind hervorragend, wenn es um die Glaubhaftigkeit solcher Rollen geht. Weniger gut macht es sich hingegen, wenn das einzige Kind seit Neuestem bei dessen Vater aufwächst.

Jessica ist und bleibt also ein Problem.

Und dann ist da noch Gwen, an die er permanent denken muss.

+++

Zwischen Liam und mir hat sich eine Art von stillem Einverständnis gebildet. Wenn wir reden, dann meistens über die Kinder oder über unverbindliche Alltagsthemen. Wir vermeiden es, uns zu berühren – und wir haben beide nie mehr ein Wort über die Sache am Meer verloren.

Ich bin dankbar dafür, dass es kein Thema mehr ist, denn zurzeit ist es auch so anstrengend genug.

Josh scheint nach einigen verbalen Attacken gegen seinen Vater in der Schule momentan Ruhe zu haben, und auch sonst wirkt er ausgeglichener als bei seiner Ankunft; doch obwohl sich Liam nach Kräften bemüht, das Sorgerechtsthema von ihm fernzuhalten, bekommt er mehr davon mit, als gut für ihn sein kann.

Mir geht es mit Livie ebenso. Sie will ihre Großeltern seit dem Vorfall in der Schule nicht mehr sehen. Nun rufen sie jeden Tag hier an und drohen mir ebenfalls mit dem Anwalt; meistens kann ich es vermeiden, dass Livie etwas davon mitbekommt, aber manchmal bin ich nicht schnell genug.

Sie ist wieder viel stiller geworden und hat vermehrt angefangen nachts ins Bett zu machen, nachdem der Stress losgegangen ist, und ich könnte die beiden dafür erwürgen. Eigentlich ist es vor allem Daisy, die ich umbringen könnte, denn Christopher hält sich wie immer aus Allem raus. Obwohl auch das nicht immer die beste Eigenschaft ist. Immer wieder denke ich, dass vielleicht das eine oder andere deutlich anders laufen würde, wenn er seiner Frau ab und an mal Einhalt gebieten könnte.

Seit dieser Woche ist Livie wieder in psychologischer Behandlung, weil ich hoffe, wenigstens das Bettnässen damit in den Griff zu bekommen.

So sind meine Tage anstrengend. Sie bestehen daraus, Liam aus dem Weg zu gehen und darauf zu hoffen, dass mein Handy nicht klingelt, und wenn es das doch tut, dass es sich wenigstens nicht um meine Schwiegereltern handelt.

Jedes Mal, wenn mich jemand anruft, zucke ich unwillkürlich zusammen, genau wie heute.

Zum Glück ist es nur Skye, und ich drücke sie weg, um sie später anzurufen – das machen wir immer so, wenn es gerade nicht passt.

„Erwartest du schlechte Nachrichten?“ Liam mustert mich mit fragendem Blick, als ich mein Telefon mit zitternden Händen zurück in meine Schürzentasche stecke. Er ist anscheinend in die Küche gekommen, um sich ein Glas Wasser zu holen, und zum ersten Mal seit unserer Rückkehr nach Boston setzt er sich wieder an den Küchentisch und inspiziert die Keksdosen.

„Meine Schwiegereltern rufen noch immer fast täglich an und wollen Livie sprechen. Aber sie will nicht.“ Ich hatte ihm letzte Woche schon davon erzählt, weil Livie immer blasser und stiller wird, so auffällig, dass er mich darauf ansprach.

„Deine Schwiegermutter ist eine alte egoistische Ziege und dein Schwiegervater ist ein Waschlappen.“ Ich muss schmunzeln, weil er es irgendwie auf den Punkt gebracht hat. „Soll ich beim nächsten Mal drangehen, wenn sie anrufen?“

Während ich in den Topf mit der Sauce rühre, kann ich seine Blicke in meinem Rücken spüren.

„Ich habe auch schon darüber nachgedacht, das Telefon zu sperren, aber ich befürchte, dass ich alles nur noch schlimmer mache, wenn ich nicht mehr für sie erreichbar bin.“ Nachdenklich schaue ich den Blasen zu, die in der roten Flüssigkeit aufsteigen. „Das Perverse ist ja, dass ich sie sogar irgendwie verstehen kann. Sie liebt ihren Sohn abgöttisch und sie würde alles dafür tun, damit er glücklich ist.“ Ich stelle den Herd auf die kleinste Stufe, lege den Deckel auf den Topf und drehe mich zu Liam um. „Vielleicht würde ich auch so handeln. Ich würde auch immer alles dafür tun, dass meine Tochter glücklich ist. Und wenn sie sich je zu etwas entwickeln sollte, das mir nicht passt – vielleicht würde ich ebenso die Augen davor verschließen, wie es meine Schwiegermutter bei Greg macht. Ganz einfach deshalb, weil ich alles andere gar nicht ertragen könnte. Er ist ein Einzelkind, so wie Olivia. Wahrscheinlich ist er ein gutes Beispiel dafür, was passiert, wenn man die Liebe zu seinem Kind mit mangelnden Grenzen verwechselt."

„Du meinst, dass dein Ex ein gewalttätiges Arschloch geworden ist, weil seine Mommy ihn zu sehr geliebt hat?" Mit hochgezogenen Augenbrauen sieht Liam mich fragend an.

„Nein. Ja …" Ich setze mich zu ihm an den Tisch und wähle dabei den Platz aus, der am weitesten von ihm weg ist. Praktischerweise ist es gleichzeitig der Platz, der am nächsten am Herd ist, sodass es nicht einmal sonderlich auffallen dürfte, dass ich möglichst viel Abstand zwischen uns bringen will. „Ich glaube nicht, dass man Kinder tatsächlich zu sehr lieben kann. Eigentlich sollte man sie ja mehr lieben als sich selbst. Ich zumindest würde, ohne mit der Wimper zu zucken, mein Leben für Olivia geben, wenn es sein müsste. Aber ich glaube, dass man Kinder zu sehr verwöhnen kann. Dass man Kindern alles durchgehen lässt, sie zu sehr verwöhnt und dass sie sich selbst irgendwann für Halbgötter halten."

„Glaubst du, dass das bei deinem Ex-Mann der Fall war?"

„Ich habe mir viele Gedanken darüber gemacht, warum er so ist wie er ist. Sicher bin ich mir natürlich nicht. Wahrscheinlich spielen auch noch viel, viel mehr Komponenten eine Rolle. Nicht jeder, der zu Hause verwöhnt wird, wird hinterher ein gewalttätiger Alkoholiker." Ich zucke mit den Schultern. „Komischerweise hatte ich nie das Gefühl, dass er sonderlich glücklich war. Auch seine Trinkerei … ich weiß es nicht, fängt man an zu trinken, wenn man glücklich ist?"

„Zumindest dürfte man nicht mehr sonderlich glücklich sein, wenn man erst mal davon abhängig ist."

„Nein, spätestens dann vermutlich nicht mehr. Aber wahrscheinlich trinken die Leute auch deswegen weiter, weil ihnen im betrunkenen Zustand nicht mehr so sehr auffällt, dass sie ein Problem haben."

„Ich bin jedenfalls froh, dass ihr den Wichser losgeworden seid, Livie und du."

„Ja, darüber bin ich auch froh. Auch wenn die Zeiten nicht immer ganz einfach waren, es ist alles besser als vorher." Ich beobachte, wie Liam die Keksdosen durchsucht. „Hier sind die, die du suchst." Gezielt schiebe ich ihm die Dose mit Cashewnüssen und weißer Schokolade über den Tisch, und er sieht mich erstaunt an. „Die sind jedes Mal leer, wenn du in der Küche warst. Ich backe deshalb immer ein paar mehr davon."

„Oh!"

„Ich werde dafür bezahlt, weißt du …"

„Ich weiß. Und ich denke gerade darüber nach, ob du dir nicht vielleicht eine Gehaltserhöhung verdient hast."

„Wegen der Kekse?"

„Auch." Eine Weile ist er mit den Keksen beschäftigt, und ich beobachte ihn lächelnd beim Essen. „Hat er dich schwer verletzt?" Er fragt mich das so unvermittelt, dass ich zusammenzucke.

Bevor ich antworte, muss ich mich zweimal räuspern.

„Was verstehst du unter schwer?"

Abwehrend hebt er die Hand.

„Stopp. Ich ziehe meine Frage zurück. Ich will es lieber gar nicht wissen. Ansonsten muss ich deinen Ex-Mann vermutlich töten, wenn ich ihm jemals begegne."

Schweigend sitzen wir in der Küche, bis es Zeit ist, um Livie und Josh abzuholen.

Als Liam die Küche verlässt, streift er mit seinem Ellenbogen meine Seite und ich weiche ihm nicht aus.

Es ist so selten, dass jemand um meinetwillen wütend auf meinen Ex-Mann wird, oder zumindest ist es selten, dass mir das jemand sagt. Denn meist gilt die ganze Sorge vor allem Olivia, und das auch zu Recht.

Und auch, wenn ich in den letzten Jahren ziemlich gut aus eigener Kraft vorangekommen bin, fühlt es sich verdammt gut an, dass sich jemand Gedanken um mich macht.

# Kapitel 27

Es gab Zeiten, in denen ich mir einen Bruder oder eine Schwester für Olivia beinahe sehnsüchtig gewünscht habe. Was ich dabei aber nicht bedacht habe, ist, dass sich Kinder gegen ihre Eltern nahezu verschwören können, und man sich der doppelten kindlichen Macht gegenübersieht.

„Ihr wollt bitte was?“ Liam sieht noch verdutzter aus als ich, während er Josh und Livie ungläubig betrachtet.

„Wir wollen bei einem Workshop mitmachen.“ Josh klingt, als würde er einem Kleinkind zum zehnten Mal erklären müssen, warum Wasser nass ist.

„Ein Workshop, wie man in der Wildnis überlebt, und dass das gesamte Wochenende lang, verstehe ich das richtig?“

„Ganz genau. Tagsüber lernen wir alles darüber, wie man Fallen stellt, Wasser aufbereitet, welche Dinge man essen kann und welche giftig sind, und nachts schlafen wir draußen. Wir dürfen auch Schlafsäcke mitbringen, damit wir uns nicht erkälten, außerdem passt eine ganze Reihe von Betreuern auf uns auf. Wenn es regnen sollte, haben sie Zelte dabei, damit wir nicht nass werden.“

„Ist es nicht ein bisschen zu kalt, um draußen zu schlafen?“ Immerhin hat der Herbst begonnen, und obwohl es noch recht mild für diese Jahreszeit ist, kann ich mir trotzdem nicht vorstellen, dass es sonderlich angenehm ist, draußen zu übernachten.

„Mit der richtigen Ausrüstung ist das alles kein Problem, haben sie gesagt. Schließlich gibt es sogar Polarforscher, die im Zelt schlafen!“ Livie sucht meinen Blick. „Man kann die Sachen günstig ausleihen …“

„Wer bietet das denn an? Irgend so ein komischer Pfadfinderverein?“ Liam wirkt nach wie vor skeptisch.

„Es sind verschiedene Schulen, die sich dafür zusammengetan haben, Daddy! Es sind Lehrer dabei, und sie haben noch irgendwelche Fachleute organisiert.“ Mittlerweile klingt Josh deutlich genervter. „Das haben wir doch jetzt alles schon hundertmal erzählt!“

„Es soll Kindern aus der Stadt die Natur näher bringen“, springt Livie ihm zur Seite. „Das Wissen um die essbaren Pflanzen in freier Wildnis beispielsweise gerät immer mehr in Vergessenheit. Sie nennen das *naturnahe pädagogische Erlebnistour mit kultureller Komponente*.“ Sie runzelt ihre Stirn, als müsse sie sich konzentrieren, wahrscheinlich hat sie den letzten Satz mühsam auswendig gelernt.

„Du hast es gehört, Daddy! Eigentlich ist das gar kein Freizeiterlebnis, sondern es hat etwas mit Lernen zu tun!“ Josh klingt sehr stolz auf sich, und Olivia versucht es neben Argumenten noch mit einer anderen Taktik. Sie setzt ihren allerschönsten Dackelblick auf und reißt ihre Augen dabei so weit auf wie möglich.

„Also bitte, bitte, dürfen wir?"

Ich muss schmunzeln, und auch um Liams Mundwinkel zuckt es deutlich. Er sucht meinen Blick und sieht mich fragend an.

„Was meinst du dazu, Gwen?"

Ich zucke mit den Schultern.

„Du hast die Kinder doch gehört. Das ist gar keine Freizeit, sondern eigentlich Schule. Und wir können ihnen ja schlecht verbieten, zur Schule zu gehen, oder?" Ich sage das so locker wie möglich, auch wenn es mir in Wirklichkeit viel schwerer fällt. Das wird das erste Mal sein, dass Livie und ich länger als einen Tag getrennt voneinander sein werden. Aber ich will nicht, dass meine Sorgen dazu führen, dass sie keine Chance mehr hat, ein normales Leben zu führen. Sie hat schließlich genug durchgemacht und braucht keine bekloppte, überfürsorgliche Mutter, die ihr alles verbietet. Außerdem ist es das erste Mal, dass sie sich traut, woanders zu übernachten; normalerweise vermeidet sie das, weil sie immer Angst hat, nachts einzumachen. Das beweist mir, wie wichtig ihr dieser Ausflug sein muss.

Liam schüttelt grinsend mit dem Kopf, als könne er kaum glauben, was hier gerade vor sich geht, doch hinter der fröhlichen Fassade erkenne ich auch seine Sorge. Dennoch stimmt er ebenfalls zu, vermutlich hat er sich ähnliche Gedanken gemacht wie ich mir auch. Und letztendlich … was soll auch groß passieren? Die Kinder werden betreut, und weder meine Schwiegereltern noch Jessica wissen von diesem Ausflug. Natürlich gibt es in freier Natur andere Gefahren als in der Stadt, aber ich vermute, dass rein statistisch gesehen die Gefahr bei einem Autounfall zu sterben deutlich größer sein dürfte, als irgendwo da draußen von wilden Tieren gefressen zu werden.

„Also gut! Dann lasst uns mal sehen, was ihr alles an Ausrüstung brauchen werdet, und anschließend gehen wir shoppen! Vorher sollten wir euch aber vielleicht noch telefonisch anmelden, damit wir überhaupt wissen, ob es noch freie Plätze gibt. Wenn ich das richtig sehe, geht die Tour von Freitag bis Sonntag? Heute ist bereits Mittwoch. Ihr solltet euch solche Dinge in Zukunft wirklich früher überlegen."

Die Kinder brechen in Jubelschreie aus, während Liam sich den Anmeldungszettel schnappt, um alle Formalitäten zu erledigen.

Ich befürchte, dass ich erst Sonntag wieder ruhig werde schlafen können, aber die fröhlichen Gesichter von Josh und Livie entschädigen mich schon jetzt.

Der Freitag kommt schneller, als mir lieb ist, und als ich Livie und Josh hinterherwinke, während sie in den Bus steigen, der die ganze Gruppe zum Ausflugsziel bringt, denke ich, dass dieser Ausflug auch für mich einen

Lerneffekt haben dürfte, denn es ist eine hervorragende Lektion im Loslassen.

Liam und ich fahren schweigend wieder zurück, und als ich mein kleines Cottage betrete, fühlt es sich dort völlig leer an. Normalerweise nutze ich die Wochenenden, um etwas Zeit mit Livie zu verbringen, etwas zu unternehmen, das weder etwas mit Kochen noch mit Schule zu tun hat. Ich bin es gar nicht mehr gewohnt, so viel Zeit für mich allein zu haben, und vermutlich sollte ich mich darüber freuen. Aber es fühlt sich stattdessen ungewohnt und merkwürdig an.

Unruhig streife ich durch die Räume, wische Staub und putze, um mich abzulenken, doch irgendwann ist alles so blitzsauber, dass selbst ich nichts mehr zum Saubermachen finde.

Also gehe ich in die Küche und betrachte die Einmachgläser, die dort schon in Reih und Glied stehen. Eine Freundin von Cherry sucht Kuchen im Glas für ihren Kerzenladen, in dem sie sich auf Kerzen im Glas spezialisiert hat, und ich will ihr nächste Woche ein paar Proben schicken, sowohl fertige Kuchen als auch selbst gemachte Backmischungen im Glas, die man nur noch mit ein paar frischen Zutaten vermengen muss. Der optimale Geschenkartikel also, wenn man noch eine weitere Kleinigkeit zu den Jar-Candles sucht, die sie sonst verkauft.

Eigentlich habe ich mich auf diese Aufgabe gefreut, auch weil sie einen netten Nebenverdienst darstellen würde, und ich mich weniger abhängig von Liam fühlen müsste, aber gerade fehlt mir jegliche Motivation.

Schließlich setze ich mich vor den Fernseher und lasse mich von irgendwelchen sinnlosen Sendungen berieseln, ohne wirklich hinzusehen.

+++

„Hallo Mom!“ Vielleicht hätte er den Anruf einfach ignorieren sollen, denn er ist absolut nicht in der Stimmung für ein Telefonat mit seiner Mutter.

„Hallo, mein Sohn! Geht es dir gut?“

Liam verdreht die Augen.

„Ja!“

Er könnte schwören, dass seine Mutter gerade ebenfalls die Augen verdreht.

„Du bist wie immer sehr gesprächig!“

„Ich wollte auch nicht reden, du hast schließlich mich angerufen.“

„Du hättest ja nicht abnehmen müssen.“

„Ich habe mit dem Gedanken gespielt, aber leider bist du einer der hartnäckigsten Menschen, die ich kenne. Wenn ich nicht drangegangen wäre, hätte ich heute den Rest des Tages keine ruhige Minute mehr gehabt.“

Seine Mom lacht leise.

„Auch wenn ich es anscheinend verpasst habe, dir Manieren beizubringen, habe ich es zumindest geschafft, dass du aus deinem Herzen keine Mördergrube machst und immer deine Meinung sagst. Ich glaube, das habe ich gut gemacht."

„So etwas Ähnliches habe ich neulich schon mal gehört, allerdings ohne den positiven Unterton."

„Wie bitte?"

„Ach, nichts ..." Liam sieht aus dem Fenster, aber der Platz, auf dem Josh und Livie sonst meistens spielen, ist leer, und auch von Gwen ist weit und breit keine Spur.

„Wie auch immer ...", nimmt seine Mutter den eigentlichen Gesprächsfaden wieder auf. „Ich wollte dich fragen, ob du heute Lust hast, mit Josh vorbeizukommen. Er könnte hier essen und anschließend bei uns übernachten, und du könntest endlich mal etwas für dich machen. Du könntest mal wieder ausgehen; seit Josh bei dir ist, bist du kein einziges Wochenende weggegangen. Wenn du willst, kannst du auch Gwen und Livie mitbringen. Olivia könnte auch hier schlafen, dann könnten du und Gwen vielleicht zusammen ..."

„Versuchst du mich zu verkuppeln, Mom?", unterbricht er sie abrupt.

„Aber nein! Ich dachte bloß, ihr könntet beide vielleicht ein bisschen freie Zeit gebrauchen. Du könntest Gwen zum Essen ausführen, damit sie nicht immer selbst kochen muss. Ich mag sie, und ich finde, sie hat sich ein wenig Abwechslung verdient."

„Du hast sie nur ein einziges Mal gesehen!“

„Ich habe eine hervorragende Menschenkenntnis – das solltest du doch wissen. Außerdem redest du über kaum noch etwas anderes als Josh, Olivia und Gwen. So ganz gleichgültig kann sie dir also kaum sein!“

Macht er das wirklich? Er vermutet, dass seine Mutter recht haben könnte. Bei Gesprächen mit ihr ist er oft unvorsichtig mit dem, was er sagt, und da Gwen ihm in letzter Zeit ständig im Kopf herumspukt, könnte es durchaus möglich sein, dass er auch häufig von ihr erzählt hat.

„Das liegt daran, dass Olivia und Josh sich so gut verstehen. Dadurch verbringe ich zwangsläufig auch mehr Zeit mit Gwen und rede dementsprechend auch mehr über sie.“

„Natürlich, mein Sohn. Was auch sonst?“ Er kann die sarkastisch hochgezogenen Augenbrauen seiner Mutter förmlich vor sich sehen. Sie glaubt ihm gerade kein Wort.

„Worüber soll ich denn sonst reden, Mom? Josh ist im Moment mein Lebensinhalt, sowie alles, was mit ihm zusammenhängt. In den letzten Wochen gab es für mich nichts anderes, selbst in der Stiftung habe ich kaum etwas gemacht. Wir müssen uns eben erst ein bisschen in unser neues Leben eingewöhnen. Und bis dahin werde ich dich wohl weiterhin mit Gesprächen über Josh, Olivia und Gwen langweilen müssen.“ Er klingt schärfer, als er es beabsichtigt hatte, aber mit Gwen hat seine Mutter einen wunden Punkt berührt.

„Du langweilst mich doch nicht, ganz im Gegenteil!", antwortet sie ihm sanft. „Du kannst dir wahrscheinlich kaum vorstellen, wie sehr ich mich freue, wie erleichtert ich bin, dass bei euch alles so gut läuft. Ich finde, dass du ein hervorragender Vater bist, aber auch die besten Eltern haben sich ab und an mal eine kleine Auszeit verdient. Also überleg es dir. Ob mit oder ohne Gwen und Livie – mein Angebot steht."

Liam seufzt und fährt sich mit der Hand über den Kopf.

„Sorry, dass ich heute so ein Griesgram bin. Josh und Livie sind zu einem Schulprojekt gefahren, irgendetwas mit Pädagogik, Wildnis und Natur. Sie schlafen das gesamte Wochenende unter freiem Himmel und lernen etwas über essbare und giftige Pflanzen."

„Oh, da klingt doch großartig!" Sie zögert einen Moment. „Aber du machst dir Sorgen?"

„Ja, durch den ganzen Stress mit Jessica wegen des Sorgerechts bin ich irgendwie übervorsichtig geworden. Ich bin immer in Panik, dass Josh sich irgendetwas tun könnte, das dann gegen mich ausgelegt wird."

„Ach Mensch, das tut mir alles so leid. Ich würde mir so sehr wünschen, Josh und dir helfen zu können. Ich bin fest davon überzeugt, dass er bei dir tausendmal besser aufgehoben ist als bei Jessica und er viel zu lange bei ihr geblieben ist. Und das sage ich nicht nur, weil du mein Sohn bist!“

„Danke, Mom.“

„Da gibt es nicht, wofür man sich bedanken könnte. Aber auch, wenn ich weiß, dass du meine guten Ratschläge nicht gerne annimmst, einen habe ich dennoch für dich: Versuch dich heute Abend ein bisschen abzulenken. Nutze die Zeit für dich und geh mal wieder aus. Auch wenn du keine Lust dazu hast. Nimm dein Handy mit, so bist du erreichbar, aber ich kann dir aus Erfahrung sagen, dass einem die Decke auf den Kopf fällt, wenn man zu Hause sitzt und sich Sorgen macht.“ Sie hält einen Moment inne. „Wie du vielleicht weißt, war mein Sohn ständig in irgendwelchen Football-Camps, in denen es nicht gerade zärtlich zuging. Ich habe also jede Menge Übung darin, mir Sorgen zu machen.“

Liam muss lächeln.

„Und du hast das immer ganz hervorragend gemacht, Mom.“

„Das finde ich auch!“, antwortet sie fröhlich. „Also, hör auf mich und lenk dich irgendwie ab. Sag Josh, er soll sich melden, wenn er zurück ist, und mir erzählen, wie es war!“

„Das mache ich. Also, bis dann.“

„Bis dann, mein Junge. Und halt die Ohren steif.“

Kopfschüttelnd legt Liam auf. Seine Mom gehört zu den liebevollsten, den nervigsten, und den erstaunlichsten Personen, die er kennt.

Leider muss er sich jetzt doppelt ablenken. Nämlich davon, dass Josh sich einen Arm brechen könnte und man ihm anschließend vorwirft, ein schlechter Vater zu sein, und zusätzlich auch noch von dem Gedanken, Gwen zum Essen auszuführen.

„Na, vielen Dank auch, Mom!“, murmelt er genervt und lässt ein paar unterdrückte Flüche folgen, bevor er sich vor den Fernseher fallen lässt. Natürlich wird er zu Hause bleiben und ihren Rat nicht annehmen. Warum sollte er auch? Er ist schließlich erwachsen und weiß selbst, was gut für ihn ist und was nicht.

+++

# Kapitel 28

Es ist doch komisch, dass man sich nicht mehr daran erinnern kann, was man früher so gemacht hat, wenn man allein war, sobald man erst einmal eine gewisse Zeit dauerhaft mit einem anderen Menschen verbracht hat.

Seit Livie auf der Welt ist, habe ich so ziemlich jede meiner freien Minuten ihr gewidmet, zumal ich ja auch die meiste Zeit so viel gearbeitet habe, dass ich ohnehin kaum Freizeit hatte.

Nun sitze ich hier herum und fühle mich wie Falschgeld.

Aus lauter Langweile beginne ich damit, meinen Kleiderschrank auszusortieren, was eigentlich ein simples Unterfangen ist, da sich sowieso nicht viel darin befindet.

Meine Garderobe besteht aus vier einfachen Sommerkleidern, je zwei Paar Jeans, Shorts und Stoffhosen, einigen Blusen, Pullis und Shirts, zwei Sommerröcken sowie einem einzigen schicken Kleid, zu dem Livie mich mal überredet hat.

Im Prinzip ist es völlig überflüssig, aber wir fanden es damals beide so schön und es war so günstig, dass ich es schließlich gekauft habe, obwohl ich es vermutlich niemals anziehen werde – und eigentlich auch nicht gebrauchen kann. Es ist mintfarben, bis zur Taille eng, wird dann weiter, fast so, dass man einen Petticoat darunter tragen könnte, was ich nicht machen würde.

Es hing in einem Schaufenster in San Francisco, und war eigentlich eine Maßanfertigung für die Brautjungfer, die aber wohl kurz vor der Hochzeit mit dem Bräutigam durchgebrannt sein muss. Zumindest hat mir das die sehr redselige Verkäuferin damals erzählt, die mir gleich dazu verraten hat, dass die Braut eine Zicke war, und sie den Bräutigam nur beglückwünschen kann, noch die Kurve bekommen zu haben.

Auch wenn mir die Braut stets ein wenig leidtut, liebe ich dieses Kleid und die Geschichte drumherum, weil sie so etwas von verbotener Romantik hat. Obendrein war es das erste Kleidungsstück, das ich gekauft habe, nachdem ich mich von Greg getrennt hatte und mit Livie abgehauen war, sodass ich es immer mit so etwas wie Freiheit verbinde.

Nachdem ich also alle meine Kleidung ausgeräumt habe, räume ich anschließend wieder alles in den Schrank zurück. Lediglich ein Paar Socken mit einem Loch am Zeh werfe ich weg. Auch wenn die Arbeit so zwar vergebens war, war ich zumindest ein Stündchen beschäftigt.

Ich überlege gerade, ob ich mich auch über Livies Schrank hermache – auch wenn sie nicht wesentlich mehr Klamotten besitzt als ich –, als es an der Terrassentür klopft.

Beinahe panisch renne ich die Treppe hinunter und schaffe es nur mit Mühe, auf der letzten Stufe mein Gleichgewicht in den Griff zu bekommen und nicht zu stürzen.

Völlig außer Atem öffne ich die Tür und entgegen meinen schlimmsten Befürchtungen steht dort niemand, der mir mitteilen will, dass meine Tochter schwerverletzt ist, stattdessen blicke ich in ein Paar blauer Lapislazuli-Augen.

„Hi!“ Liam nimmt sein Basecap vom Kopf und knetet es in seinen Händen, als wäre er verlegen.

„Hi! Ist mit den Kindern alles okay?“ Ich klinge, als ob ich einen Tausendmeterlauf hinter mir hätte.

„Mit den Kindern? Ach so, ja, denen geht es bestens. Josh hat mir eine Nachricht geschickt, dass sie gut angekommen sind. Olivia lässt dich grüßen, sie hat wohl keinen Empfang gehabt.“

„Oh!“ Das mein Mädchen ohne Handyempfang irgendwo in der Wildnis hockt, bereitet mir noch mehr Bauchschmerzen, als ich sowieso schon habe, denn obendrein kann ich sie normalerweise über ihr Handy orten. Ich habe uns beiden eine App auf die Handys gespielt, die so etwas möglich macht. Wahrscheinlich würden die meisten Kinder sich dadurch unnötig kontrolliert fühlen, aber Livie sagt immer, dass es ihr eine gewisse Sicherheit gibt. Gerade jetzt, wo Gregs Freilassung kurz bevorsteht. „Dann will ich hoffen, dass sie immer in Joshs Nähe bleibt.“ Es wird bestimmt alles gutgehen, früher sind die Menschen schließlich auch ohne Handy ausgekommen, ohne ständig verloren zu gehen. Dennoch habe ich ein ungutes Gefühl, das meine Nervosität noch weiter anheizt. „Vielen Dank, dass du gleich vorbeigekommen bist!", sage ich zu Liam und bin bereits halb dabei, die Tür zu schließen, als mir auffällt, dass er immer noch dasteht, als hätte er irgendetwas auf dem Herzen. „Gibt es sonst noch etwas? Alles okay?" Ich öffne die Tür wieder vollständig. Liam räuspert sich, und für einen Moment lang bin ich mir ganz sicher, dass er nervös ist, aber dann hat er sich bereits wieder gefangen.

„Hast du heute Abend schon etwas vor?"

„Nein!", antworte ich ziemlich verdutzt, und frage mich, worauf das hier wohl hinausläuft.

„Gut! Denn meine Mutter hat mir geraten, auszugehen und mich abzulenken, und sie meinte, ich solle dich mitnehmen. Und du weißt ja, was ich für ein braver Junge bin. Ich mache immer, was Mommy sagt." Er zwinkert mir zu und wirkt dabei irgendwie übermütig. „Wenn du nichts dagegen hast, würde ich dich also gerne zum Essen einladen. Ich habe einen Tisch für halb acht reserviert – und du darfst dich ruhig schick machen, ich nehme dich aber auch so mit, wie du bist."

„Oh!", antworte ich, weil ich gar nicht weiß, was ich dazu sage soll.

„Du musst nicht ‚oh', sondern Ja sagen, kleine Fee. Schließlich willst du doch nicht, dass ich Ärger von meiner Mutter bekomme? Sie gehört zu den wenigen Personen, vor denen ich mich fürchte."

Kleine Fee – so hat er mich das letzte Mal in seinem Haus am Meer genannt, und der Kosename beschwört Bilder in mir herauf, die mich erröten lassen.

„Oh!“, sage ich noch einmal, aber diesmal muss ich lächeln. „Dann muss ich wohl mit, oder? Meine gute Tat für den Tag!“

Liam lächelt ebenfalls.

„Ganz genau! Also dann – ich komme dich um sieben Uhr abholen.“

„Dann bis sieben“, murmle ich, während ich zurück ins Haus gehe. Erst, als ich in meinem Schlafzimmer stehe und mir überlege, was ich anziehen will, wird mir klar, dass er mich gerade zu einem Date eingeladen hat, ohne das Wort auch nur zu erwähnen.

# Kapitel 29

Natürlich ist es nicht sonderlich schwer, etwas zum Anziehen zu finden, schließlich besitze ich nur das eine Kleid, das halbwegs ausgehtauglich ist, und von dem ich gerade noch dachte, dass ich es niemals brauchen würde. Zum zweiten Mal am heutigen Tage nehme ich es aus dem Schrank und lege es auf das Bett.

Vielleicht ist der Ausschnitt ein bisschen zu tief für ein Date, das irgendwie gar keins ist, aber andererseits ist da ja nichts, was Liam nicht schon gesehen hätte.

Bis er mich abholt, habe ich noch eine Stunde Zeit, und ich bin dankbar dafür, dass es nicht mehr ist; so kann ich die Zeit damit ausfüllen, mich schön zu machen, statt damit, wahnsinnig zu werden.

Nach einer ausgiebigen Dusche drehe ich meine Haare auf Lockenwickler auf, schminke mich sorgfältig und sprühe einen Hauch von Parfüm auf. Ich suche die passenden Schuhe zu meinem Kleid heraus und greife mir einen schwarzen Pashmina-Schal, den ich mal für so wenig Geld auf einem Flohmarkt gekauft habe, dass er unmöglich echt sein kann. Aber zumindest ist er schön warm, falls der Abend kühler werden sollte.

Obwohl ich früher dran bin als vereinbart, sehe ich, dass Liam bereits vor der Terrassentür steht, als ich herunterkomme, zum Glück ohne Lockenwickler im Haar.

Für einen Moment stockt mir der Atem. Er sieht umwerfend gut aus. Ich meine, er sieht immer umwerfend gut aus. Doch heute Abend trägt er eine schwarze Hose mit passenden Schuhen und einem weißen Hemd, das er bis zu den Ellenbogen aufgekrempelt hat. Die Rosen auf seinen Unterarmen stehen in einem krassen Kontrast zu den edel wirkenden Stoffen und betonen einander dadurch nur umso mehr. Obwohl er auf Krawatte und Jackett verzichtet hat, wirkt er unglaublich elegant und mondän. Und während er sonst schon ein ziemlicher Hingucker ist, hat er sich jetzt von „wahnsinnig gutaussehend“ auf „gefährlich anziehend“ gesteigert.

Das scheinen auch meine Knie zu finden, denn sie fühlen sich wie Pudding an, als ich ihn hereinlasse.

„Was machst du denn schon hier?“

Er grinst mich an.

„Ich dachte, ich hätte vielleicht noch eine Chance, einen Blick auf dich in Unterwäsche zu erhaschen, wenn ich mich hier auf die Lauer lege. Aber wie ich sehe, bist du leider schon fertig.“ Er mustert mich von oben bis unten, und irgendetwas in mir wünscht sich in diesem Moment, dass ich tatsächlich nur Unterwäsche tragen würde. Wahrscheinlich ist es meine Libido, die gerade fröhlich auf- und abzuhüpfen beginnt.

„Du bist also im Grunde deines Herzens ein perverser Spanner?“ Ich schnappe mir meine Handtasche, die bereits griffbereit auf dem Couchtisch steht.

„Du solltest doch eigentlich wissen, wie gerne ich dich anschaue. Du siehst übrigens unglaublich aus heute Abend.“ Langsam beugt er sich zu mir herunter und küsst mich auf die Wange. „Können wir los, kleine Fee?“ Er bietet mir seinen Arm an, und ich hake mich bei ihm unter.

Er verwirrt mich heute Abend. Die ganzen letzten Wochen ist er mir aus dem Weg gegangen und auf einmal ist er wieder völlig im Flirtmodus. Vielleicht war es keine gute Idee, mich auf dieses seltsame, von seiner Mutter befohlene Date einzulassen. Aber irgendwie … ach, keine Ahnung. Es gibt Dinge, von denen man weiß, dass man sie bleiben lassen sollte und dennoch nicht widerstehen kann. So wie zu viel Schokolade essen zum Beispiel oder bis spät in die Nacht ein spannendes Buch lesen, obwohl man am nächsten Morgen früh aufstehen muss. Sich ein mintgrünes Kleid kaufen, das man weder braucht noch sich leisten kann. Und dabei sind all diese Verlockungen nichts im Vergleich zu Liam Brooks in diesem verdammten Smokinghemd, das den Blick auf seine Unterarme lenkt, und mich somit daran denken lässt, wie diese auf meiner nackten Haut ausgesehen haben.

Ich schlucke schwer, als wir in seinen Wagen steigen. Der abgegrenzte Raum, in dem wir völlig für uns allein sind, verleiht der ganzen Situation eine seltsame Intimität, die meinen gesamten Körper zum Prickeln bringt.

+++

Die letzten Wochen hat er nach Kräften versucht, bloß nicht mit Gwen allein zu sein, und nun hat ein simples Telefonat mit seiner Mutter all seine Vorsätze diesbezüglich zunichtegemacht.

Kaum, dass der Gedanke an ein Date mit ihr erst einmal in seinem Kopf aufgetaucht ist, war er von dort auch schon nicht mehr zu vertreiben gewesen.

Und es ist nicht so, als hätte er sich nicht nach Kräften darum bemüht, ihn wieder zu vertreiben. Aber selbst, als er versucht hat, sich durch Jogging auf andere Gedanken zu bringen, hat er sich dabei ertappt, dass er um Gwens Cottage gestreunt ist wie ein notgeiler Köter um das Quartier einer läufigen Hündin.

Schließlich hat er einfach aufgegeben; der Reiz, den Abend zusammen mit Gwen auszugehen, statt ihn allein zu Hause vor dem Fernseher zu verbringen, war schlicht zu groß.

Vielleicht wird er das morgen bereuen, weil es die Dinge unnötig kompliziert macht, aber morgen ist immer noch genug Zeit, sich Gedanken zu machen. Oder vielleicht auch übermorgen.

Heute jedenfalls wird er die Zeit mit ihr genießen.

Sie trägt ihr Haar heute Abend offen, es fällt in seidigen Wellen über ihre Schultern, und er kann an kaum etwas anderes denken, als seine Hände darin zu vergraben, während er sie küsst. Das und daran, sie auszuziehen, und überall sonst zu küssen.

Normalerweise ist er ein wirklich routinierter Autofahrer, aber als sie bei dem kleinen Restaurant angekommen sind, bei dem er für sie einen Tisch reserviert hat, ist er froh, dass er seinen Wagen endlich abstellen kann und sie unfallfrei hierher gebracht hat, denn Ablenkungen dieser Art tragen definitiv nicht dazu bei, ein sicherer Teilnehmer im Straßenverkehr zu sein.

+++

Das Essen ist einfach köstlich, und das kleine Restaurant ist absolut hinreißend. Es gibt nur wenige Tische hier, und jeder der Tische ist in einer anderen Farbe eingedeckt. Dennoch fügt sich alles zu einem harmonischen Ganzen, gepaart mit ein bisschen Extravaganz, zusammen.

„Manchmal träume ich davon, selbst so ein Restaurant zu besitzen.“ Genießerisch schließe ich die Augen und esse den letzten Löffel des Desserts, das aus nichts als weißer Schokolade und Kalorien zu bestehen scheint und die pure Sünde ist.

„Warum hast du nie eins eröffnet? Das Talent und den Geschmack dazu hast du. Ich brauche mir nur anzusehen, was du aus meiner Küche und eurem Cottage gemacht hast, um zu sehen, dass dein eigenes Restaurant sicherlich sehr geschmackvoll und gemütlich wäre. Von deinen Kochkünsten mal ganz zu schweigen.“ Er schiebt mir den Rest seines eigenen Desserts herüber und entgegen meiner sonstigen Gewohnheiten nehme ich es an, ohne groß darüber zu diskutieren. Es ist einfach zu lecker.

„Manche Träume erfüllt man sich, von anderen lässt man besser die Finger. Ein Restaurant ist jede Menge Arbeit, viel mehr, als man sich leisten kann, wenn man eine Familie hat. Zumal man immer dann arbeiten muss, wenn die anderen frei haben. Aber mal abgesehen davon, fehlen mir die finanziellen Mittel dafür.“ Ich beginne damit, auch Liams Nachtisch aufzuessen.

„Sehr schade. Ich wäre bestimmt dein bester Kunde. Ich liebe dein Essen.“

„Du hast mich doch als Köchin eingestellt und brauchst somit für mein Essen nicht mal das Haus zu verlassen!“

„Auch wieder wahr.“ Er lächelt. „Manchmal mache ich eben auch ein paar Dinge richtig.“

Ich lecke den Löffel ab, und Liam räuspert sich. „Wollen wir los?“ Ohne meine Antwort abzuwarten, winkt er den Kellner herbei und bittet um die Rechnung, und keine fünf Minuten später sitzen wir in seinem Wagen.

Die Fahrt zurück nach Hause verbringen wir schweigend, als hätte sich auf einmal irgendetwas zwischen uns geändert, ohne dass ich sagen könnte, was es eigentlich ist, und ob es mir gefällt oder nicht.

Statt mich zu meinem Cottage zu fahren, parkt er seinen Wagen vor seiner Tür.

„Ich dachte, du hättest vielleicht noch Lust, ein Glas Champagner mit mir auf der Terrasse zu trinken. Es ist so ein schöner Abend heute und bald kommt der Herbst und die lauen Nächte sind vorbei. Das sollten wir ausnutzen."

Zögerlich folge ich ihm ins Haus und sehe zu, wie er eine Flasche Champagner aus dem Kühlschrank holt, von der ich schwören könnte, dass sie heute Morgen noch nicht darin war.

„Du bist aber gut vorbereitet. Willst du mich etwa verführen?" Ich habe es gesagt, ehe ich darüber nachgedacht habe, und als Liam sich zu mir umdreht, erkenne ich ein Flackern in seinen Augen. Ich kenne dieses Flackern bereits. Ich habe es in seinen Augen gesehen, als er mich vor seinem Spiegelschrank zum Höhepunkt gebracht habe. Wie in Zeitlupe stellt er die Flasche zur Seite und kommt auf mich zu.

„Möchtest du denn von mir verführt werden, kleine Fee?"

Und dann küsst er mich. Vielleicht hätte ich damit rechnen müssen, denn die Spannung zwischen uns, dieses beinahe greifbare Gefühl von etwas, das ich nicht in Worte fassen kann, das immer da ist, sobald wir uns zusammen in einem Raum aufhalten, war heute Abend noch stärker als sonst. Er hat mich zum Essen eingeladen und nicht gerade subtil mit mir geflirtet.

Und dennoch trifft es mich völlig unvorbereitet. Wahrscheinlich bin ich einfach noch viel naiver, als ich bisher von mir angenommen hätte. Denn selbst, wenn ich mich seit Tagen heimlich nach diesem Kuss gesehnt habe, in meinen schönsten und schlimmsten Stunden davon geträumt – und ihn gleichermaßen gefürchtet habe, habe ich dennoch nie damit gerechnet, dass es wirklich noch einmal passieren wird.

Oh, und verdammt, es fühlt sich noch viel besser an, von Liam Brooks geküsst zu werden, als ich es in Erinnerung hatte. Seine Hände, die mein Gesicht sanft umschlossen halten, stehen in einem starken Gegensatz zu seinem Kuss, der alles andere als sanft ist. Seine Lippen, seine Zunge, Liam selbst … Irgendetwas stellt er mit mir an, das dafür sorgt, dass ich das Gefühl habe, mich völlig aufzulösen, alle meine Schutzwälle fallen zu lassen und mich komplett an ihn zu verlieren. Und in diesem Moment ist das auch alles, was ich will. Ich will mich an ihn verlieren. Ich will ganz und gar ihm gehören, wenigstens für ein paar törichte Augenblicke lang die Kontrolle verlieren und sie ihm überlassen. Nicht mehr auf der Hut sein. Ich will mich selbst ihm überlassen.

Langsam, wie in Zeitlupe, wandern seine Hände vom Gesicht zu meinem Nacken und umschließen meinen

Hinterkopf, fahren durch mein Haar, verfangen sich darin, sodass er meinen Kopf ein Stück nach hinten ziehen kann, um mit seiner Zunge noch tiefer in meinen Mund vordringen zu können.

Ich gebe ein Geräusch von mir, das halb Stöhnen, halb Keuchen ist, und lasse mich von Liam nach hinten drängen, bis ich mit dem Rücken an der Tür stehe, gefangen zwischen dem Holz und seinem festen Körper, der sich gegen mich drängt.

Meine Mitte beginnt zu pulsieren, ich spüre die Nässe, die sich zwischen meinen Beinen bildet, der Druck, der sich in mir aufzubauen beginnt, und den nur noch er lösen kann, nur noch er lösen soll.

Wie von Sinnen beginne ich an seiner Kleidung zu zerren. Ich will, ich muss ihn spüren, überall, auf mir und in mir, will eins mit ihm sein, vergessen können, wo ich selbst anfange und wo ich aufhöre.

Ich schiebe meine Hände unter sein Shirt, meine Hände fahren rastlos über seinen Rücken, spüren den Muskeln dort nach, die sich unter meiner Berührung zusammenziehen.

Es ist das erste Mal, dass ich ihn wirklich anfasse – also mehr als eine zufällige Berührung. Das erste Mal, dass ich seine nackte Haut spüre. Und auf einmal ist es, als hätte ich eine Reaktion damit in Gang gesetzt, die nun nicht mehr zu stoppen ist. Ich will mehr, immer mehr, als wäre ich auf einmal völlig besessen von ihm.

„Liam …“, flüstere ich rau, als er von meinem Lippen ablässt, um mir mit seinem T-Shirt zu helfen.

„Was denn, Gwen?“ Für einen Moment zeigt er dieses schiefe, schurkische Lächeln, das ich so sehr mag, dann wird er wieder ernst, weil ich selbst mein Kleid von den Schultern streife und meinen BH dabei gleich folgen lasse.

„Oh verdammt!“, murmelt er rau, während sein Blick förmlich auf meinen Brüsten klebt. „Du bist so wunderschön.“

Wie gebannt schaut er weiterhin auf meine nackte Brust, seine Hände schlingen sich um meine Taille, ziehen mich näher zu ihm heran, so nah, dass seine Lippen meine rechte Brustwarze umschließen können. Stöhnend lasse ich den Kopf in den Nacken sinken, soweit das die Tür hinter mir zulässt, schiebe mich ihm entgegen, biete mich ihm dar.

Es ist mir auf einmal völlig egal, ob er mich für triebhaft hält, denn es scheint ihm ja zu gefallen, wenn ich so bin. Eigentlich ist mir gerade einfach alles egal, solange er nur nicht mit dem aufhört, was er dort tut; höchstens vielleicht, um seine Küsse an anderen Stellen meines Körpers fortzusetzen.

Ein paar Augenblicke genieße ich seine Liebkosungen mit geschlossenen Augen, aber ich will ihn ansehen können. Ich will unbedingt sehen, was dieser Mann mit mir macht.

Als sich unsere Blicke finden und ich genauso ungezügeltes Verlangen in seinen Augen erkennen kann, wie ich es selbst empfinde, bin ich kurz davor, um Erbarmen zu flehen, zu bitten, dass er mich erlöst, obwohl ich gleichzeitig will, dass es niemals aufhört.

Als hätte er meine Gedanken gelesen, zieht er mich näher an sich und schiebt, beinahe quälend langsam, seine Daumen in den Bund meines Höschens.

+++

Liam kann sich nicht erinnern, jemals eine schönere Frau gesehen zu haben als Gwen, wenn sie erregt ist. Vielleicht liegt es daran, dass er ebenfalls erregt ist und sein Körper Blut für wichtigere Stellen braucht als sein Gehirn und sein Erinnerungsvermögen dadurch deutlich eingeschränkt sein könnte; so oder so ist die Frau vor ihm beinahe anbetungswürdig schön.

Und er will sie. Verdammt, er will sie mehr, als er jemals zuvor in seinem Leben eine Frau gewollt hat.

Scheiß auf die Konsequenzen.

Sie mag ja seine Köchin und das Kindermädchen seines Sohnes sein, und vielleicht macht sich das Ganze auch nicht gut in der Presse oder vor Gericht, aber Liam hat in seinem Leben noch nie viel Wert auf die Meinung von anderen gelegt, und hat auch nicht vor, gerade jetzt damit anzufangen.

Mal ganz abgesehen davon, dass es ohnehin niemand von ihnen weiß oder wissen muss, so einfach ist das.

Er spürt ihre Hände an seinem Hosenbund und nur einen kurzen Augenblick später in seiner Hose, wie sie sich durch den dünnen Stoff seiner Shorts an sein bestes Stück drücken und ihn zu massieren beginnen.

Für einen Moment weiten sich ihre Pupillen, beinahe ein bisschen entsetzt.

„Du bist so verdammt groß, Liam!", flüstert sie nun direkt an seinem Ohr, in ihrer Stimme schwingt Erstaunen gepaart mit Bewunderung mit.

„Und du bist verdammt nett zu mir, Gwen!", antwortet er mit einem heiseren Auflachen, um dann umgehend zu schweigen.

Die kleine Hexe vor ihm hat ihm seine Hose von den Hüften geschoben, um nun beide Hände um seinen harten Schwanz zu schließen, und irgendwie bewirkt ihre Berührung, dass auch der letzte klare Gedanken plötzlich aus seinem Kopf verschwunden ist.

Schließlich schafft er es noch, einen halben Schritt nach hinten zu machen, um ihr mehr Platz zu verschaffen, ohne dabei über seine heruntergelassene Hose zu stolpern. Völlig fasziniert beobachtet er ihre zierlichen Hände, die an seinem Schaft auf- und abfahren, ihn mit jeder Berührung verzaubern, in ihren Bann schlagen, dann schließen sich seine Augen beinahe wie von selbst.

Er will seinen Kopf auf ihren sinken lassen, aber plötzlich ist an der Stelle, an der er sie vermutet hätte, nur noch das harte Holz der Tür, das seinen Kopf mit einem dumpfen Knall begrüßt.

Erstaunt reißt er die Augen wieder auf, gerade rechtzeitig, um Gwen zu entdecken, die vor ihm kniet, seine Erektion mit beiden Händen umschlossen, und sich mit leicht geöffnetem Mund über die Lippen leckt. Sie schaut ihn an, als würde sie in seinem Gesicht die Antwort auf eine unausgesprochene Frage suchen, und was immer sie glaubt, als Bestätigung zu finden, es war die richtige, denn langsam und fast wie in Zeitlupe senkt sie nun ihren Kopf und leckt über seine pralle Eichel.

„Fuck!“, stöhnt er zwischen zusammengebissenen Zähnen. „Oh Babe, das ist … das ist … Oh mein Gott!“ Er hat an nichts anderes denken können, als daran, wie sie ihn dort leckt, seit er sie mit dem verdammten Nachtisch beobachtet hat, und jetzt ist es auf einmal so intensiv, dass er es kaum aushalten kann.

Da seine Beine plötzlich zu zittern anfangen, lehnt er sich vor, stützt sich mit den Unterarmen an der Zimmertür ab und ballt seine Hände zu Fäusten.

Ihr heißer nasser Mund umschließt ihn nun ganz und dabei macht sie irgendetwas mit ihrer Zunge, das ihn schier in den Wahnsinn treibt.

Ohne sein aktives Zutun zucken seine Hüften nach vorn, als würde sein bester Freund noch tiefer in ihrem Mund wollen, und er will sich gerade schon dafür entschuldigen, als er Gwens Stöhnen wahrnimmt, das sich als Vibration in ihrem Mund fortsetzt, ihre Stimulation auf ein beinahe unerträgliches Maß verstärkt.

Er gehört ihr.

In diesem Moment gehört er ganz und gar ihr, er ist ihr verfallen, mit Haut und Haar.

Dann hat er nur noch einen einzigen Gedanken im Kopf, nämlich dass sie ihm ebenso gehören soll, wie er ihr, so primitiv, dass er sich beinahe selbst davor erschrickt.

„Hör auf! Bitte." Er muss sich selbst dazu zwingen, sie von sich zu schieben, sich von ihr zu lösen, aber gerade will er mehr als das, er will sie besitzen, sich mit ihr vereinigen, eins mit ihr sein.

In ihrem Blick steht Erstaunen, als er sie zu sich hochzieht, und er küsst sie so schnell es geht, um ihr nahe zu sein, und damit sie bloß nicht auf die Idee kommt, sie hätte irgendetwas falsch gemacht.

Denn das hat sie nicht.

Ganz im Gegenteil.

Sie hat ihre Sache viel zu gut gemacht.

Gwen schlingt ihm die Arme um den Hals, als er mit seiner Zunge erneut in ihren Mund eindringt, ihr einen Vorgeschmack für das gibt, was er gleich mit ihr anstellen wird.

Irgendwo zaubert er ein Kondom hervor und streift es sich über.

Gierig umfasst er ihren festen kleinen Po, hebt sie ein kleines Stück hoch, während sie ihre Beine um seinen Körper schlingt und sich dabei an seinen Schultern festhält. Beinahe wie von selbst dringt er in sie ein, und es fühlt sich so gut an, dass er am liebsten aufheulen würde.

Er wird nicht lange brauchen, und aus irgendeinem Grund ist er sich sicher, dass ihr das ebenfalls so ergehen wird.

Ein paar Sekunden verharrt er in ihr, völlig regungslos, damit sie genug Zeit hat, sich an ihn zu gewöhnen, doch dann ist sie diejenige, die sich auf ihm zu bewegen beginnt.

Normalerweise wäre es kein Problem, sie so festzuhalten, aber seine verdammten Beine beginnen erneut zu zittern, sodass er Gwen festhält, während er sich mit ihr zusammen auf den Boden gleiten lässt, bis sie rittlings auf ihm sitzt.

„Komm, hol dir, was du brauchst!“

Völlig fasziniert sieht er ihr dabei zu, wie sie ihn reitet, wie sie den Kopf in den Nacken wirft und sich zurücklehnt, ihn so tief es nur geht in sich aufnimmt.

Eigentlich wollte er sie zu der seinen machen, doch mit jeder ihrer Bewegungen ist er es, der ihr mehr und mehr verfällt.

Als sie schließlich mit einem kleinen Schrei um ihn herum zu zucken beginnt und zum Höhepunkt kommt, kann er es ebenfalls nicht mehr länger aushalten und folgt ihr auf den Gipfel der höchsten Ekstase.

+++

Wir haben in dieser Nacht immer und immer wieder Sex, und ich hätte niemals gedacht, dass es so sein kann. Ich hätte niemals gedacht, dass ich so unersättlich sein kann oder dermaßen hemmungslos, aber es fühlt sich verdammt gut an, dass ich es kann.

Irgendwann liegen wir in seinem Bett, gesättigt, ermattet, entspannt.

Mein Kopf ruht auf seiner Brust und ich kann seinen Herzschlag unter meiner Hand spüren. Während draußen Nebel aufgezogen ist, umgeben mich Wärme und Geborgenheit. Der Tag bricht langsam an.

Liam hat seinen Arm um meine Taille geschlungen, und die warme Bettdecke umhüllt uns wie ein schützender Kokon. Mit jedem seiner Atemzüge hebt und senkt sich sein Brustkorb, und bewegt meinen Kopf sanft mit auf und ab, als wolle er mich in den Schlaf wiegen. Er riecht so wahnsinnig gut, selbst jetzt noch, nachdem wir uns mehr als einmal geliebt haben. Am liebsten würde ich an ihm schnuppern, seinen Duft tief einatmen, ihn für immer im Gedächtnis behalten, als eine Art Vorrat für schlechte Zeiten. Angeblich ist der Teil des Gehirns, der Gerüche abspeichert, ja einer der ältesten überhaupt und mit den meisten Emotionen verbunden. Ich fühle mich gut bei ihm.

Sorgenfrei.

Entspannt.

So wie ich gerne schon immer gewesen wäre und es niemals ganz war.

Ich weiß nicht, wann ich dieses Gefühl das letzte Mal hatte, aber ich weiß, dass es gerade zu gut ist, um mir Gedanken darüber zu machen, wie lange es wohl dauern wird, bis die Welt da draußen, die heute besonders kalt und unwirtlich erscheint, mich wohl wiederhaben wird.

„Wenn du einen Wunsch frei hättest, irgendeinen, was wäre das?" Seine tiefe Stimme reißt mich aus meinen Gedanken, seine Arme schlingen sich noch ein bisschen fester um mich, als ich versuche, mich aufzurichten, sodass ich mich umgehend zurück auf seine Brust kuschle.

*Für immer hier bei dir zu bleiben.*

Das ist der erste Gedanke, der mir durch den Kopf schießt, aber ich bin nicht dumm genug, ihn laut auszusprechen. Fehlt nur noch, dass ich ihm sage, dass ich ihn liebe und am besten gleich morgen heiraten will. Viel effektiver könnte man einen Mann vermutlich nicht dazu bringen, umgehend die Flucht zu ergreifen; obendrein bin ich mir selbst noch nicht ganz sicher, was ich für ihm empfinde.

„Nie mehr umziehen zu müssen“, antworte ich also stattdessen, und kaum, dass ich es ausgesprochen habe, wird mir klar, dass diese Antwort vielleicht auch nicht die beste war. Denn immerhin ist Liam ja mein Vermieter, und ich habe Sorge, dass es ein bisschen so klingt, als würde ich ihm ein Versprechen abringen wollen. „Irgendwann möchte ich so viel Geld haben, dass ich ein eigenes, kleines Häuschen für Livie und mich kaufen kann, aus dem wir nie wieder wegmüssen.“ Das klingt doch schon viel besser, auch wenn ich mir natürlich so etwas Ehrenhaftes wie Weltfrieden oder die Abschaffung von Hungersnöten hätte wünschen können. Aber wahrscheinlich bin ich dafür einfach nicht selbstlos genug. Außerdem war die Frage ja sowieso hypothetisch.

Eine Weile lang liegen wir schweigend da, und ich überlege mir, ob ich ihn ebenfalls fragen sollte, wovon er träumt. Ist es unhöflich, wenn ich es nicht mache? Oder wäre es, im Gegenteil, aufdringlich, ihn auch zu fragen?

„Du hast sehr bescheidene Träume, finde ich. Die meisten Menschen, denen man so eine Frage stellt, wollen mindestens zum Mond reisen oder so etwas.“

Jetzt richte ich mich doch auf, um ihn ansehen zu können. Um seine Lippen spielt ein kleines Lächeln, das eher zärtlich als amüsiert wirkt. Zumindest bilde ich mir das zu gerne ein.

„Diese Menschen wissen eben nicht, was wirklich gut ist. Ein konstantes Zuhause, in dem man sich sicher fühlen kann, einen Ort, an den man hingehört … Ich finde, das ist viel mehr wert als ein Flug zum Mond – der obendrein verhältnismäßig schnell vorbei ist."

Sein Lächeln bleibt, als er mich zurück auf seine Brust zieht.

„Da hast du recht", antwortet er mir, und durch den direkten Kontakt klingt seine Stimme noch ein bisschen tiefer als sonst und scheint direkt in meinem Kopf zu sein. „Ein konstantes Zuhause ist Gold wert. Genau wie eine Familie, zu der man nach einem langen Tag nach Hause kommen kann. Davon habe ich selbst lange geträumt. Geld macht erstaunlich wenig Spaß, wenn man niemanden hat, mit dem man sich gemeinsam an dem Luxus erfreuen kann, den man sich damit leisten kann." Wieder schweigt er einen Moment und fährt dabei nachdenklich mit einem Finger die Kontur meiner Wirbelsäule nach. „Ich hätte niemals gedacht, dass sich mein Leben so viel erfüllter anfühlen könnte, seit Joshua bei mir wohnt."

*Und was ist mit mir? Und mit Livie?*

Die Antwort auf diese Frage würde mich wirklich brennend interessieren, ich traue mich dennoch nicht, sie zu stellen.

„Ich mag es, wenn das Haus so voller Leben ist. Das fühlt sich gut an. Es macht mich glücklich." Damit meint er vielleicht auch uns, oder? Ach verdammt, es ist kompliziert.

Wahrscheinlich sollte ich etwas sagen, denn auf einmal hat sich die Stimmung zwischen uns plötzlich verändert, als wäre irgendetwas ins Ungleichgewicht geraten, und ich würde es zu gerne wieder geraderücken, damit es sich so anfühlt wie vorher. Aber mir will einfach nichts einfallen, und ich befürchte, dieser wunderschöne Moment zwischen uns wird nun jeden Augenblick vorbei sein. Vorbei, unwiderruflich vergangen, und das, obwohl ich noch gar nicht bereit dazu bin.

Da mir aber nichts einfällt, das ich sagen könnte, schiebe ich mich an ihm hoch, um ihn zu küssen.

Ah!

Das war eine gute Entscheidung.

Ich kann das leise Lachen, das Liam ausstößt, fühlen, bevor ich es hören kann, und es klingt erfreut und amüsiert.

„Du bist eine wirklich unersättliche kleine Fee", flüstert er zärtlich in mein Ohr. „Kein Wunder, dass sich König Artus und Lancelot um dich gestritten haben. Von Frauen wie dir können die meisten Männer bloß träumen."

Vielleicht sagt er das jeder Frau, mit der er ins Bett geht, aber ich nehme das Kompliment dennoch nur zu gerne an, genau wie die Küsse, die er nun überall auf meinem Hals zu verteilen beginnt.

Wenn ich eine Katze wäre, würde ich jetzt ganz laut schnurren. Stattdessen seufze ich und will ihn gerade wieder küssen, als es an der Tür klingelt.

„Scheiße!", flucht Liam und schiebt mich so unvermittelt von ihm herunter, dass ich beinahe aus dem Bett falle. „Das hatte ich völlig vergessen!", sagt er mehr zu sich selbst als zu mir, gleichzeitig springt er aus dem Bett und zieht sich beinahe panisch an. „Tu mir bitte einen Gefallen, bleib im Schlafzimmer und lass dich nicht blicken!"

Bumm.

Statt auf dem Boden seines Schlafzimmers, lande ich auf dem Boden der Realität.

Und das ist ebenfalls verdammt hart und schmerzhaft.

So schnell hat sie mich zurück, die kalte grausame Wirklichkeit.

# Kapitel 30

Da es mir zu blöd ist, wie ein schmutziges Geheimnis in seinem Schlafzimmer zu bleiben und abzuwarten, ziehe ich mich an und gehe zur Hintertür hinaus.

*So wie sich das fürs Personal eben gehört.*

Vielleicht bin ich undankbar, dumm und ungerecht, und ja, ich tue mir selbst wahnsinnig leid, als ich durch den Hinterausgang davonhusche, mich davonstehle wie ein Dieb. Draußen ist es kalt geworden, der Sommer scheint vorbei zu sein und der Herbst ist auf einmal da, mit all seiner Macht. Es hat gefroren, zum ersten Mal in diesem Herbst, und ich friere in meinem dünnen Kleidchen erbärmlich. Meinen Schal habe ich gestern in Liams Auto vergessen, denn für die paar Meter bis zu seinem Haus habe ich ihn nicht gebraucht, auch wenn es gestern Abend bereits deutlich kühler geworden ist. Obwohl zwischen Liams Villa und dem Cottage nur ein paar Minuten Fußweg liegen, bin ich bei meiner Ankunft völlig durchgefroren.

Ernüchterung ist eine eklige Geschichte, und je höher man vorher geflogen ist, desto schmerzhafter ist der anschließende Fall.

Ich hatte Sex mit meinem Chef. Schon zum zweiten Mal, und diesmal die ganze Nacht lang. Ich hatte Sex mit einem

Mann, dem ich nicht gewachsen bin. Und das hat nichts mit Understatement zu tun.

Vorhin, bevor ich mich davongeschlichen habe, habe ich durch die halb geöffnete Wohnzimmertür einen Blick auf seine Exfrau werfen können, die ihn heute offenkundig besucht, zusammen mit einem Mann, bei dem ich davon ausgehe, dass es sich um ihren Anwalt handelt.

Frauen wie Jessica sind es, die Männer wie Liam heiraten. Schlank, groß gewachsen, stilsicher und umwerfend gutaussehend. Beinahe wäre ich stehengeblieben, um sie noch eine Weile anzustarren, denn es war ein wenig so, als wäre ich plötzlich inmitten eines Filmes gelandet – oder eines Hochglanzmagazins. Frauen wie Jessica begegnet man im wirklichen Leben einfach nicht, zumindest in meinem nicht. Also, normalerweise. Aber seit ich Liam kennengelernt habe, scheint ohnehin nichts mehr normal zu sein.

Ich seufze tief, dann gehe ich ins Badezimmer und ziehe mich aus, während ich ein Bad mit jeder Menge Schaum einlasse.

Ich mag dieses Badezimmer, ich liebe die rötlichen Fliesen, die alte Badewanne mit den goldenen Löwenfüßen, die so wunderbar in dieses Haus passen.

Ich will hier nie wieder weggehen müssen, genauso wenig, wie ich vorhin nie wieder von Liam wegwollte. Seit ich hier wohne, fühle ich mich viel besser. Es ist so, als würde dieses Haus eine bessere Version meiner selbst aus mir machen, und Liam verstärkt diesen Effekt noch. Ich fühle mich sicher hier, ich komme zur Ruhe, ich muss nicht immer auf der Hut sein. Genau wie bei ihm.

Langsam steige ich in das heiße Wasser, das sich im ersten Moment unangenehm, beinahe stechend auf meinen völlig ausgekühlten Beinen anfühlt, aber nachdem ich mich daran gewöhnt habe, ist es einfach herrlich, und irgendwie spendet es mir den Trost, den ich gerade brauche.

Denn auch, wenn ich es gerne würde, ich habe ja gar keinen Grund, um Liam Vorwürfe zu machen. Selbst, wenn ich mehr für ihn sein sollte als eine schnelle Eroberung: Er kümmert sich als Allererstes um die Interessen seines Kindes. Und genau das würde ich an seiner Stelle auch tun. Ich würde Himmel und Hölle in Bewegung setzen, damit mir niemand mein Kind wegnimmt.

Da Jessica angedroht hat, dass sie auch vor einer Schlammschlacht nicht zurückschrecken würde, wäre es bestimmt nicht clever, wenn sie dahinterkommen sollte, dass Liam Sex mit Hausangestellten hat. Noch dazu mit Hausangestellten, die eigentlich dafür da sind, sich um seinen Sohn zu kümmern, und nicht für sein eigenes Vergnügen eingestellt worden sind.

Ich habe das vorher gewusst und mich trotzdem wieder auf ihn eingelassen. Ich bin also selbst schuld.

Und doch, obwohl ich das alles weiß, hoffe ich dennoch den Rest des Tages, dass Liam noch einmal zu mir kommt, dass er mich in seine Arme zieht und ... ja, was denn eigentlich? Mir seine Liebe gesteht?

Ich bin wirklich naiv.

Und Hoffnung ist ein widerlicher Verräter.

Den Rest des Tages verbringe ich wider besseren Wissens mit ständiger Aufmerksamkeit auf meine Terrassentür, falls er so wie gestern dort klopfen sollte.

Ich traue mich kaum, mein Wohnzimmer zu verlassen, nicht einmal, um mir etwas zu essen zu machen.

Aber was soll's. Ich habe ohnehin keinen Hunger.

Irgendwann, als es draußen schon lange dunkel ist und im Fernsehen nur noch der größte Mist gesendet wird, schlafe ich auf dem Sofa ein und verbringe dort die gesamte Nacht, erstaunlich traumlos. Vielleicht sind selbst meine Träume heute desillusioniert.

Zum Glück ist das Sofa bequem, ansonsten hätte ich nach diesem Wochenende mit Sicherheit die schlimmsten Rückenschmerzen meines Lebens, denn ich habe keinen Elan, es überhaupt wieder zu verlassen. Ich unterbreche meine Selbstmitleidstour nur kurz, als Olivia mich anruft. Sie hat sich Joshs Handy geliehen und berichtet mir begeistert, wie toll alles ist, und dass es ihr gut geht.

Am Sonntagmorgen habe ich noch immer noch nichts von Liam gehört habe, und als ich zum bestimmt hundertsten Mal mein Handy auf Nachrichten von Livie oder Liam kontrolliere, fällt mein Blick auf die App zu dem Dating-Portal, die Skye mir eingerichtet hat. Nachdem ich das Passwort eingegeben habe, lasse ich es vor lauter Schreck beinahe fallen, weil es so aufgeregt anfängt zu brummen.

Ich habe sage und schreibe sieben neue Nachrichten in meinem Postfach!

Ein wenig entgeistert starre ich die Zahl an, bevor ich sie schließlich nach und nach öffne.

Die erste Nachricht ist vom Support, der mich fragt, ob ich irgendwelche Fragen habe.

Natürlich habe ich zig Fragen, aber da ich stark vermute, dass nicht bei einer von ihnen der Support mir weiterhelfen könnte, lösche ich die Mail gleich wieder.

In der zweiten Mail fragt mich ein gewisser John, ob ich Lust auf CS hätte. Da ich mit dieser Abkürzung nichts anfangen kann, gebe ich sie bei Google ein und finde alle möglichen infrage kommenden Begriffe, doch da ich davon ausgehe, dass John mich nicht zu irgendwelchen Ballerspielen einladen will und sich wohl auch kaum für den Kabelanschluss meines nicht vorhandenen Computers interessieren dürfte, vermute ich stark, dass er mit CS *Cybersex* meinen dürfte.

Kurz bin ich in Versuchung, ihm zurückzuschreiben und ihn zu fragen, ob er mit dieser Masche wirklich schon mal Erfolg hatte. Ich meine, ich kann mir kaum vorstellen, dass irgendeine Frau auf so eine plumpe Masche tatsächlich anspringt, und ich frage mich, ob er abends, wenn er ausgeht, wohl auch Frauen direkt fragt, ob sie ihn vögeln wollen, und sich dann wundert, dass er doch jeden Abend allein nach Hause geht.

Allerdings befürchte ich, dass er sich in irgendeiner Weise animiert fühlen könnte, wenn ich ihm antworte, wie auch immer meine Antwort ausfällt, und so lösche ich seine Mail kurzerhand wieder.

Genauso wie fast alle anderen Mails.

In einer fragt mich ein übergewichtiger Mann um die fünfzig, wie viel ich wiege, da er auf extrem schlanke Frauen steht. In der nächsten will mir jemand Geld leihen, danach werde ich dazu aufgefordert, irgendeine Seite zu liken. Silvershadow fragt mich, ob ich Lust habe, mit ihm zu schreiben. Nichts sonst. Aber da mir keine gute Antwort darauf einfällt, landet auch seine Mail im Papierkorb. Ohnehin halte ich die ganze Angelegenheit irgendwie langsam für keine sonderlich gute Idee mehr, aber ich bin zu neugierig, um das Postfach einfach wieder zu schließen.

Der Typ aus der letzten Mail nennt sich schlicht Billy und schreibt in seinem Profil, dass er eine kleine Tochter hat. Gleich mit offenen Karten spielen – das mag ich.

*Hallo Fremde,*
*ich bin noch nicht sehr lange hier und weiß gar nicht recht, was man hier schreiben soll. Wahrscheinlich bekommt man als Frau zig Nachrichten am Tag. Aber vielleicht hast du ja trotzdem Lust, mir zu antworten? Ich würde mich jedenfalls freuen. Und um es Dir ein bisschen leichter zu machen – ich selbst weiß nämlich nie, was ich schreiben soll –, dachte ich mir, ich stelle Dir einfach noch eine Frage zum Kennenlernen.*
*Also: Was isst Du am liebsten zum Frühstück?*
*Dein Billy*

Ich habe zwar wirklich keine Ahnung von solchen Dingen wie Online-Dating, aber ich finde, dass er sehr nett klingt, und irgendwie käme ich mir gemein dabei vor, ihm nicht zu antworten, auch wenn seine Mail schon vor einigen Wochen geschickt wurde. Schließlich hat er sich ja mit der Nachricht an mich Mühe gegeben, oder nicht? Außerdem finde ich die Frage mit dem Frühstück witzig. Natürlich ist es jetzt nicht umwerfend kreativ, dennoch mal was anderes.

Andererseits … will ich überhaupt jemanden kennenlernen? Ich will schließlich niemandem Hoffnungen machen, nur um sie hinterher nicht zu erfüllen. Und außerdem ist da natürlich noch Liam.

Ärgerlich wandert mein Blick zur Terrassentür. Liam, der Sex mit mir hatte und sich dann nicht mehr bei mir gemeldet hat. Ich meine, noch viel eindeutiger geht es ja wohl kaum. Also gehe ich davon aus, dass ich ihm gegenüber auch keinerlei Verpflichtungen eingegangen bin.

Ich brauche dringend ein wenig Ablenkung.

Außerdem ist es ja nichts als eine Mail.

Ich zögere noch eine Weile, bevor ich Billy schließlich antworte:

*Hallo Billy,*
*vielen Dank für Deine Nachricht.*
*So viele Mails bekomme ich eigentlich gar nicht.*
*Und zum Frühstück esse ich am liebsten Porridge*
*mit Rosinen und Äpfeln. Oder Pancakes mit*
*Ahornsirup.*
*Und Du?*

Ich drücke auf Senden, bevor ich es mir noch mal anders überlegen kann. Irgendwie habe ich das Gefühl, das tun zu müssen, allein um mir zu beweisen, dass mir an Liam gar nicht so viel liegt. Was natürlich Schwachsinn ist, aber was habe ich denn für eine Wahl, als so zu tun? In Depressionen und Selbstmitleid zu versinken finde ich keine wirklich gute Alternative, außerdem habe ich das ja bereits das ganze Wochenende getan, und wenn Livie heute Abend wieder nach Hause kommt, möchte ich dringend bessere Laune haben.

Ein paar Minuten starre ich noch auf den kleinen Bildschirm, vielleicht ist dieser Billy ja online und antwortet schnell. Irgendwann wird mir das zu albern. Ich habe dieses Wochenende schon genug Zeit damit verbracht, auf irgendwelche Zeichen irgendwelcher Männer zu warten, die dann doch nicht gekommen sind.

Entschlossen lege ich das Handy auf die Fensterbank und schlage stattdessen mein Rezeptbuch für die Kuchen im Glas auf. Wenn ich heute fleißig bin, kann ich morgen endlich die Proben verschicken, die ich Cherrys Bekannter Theresa versprochen habe.

Ein monatliches Einkommen, das unabhängig von meinem Job ist, würde mich sehr beruhigen. Wenigstens so viel, dass ich zur Not die Miete für dieses Haus hier bezahlen könnte. Denn egal, was mit Liam ist, dieses Haus liebe ich, und wenn es irgendwie möglich ist, dann würde ich gerne hierbleiben.

Tatsächlich schaffe ich es, je fünf Gläser mit Sckoko-Macadamianuss-Kuchen, Caramel-Pekannuss-Kuchen sowie klassischen Chocolate-Chip-Kuchen fertigzustellen, bevor mir mein Handy einfällt, das noch immer auf der Fensterbank wartet.

Aber ich habe Pech, es sind noch keine neuen Nachrichten für mich eingegangen.

Also mache ich mich erneut an die Arbeit und backe noch Himbeerkuchen mit weißer Schokolade, sowie salzig-süßen Erdnusskuchen, den Livie ganz besonders gerne mag.

Als ich die Gläser, die als Proben vorgesehen sind, in einen Karton packe, um sie an Theresa Bennett zu verschicken, und die restlichen in der Abstellkammer verstaue, fühle ich mich fast schon wieder normal. Manchmal ist Arbeit eine ganz hervorragende Therapie.

Als es Abend wird und somit Zeit unsere Kinder abzuholen, bekomme ich nur eine kurze Nachricht von Liam, in der er mich bittet, Olivia selbst abzuholen, er würde es leider nicht schaffen. Josh würde von seiner Oma abgeholt werden und auch über Nacht dableiben.

Mit einem komischen Gefühl im Bauch mache ich mich schließlich auf den Weg, aber Olivia ist so aufgedreht und fröhlich, und ich bin so glücklich, dass ich sie wieder in die Arme schließen kann, dass es mir gelingt, Liam kurzfristig aus meinen Gedanken zu verbannen.

Erst, als ich nachts im Bett liege, denke ich darüber nach, wie es morgen wohl sein wird, ihm wieder unter die Augen zu treten, wenn ich zur Arbeit gehe.

Wie so oft schlafe ich schlecht, aber darin habe ich ja bereits Übung.

# Kapitel 31

Am Montag treffe ich eher auf Liam, als ich es erwartet hätte, genau genommen falle ich beinahe über ihn, oder vielmehr in seine Arme. Denn er steht vor meiner Haustür, als ich gerade vorhabe, meine Arbeit in seinem Haus zu beginnen.

Einen süßen Augenblick lang genehmige ich es mir, seinen Duft tief einzuatmen und seine Nähe zu genießen. Dann befreie ich mich von ihm, bevor ich zu schwach werde und Dinge tue, die ich hinterher bereuen würde.

„Guten Morgen, Gwen." Verlegen nimmt er seine Basecap vom Kopf und setzt sie gleich wieder auf. Irgendetwas in seinem Blick und seiner Körperhaltung lässt mich in Hab-Acht-Stellung gehen. Ich bin mir sicher, dass er keine guten Nachrichten für mich hat.

„Guten Morgen, Liam!", antworte ich ein wenig unsicher und verschränke meine Arme vor der Brust, als könne mich das vor den Dingen schützen, die jetzt kommen.

„Können wir vielleicht einen Moment hineingehen? Ich muss etwas Wichtiges mit dir besprechen und möchte das ungern hier draußen tun." Dabei schaut er sich um, als würde er davon ausgehen, dass hinter jedem Gebüsch jemand sitzt und ihn beobachtet. Bei jedem anderen würde ich davon ausgehen, dass er wohl ein wenig paranoid ist, aber Liams Verhalten macht mir Sorge. Große Sorge.

Mit gerunzelter Stirn schließe ich die Haustür wieder auf und trete zur Seite, um Liam hereinzulassen.

Dann gehe ich vor in die Küche und bedeute ihm, am Tisch Platz zu nehmen.

„Möchtest du vielleicht einen Kaffee? Oder eine Tasse Tee?“

Zögerlich lässt er sich auf einen Stuhl sinken, als wisse er nicht so richtig, ob er eigentlich nicht lieber stehen bleiben möchte, schließlich nimmt er sein Käppi und wirft es neben sich auf den Tisch.

„Nein danke, ich möchte nichts“, antwortet er und traut sich dabei kaum, mich anzusehen. Stattdessen schaut er wie gebannt auf das Basecap, als gäbe es dort eines der sieben Weltwunder zu bestaunen.

Ich entschließe mich, ebenfalls nichts zu trinken, auch wenn ich gerne etwas gehabt hätte, an dem ich mich festhalten könnte, schon allein um das Zittern meiner Hände zu verbergen.

Das hier wird nichts Gutes werden, so viel ist sicher.

„Also …“ Ich setze mich ihm gegenüber. „Was hast du mir zu sagen?“ Meine Stimme klingt erstaunlich fest, und ich bin sehr, sehr stolz auf mich.

„Am Wochenende habe ich erst mit Jessica und ihrem Anwalt gesprochen, dann mit meiner eigenen Anwältin.“ Er räuspert sich verlegen und starrt anschließend aus dem Fenster. „Jessica scheut sich nicht davor, schmutzige Wäsche zu waschen, um Josh zurückzubekommen. Sie hat ziemlich tief gewühlt.“ Jetzt erst sieht er mich an, und ich wünschte mir, er hätte es nicht getan. „Jessica hat herausgefunden, dass dein Exmann wegen gefährlicher Körperverletzung einsitzt. Und … und meine Anwältin befürchtet, dass es vor Gericht einen schlechten Eindruck machen könnte, dass ich ausgerechnet dich zur Betreuung meines Kindes eingestellt habe.“ Den letzten Satz sagt er so schnell, als würde er dadurch weniger bedeutungsschwer sein. Dann schweigt er, während ich fassungslos auf seine Hände starre, die nervös auf den Tisch trommeln.

„Oh!“, antworte ich irgendwann, als ich die Stille in meiner Küche einfach nicht mehr aushalte. „Das tut mir leid.“

„Nein, Gwen. Du hast nichts falsch gemacht.“ Er hört mit dem Trommeln auf und legt seine Hände auf meine, deren Zittern ich nun nicht mehr in der Lage bin zu verbergen. Wahrscheinlich sollte die Geste tröstlich sein, aber ich kann es kaum ertragen, seine Wärme und seine Nähe zu spüren; das hier fühlt sich viel zu sehr nach einer Trennung an. Nach einer Trennung, ohne dass es jemals eine richtige Beziehung gegeben hat. Abstruserweise macht es das gerade nicht weniger schmerzhaft, und ich spüre den Kloß in meinem Hals, der dort immer entsteht, wenn sich Tränen ankündigen. „Du kannst nichts für das, was dein Exmann getan hat.“ Er räuspert sich, bevor er seine Hände wieder wegzieht. Ich nehme meine ebenfalls vom Tisch und verberge sie in meinem Schoß. „Aber meine Anwältin hat mir dazu geraten, dir zu kündigen." Kurz schließt er die Augen, und als er sie öffnet, kann ich deutlich die Erleichterung darüber sehen, dass er nun alles gesagt hat. „Dein Gehalt zahle ich dir natürlich noch bis zum Ablauf des ursprünglichen Vertrages. Ich würde es gerne im Voraus bezahlen, damit mir das hinterher niemand falsch auslegen kann. Und selbstverständlich können Livie und du hier weiterhin wohnen bleiben. So wie ich es versprochen hatte, auch darüber habe ich mit meiner Anwältin geredet, auch wenn sie nicht begeistert war. Aber immerhin haben wir einen Vertrag. Ich ..." Er greift nach dem Cap und setzt sie sich wieder auf. „Ach verdammt, Gwen. Es tut mir so unendlich leid. Aber das Wohl meines Sohnes geht einfach vor. Ich will auf gar keinen Fall, dass er zurück zu Jessica geht. Das verstehst du doch, oder?" Langsam steht er auf und geht in Richtung Tür; ich folge ihm.

„Natürlich verstehe ich das!", murmle ich tonlos, und das tue ich tatsächlich. Ich würde nicht anders handeln als er, egal, wie weh mir das auch tun würde; das Wohl meines Kindes würde immer vorgehen. Denn niemand weiß besser als ich, was passiert, wenn es das nicht tut.

Als er an der Tür angekommen ist, habe ich den Eindruck, dass er mir noch etwas sagen will, aber letztendlich verlässt er das Haus, ohne noch ein weiteres Wort an mich zu richten.

Durch das Fenster in der Tür schaue ich ihm nach, bis er aus meinem Sichtfeld verschwunden ist, danach gehe ich zurück in die Küche und lasse mich dort auf den Platz sinken, auf dem Liam vorher gesessen hat.

Das Stuhlkissen ist noch warm von seinem Körper, doch ich beginne plötzlich zu frieren.

Habe ich schon erwähnt, dass Hoffnung ein gemeines Ding ist?

Was ich besonders gemein finde, ist, dass man sich manchmal welche macht, ohne dass es einem tatsächlich bewusst ist, und wenn man schließlich mit der Realität konfrontiert wird … tja. Dann stellt man fest, dass man enttäuscht ist, obwohl man eigentlich von vornherein gewusst hat, wie es letztendlich ausgehen wird. Wie bescheuert man manchmal sein kann.

Auf einmal fühle ich mich unendlich müde. Ich lege meine Arme auf den Tisch, bette meinen Kopf darauf und versuche, nicht zu weinen.

# Kapitel 32

Liam ist froh, dass Josh für zwei Tage bei seiner Oma bleiben kann, denn er befindet sich in einem Zustand, in dem er seinem Sohn lieber nicht unter die Augen treten möchte.

Ihm war schon lange klar, dass das Leben kein Ponyhof ist, aber manchmal ist es einfach nur Scheiße.

Jessica hat ihm etwas von einer Vorladung erzählt, die tatsächlich am Montagmorgen gekommen ist, und will das Sorgerecht nun einklagen.

„Versuchen Sie, sich nicht so viele Sorgen zu machen. Momentan sieht die Sache sehr gut für uns aus!“ Seine Anwältin fährt sich über das glatt zurückgesteckte Haar, das ohnehin perfekt sitzt. „Ich weiß, dass Sie keine Schlammschlacht haben wollen, doch ich denke, wir müssen uns darauf einstellen, dass Ihre Exfrau da nicht ganz so viel Rücksicht auf Ihre Gefühle nehmen wird, wie Sie auf ihre.“

Liam lehnt sich zurück, verschränkt die Arme und versucht es zu vermeiden, die Zähne zusammenzubeißen, weil ihm davon mittlerweile bereits der Kiefer wehtut.

„Die Gefühle meiner Exfrau sind mir herzlich egal. Es ist Joshua, auf den ich Rücksicht nehmen will. Ich will nicht, dass er schlecht über seine Eltern denkt. Es ist schlimm genug, dass seine Eltern gegenseitig schlecht übereinander denken, er soll nicht auch noch an den Personen zweifeln müssen, die er eigentlich noch bedingungslos lieben sollte."

Seine Anwältin schaut ihn an, und für einen kurzen Moment sieht er in ihren Augen etwas aufflackern, das sie umgehend wieder hinter einer Maske aus professioneller Freundlichkeit verbirgt.

„Es ist sehr schade, dass nicht mehr Eltern so denken. Sie glauben gar nicht, was ich hier manchmal erlebe. Aber dennoch müssen Sie sehen, dass es Ihrem Sohn auch nichts nutzen wird, wenn Sie zwar seine Gefühle schonen, er aber trotzdem zu seiner Mutter muss. Wir werden also einen Zwischenweg finden müssen. Vielleicht gelingt es uns ja auch, Joshua komplett aus der Verhandlung herauszuhalten. Allerdings würde es schon helfen, wenn er aussagen würde, dass er lieber bei Ihnen leben möchte als bei seiner Mutter." Sie zögert einen Moment. „Das will er doch, oder?"

„Davon gehe ich jedenfalls aus."

„Sie gehen davon aus oder Sie wissen es?"

„Um ehrlich zu sein, habe ich ihn niemals explizit danach gefragt."

„Das verwundert mich ein wenig, Mr. Brooks. Sie sind einfach davon ausgegangen, dass es so das Beste ist, ohne Ihren Sohn nach seiner Meinung zu fragen? Vielleicht sollten Sie das schnellstmöglich nachholen. Manchmal geben Kinder ganz erstaunliche Antworten."

„Ja, vielleicht sollte ich das", murmelt Liam.

„Nun, also. Dann holen Sie ihn heute von seiner Großmutter ab und fragen ihn. Außerdem sollten Sie zusehen, dass sie so schnell wie möglich eine neue Haushälterin finden. Das Gericht sieht es sehr gerne, wenn Kinder rundum abgesichert sind, was ihre Betreuung angeht. Am besten wäre es natürlich, wenn es jemand machen könnte, der mit ihm verwandt ist. Wegen der emotionalen Bindung und so."

„Sie meinen meine Mutter?"

Ms. Donovan zuckt mit den Schultern.

„Das wäre momentan zumindest die beste Option. Sie muss ja nicht jeden Tag herkommen, aber Josh hat eine Beziehung zu ihr, und Ihre Mutter wird vermutlich auch keine finsteren Kapitel in ihrer jüngsten Vergangenheit vorzuweisen haben."

„Jedenfalls nicht, dass ich wüsste."

„Na sehen Sie! Dann haben Sie gleich zwei wichtige Fragen, die Sie stellen können, wenn Sie Ihren Sohn gleich abholen." Sie klingt beinahe fröhlich, und Liam fragt sich ernsthaft, ob sie glaubt, dass Menschen es gut finden, solche Fragen stellen zu müssen. Doch wahrscheinlich macht sie als Anwältin den ganzen Tag nichts anderes, sodass es ihr völlig normal vorkommt.

Als er eine halbe Stunde später mit massenweise Anweisungen und Aufträgen in seinen Wagen steigt, erhascht er einen flüchtigen Blick auf sich selbst im Rückspiegel.

Er sieht aus wie ein Zombie. Er sollte dringend wieder mehr schlafen, denn wenn er so vor Gericht auftaucht, rennen dort vermutlich gleich alle schreiend vor ihm weg. Alle, außer Jessica, die außer sich selbst ohnehin niemanden auf dieser Welt wirklich wahrnimmt.

+++

*Porridge? Wirklich?*
*Aber Pancakes finde ich gut, am liebsten*
*mit ganz viel Speck.*
*Kannst du gut kochen?*

Ich habe gar keine Lust zu antworten, doch ich sollte es wohl trotzdem tun, weil ich das Gefühl habe, mir selbst etwas beweisen zu müssen. Nämlich, das ich gar keine Zeit brauche, um über Liam hinwegzukommen, weil ich überhaupt keine Gefühle für ihn hatte, die über den wirklich umwerfenden Sex hinausgehen. Obwohl beim Sex, genau wie bei jeder angenehmen Berührung, natürlich Bindungshormone freigesetzt werden. Irgendwo habe ich mal gelesen, dass das im Brustbereich besonders gut funktioniert, weil es dort besonders viele sensible Nervenenden gibt. Vielleicht sollte ich zukünftig nur noch

Sex im Doggystyle haben, wenn daraus keine Beziehung werden soll. Allerdings war ich ohnehin nicht mehr in der Lage, mir über solche Dinge Gedanken zu machen, als ich mich letzte Woche auf Liam beziehungsweise auf Sex mit ihm eingelassen habe. Ich war leider überhaupt nicht mehr dazu fähig zu denken, und *nicht* zu denken führt bekanntermaßen des Öfteren mal zu erheblichen Problemen – damit bin ich wohl kaum allein auf der Welt.

Seufzend nehme ich mein Handy in die Hand und antworte Billy. Schließlich ist Liam mir ja ach so egal.

*Typisch Mann!* ☺
*Irgendwie mögen die meisten lieber*
*Speck als Süßes.*
*Ja, ich kann kochen und mache es auch sehr gerne.*
*Und du?*

Ob er mit dieser Frage wohl wissen will, ob ich ihn bekochen würde? Etwas merkwürdig finde ich das ja, aber vielleicht überinterpretiere ich da auch nur einfach etwas, das bloß als harmloser Smalltalk gemeint ist.

Zum Glück habe ich nun keine Zeit mehr, mir darüber den Kopf zu zerbrechen, denn ich bin heute Nachmittag mit Cherry verabredet.

Bevor ich losfahre, wasche ich mir das Gesicht, trage ein wenig Make-up auf und schlüpfe in meine Lieblingsschuhe, die mintgrünen mit den schwarzen Pünktchen, das muss zum Kaffeetrinken mit einer Freundin an Styling genügen.

„Ich habe von der Sache mit Liam schon gehört. Oh Gwen, das tut mir so leid für dich!" Cherry schiebt mir ein Stück Kuchen über den Tisch und ein Schälchen mit geschlagener Sahne hinterher. Wir sitzen an ihrem Küchentisch in dem alten Stadthaus, das sie vor einer Weile mit Grayson zusammen gekauft und bezogen hat, weil ihr das Haus, in dem er vorher gewohnt hat, zu steril und modern war. Ich beneide sie darum, einen Mann gefunden zu haben, der alles tun würde, um sie glücklich zu machen, weil ihn das ebenfalls glücklich macht. Außerdem beneide ich sie darum, dass sie überhaupt einen Mann gefunden hat, den sie aus ganzer Seele liebt und der sie mindestens genauso sehr liebt. Natürlich gönne ich ihr ihr Glück von Herzen, sie ist schließlich meine Freundin. Aber ich würde mir so etwas auch wünschen, wenigstens ein wenig.

„Ja, es ist wirklich doof. Doch ich kann es leider nicht ändern." Ich häufe jede Menge Sahne auf meine Torte, in den letzten Tagen habe ich ohnehin zu wenig gegessen.

*Es ist wirklich doof.*

Die Untertreibung des Jahrhunderts. Doof ist es, wenn man in die Eisdiele um die Ecke kommt und feststellt, dass die Lieblingseissorte heute ausverkauft ist. Wenn man am selben Tag seinen Job und den Mann verliert, in den man sich vielleicht gerade ein klitzekleines bisschen verliebt hat, dann ist das eine Katastrophe. Von meiner Beziehung zu Liam weiß Cherry allerdings nichts und dabei soll es auch bleiben. Denn wenn ich ihr davon erzähle, dann ist es für mich so, als wäre es plötzlich viel realer als vorher, nur weil sie davon weiß. Ich möchte das lieber für mich behalten, damit geht es mir besser.

Doch auch Cherry runzelt aufgrund meiner Formulierung die Stirn.

„Was willst du denn jetzt machen?“

Ich zucke mit den Schultern.

„Ich weiß es auch nicht genau. Liam bezahlt mich noch, bis unser Vertrag ausläuft. Das sind noch zweieinhalb Monate. Im Haus darf ich auch wohnen bleiben.“ Nervös lege ich die Kuchengabel zur Seite und reibe meine Hände gegeneinander. „Am liebsten würde ich mich selbständig machen. Das ist zwar auch ein Risiko, aber ich wäre nicht mehr so abhängig.“

Cherry legt den Kopf zur Seite und betrachtet mich nachdenklich.

„Mit deinen Kuchen?“

„Auch.“ Ich zögere einen Moment. Komischerweise ist es mir unangenehm, darüber zu sprechen, obwohl ich den Gedanken bereits eine ganze Weile mit mir herumtrage. „Ja, vielleicht. Irgendetwas mit Kochen und Backen, das kann ich zumindest gut. Auch wenn es natürlich schon zig Leute gibt, die so etwas machen. Und ich nicht weiß, ob sich das überhaupt lohnen wird.“ Nach kurzem Nachdenken nehme ich meine Gabel wieder in die Hand und esse weiter. „Aber wünschen würde ich es mir.“

„Hast du konkrete Pläne?“

Cherry kennt mich mittlerweile wirklich gut, und ich seufze, bevor ich weiterspreche.

„Ja … Nein … ein bisschen. Du kennst doch den Gebäudekomplex, in dem auch die Telefonzentrale von MagicMix ist?“

Sie nickt.

„Natürlich kenne ich die. Das ist einer der größten Bürokomplexe, die in den letzten Jahren gebaut worden sind, oben im Industriegebiet.“

„Ganz genau. Seltsamerweise gibt es dort kaum Möglichkeiten, sich in der Mittagspause etwas zu essen zu besorgen. Es gibt zwar eine Mall in der Nähe, aber die ist zu weit weg, um zu Fuß hinzugehen. Wer sich nichts zu essen mitbringt, muss mittags das Auto nehmen, um sich etwas zu besorgen, und weil das so viele tun, findet man dann an der Mall nur schwer einen Parkplatz. Um den Bürokomplex herum ist zu wenig Platz, um ein Restaurant oder ähnliches zu eröffnen.“ Ich zucke erneut mit den Schultern. „Als ich noch dort gearbeitet habe, habe ich immer gedacht, dass man ein Vermögen verdienen könnte, wenn man mittags mit einem dieser Imbisswagen dort stehen würde, der Parkplatz gegenüber wäre groß genug. Man müsste ein paar Sandwichs anbieten, ein paar frische Salate für die, die ständig auf Diät sind … Und man bräuchte drei oder vier Kochplatten, um jeden Tag ein oder zwei Tagesgerichte anzubieten, die vor Ort frisch vorbereitet werden und gut duften." Ich muss lächeln, zum ersten Mal seit Tagen wieder. „Für all diejenigen, die eigentlich der Meinung sind, sie hätten gar keinen Hunger."

Cherry lehnt sich auf ihrem Stuhl zurück, verschränkt die Arme vor der Brust und mustert mich nachdenklich. Dann macht sich ein Lächeln auf ihrem Gesicht breit.

„Ms. Campbell, ich wusste bisher gar nicht, dass Sie über so viel Geschäftssinn verfügen!"

Ich lächle ebenfalls.

„Bisher ist es nur so eine fixe Idee …", antworte ich ausweichend und hebe die Hände abwehrend hoch. Eine Idee, die ich bereits lange habe, aber von der ich nicht weiß, wie ich sie umsetzen soll, bei so fundamentalen Dingen wie der Finanzierung angefangen.

„Eine sehr gute Idee, wenn du mich fragst. Hast du konkretere Pläne? Wo du beispielsweise den Imbisswagen dafür herbekommst? Und wie du das Ganze finanzierst? Hast du dich schon erkundigt, ob du irgendwelche Genehmigungen einholen musst?" Cherry ist Feuer und Flamme und sowieso ein Naturtalent in Sachen Organisation.

„Eigentlich war es bisher eher eine Art Hirngespinst, und ich bin mir auch nicht sicher, ob es das nicht besser bleiben sollte." Ich zögere einen Moment. „Wobei es natürlich schon toll wäre, wenn ich mich damit selbständig machen und unabhängig sein könnte. Aber es ist eben auch ein Risiko!"

„Allerdings ist das Risiko doch im Moment geringer denn je, oder nicht? Du bekommst so oder so noch drei Monate Geld von Liam. Livie und du seid somit abgesichert, und du hättest die Zeit, alles dafür in die Wege zu leiten, ohne dir dabei Sorgen ums Geld machen zu müssen."

Beinahe die gleichen Gedanken habe ich mir auch schon selbst gemacht. Dennoch ist und bleibt es ein Risiko.

„Ich müsste trotzdem einen Kredit aufnehmen. Und selbst, wenn ich eine Bank finden sollte, die mir einen gewährt, muss ich diesen ja irgendwie zurückzahlen." Nachdenklich rühre ich noch einen weiteren Löffel Zucker in meinen Kaffee. „Wenn es mit dem Imbisswagen nicht klappen sollte, bleibe ich auf einem ganzen Haufen Schulden sitzen und habe ein ernsthaftes Problem."

„Aber wenn es klappen sollte, dann hast du einen supersicheren Job, für dich optimale Arbeitszeiten und bist unkündbar, weil du deine eigene Chefin bist!"

Cherry zwinkert mir zu und ich muss lachen.

„Ja, das ist allerdings wahr. Wenn es klappen würde."

„Ich bin mir sicher, das wird es.“ Cherry schiebt sich noch eine Gabel voll Kuchen in den Mund, und ich stelle erstaunt fest, dass sie bereits das dritte Stück isst. „Wenn das für dich in Ordnung ist, werde ich heute Abend mal mit Grayson darüber sprechen. Du weißt ja: Er kennt alle möglichen Leute. Ich bin mir sicher, dass wir eine Lösung finden werden. Sofern du das willst. Ich will mich nicht in deine Angelegenheiten einmischen, wenn es dir unangenehm ist.“

„Du weißt, wie ungern ich Hilfe annehme, und ihr beide habt mir schon so viel geholfen.“ Eigentlich viel mehr, als mir zusteht, wenn ich darüber nachdenke, dass es eigentlich Cherry war, die mir damals die Augen dafür geöffnet hat, dass ich mich unbedingt von Greg trennen muss. Livie war zu diesem Zeitpunkt gerade mal sechs Jahre alt, und ich hatte zwei Jobs auf einmal, um uns über Wasser zu halten; ich war so gut wie nie zu Hause. Meine kleine Tochter hat Cherrys Einrichtung besucht, damit sie neben der Schule wenigstens ein paar Stunden am Tag eine sinnvolle Beschäftigung hat. Cherry war es, die ihren gebrochenen Arm bemerkt hat, die sie ins Krankenhaus gefahren hat, die mich, die Polizei und das Jugendamt informiert hat. Und Greg, der war so wütend und betrunken, dass er Cherry beinahe erwürgt hätte. Und das meine ich nicht im übertragenden Sinne. Er hat Cherry aufgelauert und hat sie beinahe umgebracht. Wäre Grayson nicht dazwischen gegangen, ich weiß nicht, was passiert wäre.

Trotzdem ist sie mittlerweile zu einer Freundin geworden, die mir hilft, wo sie nur kann, was ich ihr hoch anrechne. Aber sie hat schon mehr als genug für mich getan, und ihr Mann Grayson ebenso. Die beiden waren es ja auch, die mir den Job bei Liam besorgt haben, und dafür, dass ich dort nicht wirklich lange arbeiten konnte, können sie schließlich nichts.

„Dir ist doch eh klar, dass ich mich nicht davon abhalten lassen werde, alle Hebel in Bewegung zu setzen, damit dein Vorhaben umsetzbar wird?“ Mit einem beinahe verschlagenen Grinsen beugt sie sich zu mir vor. „Ich bin die reiche verwöhnte Ehefrau eines berühmten Ex-Footballspielers, die keine anderen Hobbys hat, als die Welt zu retten. Liest du denn nie die einschlägigen Klatschzeitschriften?“

Ich muss lachen.

„Eher selten!“, gebe ich zu.

„Siehst du! Daran liegt es, dass du mich so schlecht kennst.“ Sie lächelt mir zu und ein Grübchen bildet sich in ihrer Wange. „Dann wüsstest du nämlich, dass eigentlich du mir einen Gefallen tust, wenn du dir von mir helfen lässt.“ Sie gähnt hinter vorgehaltener Hand. „Ansonsten ist mein Leben nämlich unerfüllt und langweilig.“

Was soll ich dazu noch sagen? Es ist ja schließlich auch nicht so, als ob ich keine Hilfe gebrauchen könnte.

„Also gut, dann will ich mal nicht so sein!“, versuche ich so ernsthaft wie möglich zu antworten, ohne dabei zu lachen. „Ich muss schließlich auf meine Karmapunkte aufpassen.“ Über meine Kaffeetasse werfe ich Cherry diese Art von Blicken zu, wie man sie manchmal bei Fernsehpredigern sieht, bis wir beide anfangen müssen zu lachen.

„Na also, es geht doch!“, sagt Cherry, nachdem sie wieder Luft bekommt, und lässt sich zurück in ihren Sessel sinken. „Was hältst du davon, wenn ich morgen Mittag mal mit Grayson bei dir vorbeikomme? Hast du Zeit?“

# Kapitel 33

Manchmal bin ich erstaunt darüber, wie schnell sich Dinge entwickeln können, denn keine Woche später steht ein wirklich wunderschöner, wenn auch etwas in die Jahre gekommener Imbisswagen vor meiner Haustür, der obendrein schon mein Logo trägt.

Bewundernd fahre ich mit der Hand über das Bild, das aussieht wie ein altes Werbeplakat aus den fünfziger Jahren. Eine Frau in einer türkis gepunkteten Schürze, die mir entfernt ähnlich sieht, balanciert ein Tablett in der Hand. Darunter steht auf einer Art Plakette im Stil von alten Marmeladenetiketten ebenfalls in Türkis und Weiß *Gwen's Diner.*

Der Imbisswagen ist dazu passend in einem Zahnpastagrün lackiert, das Cherry und mich erst auf die Idee mit dem Retro-Logo gebracht hat.

In der Tat ist es erstaunlich, wen Cherry und Grayson alles kennen, denn irgendwoher haben sie eine wirklich fähige Grafikerin aufgetrieben, die das Ganze für mich entworfen hat. Obendrein haben sie den Imbisswagen entdeckt, den ich zu einem Schnäppchenpreis bekommen habe, sie haben mir bei der Finanzierung geholfen und Grayson hat für mich persönlich die nötigen Anträge bei der

Stadt abgegeben, weil er meinte, so würde es sicherlich schneller gehen.

Ich bin völlig hin und weg von meinem Imbisswagen und ich muss mich zusammenreißen, um nicht auf- und abzuhüpfen und laut zu quietschen, als wäre ich ein kleines Mädchen, dem man zu viel Zucker gegeben hat und das nun ein Einhorn sieht.

„Gefällt er dir?" Grayson steht grinsend an die Fahrertür gelehnt und beobachtet mich, während ich den Wagen immer wieder umrunde.

„Ich finde, er ist wunderschön. Einfach toll!"

„Also ich würde sofort anhalten und Essen kaufen, wenn ich ihn sehe." Beinahe liebevoll tätschelt Grayson die Motorhaube. Seine Augen blitzen fröhlich.

„Du hast aber doch auch ständig Hunger – behauptet zumindest Cherry."

Lässig zuckt der Beschuldigte mit den Schultern.

„Wenn ich im Bürokomplex arbeiten würde, wäre ich somit eindeutig dein bester Kunde." Lächelnd zieht Grayson einen Schlüssel aus der Hosentasche. „Doch das ist nun zweitrangig. Was sagst du, wollen wir eine kleine Spritztour machen? Bei der Gelegenheit können wir gleich den elektrischen Grill und die zwei Induktionsplatten abholen, die du in den Kleinanzeigen entdeckt hast."

„Unbedingt!" Ich reiße ihm den Schlüssel förmlich aus der Hand, er tritt einen Schritt zurück und öffnet mir gleichzeitig die Fahrertür, lässt mich allerdings allein einsteigen, weil er weiß, dass ich mich nicht gerne von Männern berühren lasse.

*Von niemanden, außer von Liam.*

Der Gedanke taucht so plötzlich in meinem Kopf auf, dass ich beinahe ins Straucheln gerate und mein erster Versuch, in den Wagen zu klettern ziemlich unelegant ausfällt.

„Alles in Ordnung mit dir?"

Grayson hat inzwischen auf dem Beifahrersitz Platz genommen und hält mir erneut den Autoschlüssel hin, der mir gerade aus der Hand gerutscht und in den Beifahrerfußraum gefallen ist.

„Ich bin nur aufgeregt!", antworte ich schnell, was wenigstens zu einem Teil der Wahrheit entspricht.

„Zum Glück bin ich ja bei dir und passe auf, dass du nicht vor lauter Freude vor den nächsten Ampelmast fährst. Cherry würde mir das niemals verzeihen – und Livie sicherlich auch nicht."

„Ich bin eine ganz hervorragende Fahrerin!" Schließlich bin ich in Boston aufgewachsen, habe hier auch meinen Führerschein gemacht und schaffe es seit Jahren unfallfrei zu fahren. Was hier wirklich eine Kunst für sich ist.

Dennoch bin ich vorsichtig, als ich den Zündschlüssel in das Schloss stecke und ihn umdrehe. Einen Wagen in dieser Größe habe ich noch nie zuvor gefahren und genau deshalb bin ich auch froh, dass Grayson sich bereit erklärt hat, die Strecke bis zum Bürokomplex einmal mit mir zusammen zu fahren. Ich bin beruhigter, wenn bei meiner ersten Fahrt mit diesem Wagen noch jemand mit achtgibt.

„Dann bin ich ja froh. Ich befürchte nämlich, dass Cherry mit dir auch nicht gerade zärtlich umgehen würde, wenn du mich vor den nächsten Baum fahren solltest. Sie hätte bestimmt etwas dagegen, wenn unser Kind als Halbwaise zur Welt kommt.“

Ich brauche einen Augenblick, um die Informationen zu verarbeiten, die er mir gerade geliefert hat. Und als ich es endlich geschafft habe, bin ich so überrascht, dass ich ziemlich scharf bremsen muss, weil ich sonst vermutlich in den dicken Van gerauscht wäre, der gerade um die Ecke gekommen ist.

Liams Van.

Ich habe ihn seit fast zwei Wochen nicht gesehen und jetzt starre ich ihn an wie ein Mondkalb, während er ganz entspannt lächelt, an uns vorbeifährt und dabei lässig winkt. Zumindest glaube ich, dass er völlig entspannt lächelt, seine Augen sind hinter einer schwarzen Sonnenbrille verborgen, sodass sein Gesichtsausdruck nur schwer zu lesen ist.

Ich warte, bis er vorbeigefahren ist, in der Hoffnung, dass sich das komische Gefühl in meinem Bauch wieder legt, sobald er außer Sichtweite ist, doch so wirklich funktioniert es leider nicht. Es ist Sehnsucht, die sich da in mir regt, aber ich will lieber gar nicht darüber nachdenken, was das bedeutet.

„Cherry ist schwanger?“ Wenigstens ist das ein Thema, das mich ein bisschen ablenkt.

Grayson grinst wie ein Trottel und zuckt mit den Schultern.

„Ich dachte, du wüsstest schon längst davon. Ihr Frauen erzählt euch doch sonst alles untereinander.“ Er wirkt beinahe eine Spur peinlich berührt.

Nach einem kurzen Seitenblick zu Grayson fahre ich langsam wieder an. Er sieht so verlegen aus, dass ich lächeln muss.

„In der wievielten Woche ist sie denn schwanger?“

„In der zehnten, glaube ich.“ Nachdenklich kratzt er sich am Kopf. „Wahrscheinlich sollte ich das genauer wissen, aber dieses ganze Gerede um Wochen und Monate und dann diese Geschichten wie zehn plus zwei – das verwirrt mich völlig. Und wer hätte gedacht, dass so eine Schwangerschaft eigentlich fast zehn und nicht neun Monate dauert? Ich meine, wer setzt denn solche Gerüchte in die Welt?“

„Wenn sie zehn plus zwei ist, dann ist sie in der elften Woche. Wahrscheinlich hat sie es noch niemandem erzählt, weil das Fehlgeburtsrisiko vor der zwölften Woche noch so hoch ist. Viele Paare machen es erst danach publik. Habt ihr nicht darüber gesprochen?“ Ich kann mir ein Lachen nur mühsam verkneifen. Wahrscheinlich ist der arme Grayson längst nicht der Einzige, den solche Dinge verwirren, und das, obwohl er weder dumm noch naiv ist, ganz im Gegenteil.

„Doch, natürlich haben wir das." Er seufzt. „Aber ich dachte eher, dass es dabei um offizielle Statements geht. Presse und so etwas." Er seufzt noch einmal. „Ich hoffe bloß, dass sie jetzt nicht sauer auf mich ist. Meiner Familie habe ich es auch schon erzählt. Sie ist momentan ohnehin so … emotional."

„Ich bin mir sicher, dass sie nicht sauer auf dich ist. Du hast es schließlich bloß mir und deiner Familie und nicht der Weltöffentlichkeit erzählt", antworte ich ihm schmunzelnd.

„Nein, so dumm bin nicht einmal ich. Ich habe in den letzten Jahren durchaus dazugelernt. Und zu den Dingen, die ich gelernt habe, gehört es, dass ich nicht nur sage, was meine Frau gerne hören will, sondern auch schweige, wenn es angebracht ist." Strahlend lächelt er mich an. „Und das selbst dann, wenn ich vor lauter Stolz platzen könnte!"

„Es ist schön, dass du dich so sehr freust!" Und das ist es tatsächlich. So etwas hätte ich mir damals auch gewünscht, als ich mit Livie schwanger war. Einen Mann, der vor Stolz platzt, der mich liebt, und der für mich da ist. Wahrscheinlich würden die meisten werdenden Eltern sich genau das wünschen. Eine stabile, liebevolle Beziehung, finanzielle Sicherheit, körperliche und geistige Gesundheit, und für viele mag das auch völlig selbstverständlich sein – doch leider ist es das eben auch für viele Menschen nicht.

„Weißt du eigentlich, wo wir hinmüssen?"

„Oh! Das ist mir etwas peinlich. Ich habe mir die Adresse per Mail schicken lassen, aber vorhin vor lauter Aufregung nur einen sehr flüchtigen Blick darauf geworfen. Ich habe es über eine Seite für Kleinanzeigen im Internet gekauft. In der Anzeige stand etwas von South, so ganz genau weiß ich nicht, wo ich hinmuss. Wenn ich die Wegbeschreibung richtig verstanden habe, ist es in der Nähe meiner ehemaligen Wohnung." Ich reiche Grayson mein Handy. „Vielleicht könntest du ja eben nachsehen?"

Es ist mir furchtbar peinlich, dass ich die Adresse nicht vorher nachgesehen und alles ein bisschen besser geplant habe. Aber ich war heute so aufgeregt, dass ich es einfach vergessen habe.

„Na klar." Er nimmt mir das Handy ab, um die Adresse zu lesen, und tippt diese dann in das neue Navi ein, auf das Cherry bestanden hat. „Also dann, ab nach Southie!", sagt er, und wir lassen uns von dem Navi leiten.

Da die Straßen gegen Mittag durch den Berufsverkehr ziemlich voll sind, brauchen wir fast eine Stunde, bis wir endlich angekommen sind.

„Hier ist es!", verkündet Grayson schließlich und deutet genau auf das Haus, in dem ich früher gewohnt habe.

„Hier? Bist du sicher?"

„So steht es zumindest in deiner Mail. Wir sollen die Sachen bei einem Jordan Smith im Kiosk im Erdgeschoss abholen."

„Ist das dein Ernst?" Ich sehe ihn entgeistert an.

„Mein voller Ernst. Warum fragst du?"

„Weil ich Jordan Smith kenne und er ein ausgewachsenes Arschloch ist."

Grayson grinst und lässt seine Finger knacken.

„Ich liebe Arschlöcher, wusstest du das nicht? Komm, wir steigen aus und sehen ihn uns an."

Wie ein Gladiator, der in den Kampf zieht, marschiert er vorweg und ich trotte mit deutlich weniger Elan hinterher.

„Guten Tag!", flötete er fast künstlich gut gelaunt, als wir den Kiosk betreten, und dehnt das *a* dabei so sehr aus, als hätte es eigentlich zwei Silben.

„Tach!", murmelt Jordan, der gerade mit der Kasse beschäftigt ist, ohne aufzusehen.

„Wir sind hier, um den Grill sowie die Kochplatten abzuholen."

„Moment." Er würdigt uns nach wie vor keines Blickes. „Die Sachen stehen dahinten, legen Sie die Kohle auf den Tisch, dann können Sie sie mitnehmen." Jordan hat noch immer nicht hochgeschaut, und Grayson zuckt mit den Schultern, bevor er sich daran macht, in den hinteren Teil des Ladens zu gehen, um Grill und Kochplatten zu inspizieren. Ich folge ihm dicht auf den Fersen, um so viel Abstand wie möglich zwischen Jordan und mich zu bringen und außerdem in Graysons Nähe zu bleiben. Wenn er schon mitgekommen ist, kann ich das schließlich auch ausnutzen.

„Sind die Sachen okay?"

Ich inspiziere sie gründlich, aber auf den ersten Blick sehen sie völlig in Ordnung aus, auch wenn sie eine Grundreinigung nötig haben. Ob sie tatsächlich funktionieren, lässt sich vor Ort natürlich nur schwer überprüfen, aber das ist eben das Risiko, das man eingeht, wenn man gebrauchte Sachen kauft.

„Ich denke schon", antworte ich, woraufhin Grayson die Sachen nimmt, um sie nach draußen zu bringen.

„Hey, ich habe gesagt, erst die Bezahlung, dann die Ware! So ist es üblich, wenn man etwas kauft!", keift Jordan, der jetzt endlich von seiner Kasse aufsieht.

„Immer mit der Ruhe." Und die scheint Grayson tatsächlich wegzuhaben, als er die Sachen in meinem neuen Lieferwagen verstaut. Danach kommt er lächelnd zurück in den Laden und Jordan macht auf einmal große Augen.

„Sind Sie Grayson White?" Schlagartig ist er viel freundlicher, fast schon um uns bemüht.

„Ganz genau, der bin ich."

„Oh, ich bin ein großer Fan von Ihnen. Der größte, den es gibt!"

„Natürlich." Grayson lächelt weiter, aber ich kann hören, dass er Jordan auf Anhieb nicht leiden kann. „Was auch sonst.“ Man könnte sein Lächeln für arrogant halten, doch ich kenne ihn lange genug, um zu erkennen, dass es von Sarkasmus nur so trieft.

„Könnte ich ein Autogramm von Ihnen bekommen? Und auch noch ein oder zwei für meine Kumpels?“

„Bekommt die Lady hier dann einen Rabatt auf die Sachen, die wir gekauft haben? Sagen wir fünfzig Prozent? Die Sachen sind ja ziemlich verdreckt und machen noch jede Menge Arbeit!“

„Oh ja, natürlich! Ja … ich denke, das dürfte in Ordnung gehen“, stottert Jordan völlig überrumpelt.

„Bestens!“ Zunächst legt Grayson die Hälfte des vereinbarten Betrags auf den Tisch, dann angelt er sich Kugelschreiber und Block, die auf dem Tresen liegen. „Also, für wen sollen die Autogramme sein?“

„Oh, schreiben Sie einfach nur Ihren Namen drauf, bitte. Wenn ich gleich drei Stück davon bekommen könnte …“

„Aber selbstverständlich.“

Ich blicke Grayson über die Schulter, während er die Autogramme schreibt, und runzele erstaunt die Stirn. Ich will gerade etwas sagen, als er sich zu mir umdreht und mir zuzwinkert, vermutlich um mir so mitzuteilen, dass ich bitte still sein soll.

„Könnte ich auch noch ein Selfie mit Ihnen machen? Die Leute werden mir die Bude einrennen, wenn ich erzähle, dass Sie hier gewesen sind.“

„Sehr gerne." Er setzt sein Basecap auf und holt die Sonnenbrille aus seiner Hemdtasche hervor. Um ehrlich zu sein, könnte er jeder x-beliebige Mann sein, denn die Sonnenbrille ist verspiegelt, und der Schirm des Caps wirft tiefe Schatten über sein Gesicht.

Als wir zwei Minuten später wieder im Auto sitzen, muss ich lachen.

„Was war denn das bitte? Du hast deinen Namen falsch geschrieben und dich für das Foto nahezu unkenntlich gemacht!" Ich weiß von Cherry, dass Grayson seinen Fans gegenüber eigentlich immer sehr herzlich auftritt.

Er zuckt mit den Schultern.

„Du hast gesagt, der Typ sei ein Arschloch, und ich vertraue dir. Außerdem kann ich Leute nicht leiden, die ausschließlich zu den Menschen freundlich sind, von denen sie sich irgendwelche Vorteile erhoffen. Autogramme ohne Widmung lassen sich zu höheren Preisen verkaufen. Aber natürlich nur, wenn sie auch echt sind. Und wer hält schon ein Autogramm für echt, auf dem der falsche Name steht?"

Ich muss lachen, und zum ersten Mal seit Wochen habe ich wieder so etwas wie gute Laune.

# Kapitel 34

+++

Josh redet nicht mehr mit ihm. Seit er ihn vor zwei Wochen bei Joshs Grandma abgeholt hat, ist der Junge stumm wie ein Fisch.

Das heißt, er redet schon noch, bloß eben nicht mehr mit Liam. Die Konsequenz, die er dabei an den Tag legt, ist beinahe bewundernswert.

Vielleicht war es ungeschickt, ihm erst mitzuteilen, dass Gwen nicht mehr für sie kochen und er Livie nicht mehr sehen darf, nur um ihn anschließend per Suggestivfragen dazu bewegen zu wollen, dass Josh sagt, er wolle lieber bei Liam als bei Jessica wohnen.

Nein, das war bestimmt nicht sonderlich geschickt.

Aber es passt perfekt in das Muster der desaströsen letzten beiden Wochen.

Liam wäre auch gerne in der Lage, einfach nicht mehr mit den Leuten zu sprechen, über die er sich ärgert, diejenigen ignorieren zu können, die schlechte Nachrichten für ihn haben. Wie schön das wäre! Bis zur Gerichtsverhandlung wegen des Sorgerechts für Josh ist es noch über eine Woche hin, und Liam hat das Gefühl, bis dahin völlig wahnsinnig vor Sorge und Belastung werden zu müssen.

Wahrscheinlich wäre Josh erstaunt, wenn er wissen würde, wie gut Liam ihn verstehen kann. Denn auch er selbst vermisst Gwen, auch dann, wenn er sich das eigentlich nicht eingestehen mag. Er vermisst den Duft ihres Essens, den Duft ihrer Haut, ihre Anwesenheit und die Art und Weise, wie sie ein Haus mit Leben erfüllt, wie sie ihm zuhört … Na ja, er vermisst einfach alles an ihr.

Bei ihrem ersten und einzigen Date hat sie ihren Schal in seinem Auto vergessen. Als er es das nächste Mal benutzt hat, roch der ganze Innenraum schwach nach ihrem Parfüm und Liam hat weiche Knie bekommen. Zunächst hat er den Schal unberührt auf dem Beifahrersitz liegen lassen, nach dem Besuch von Jessica und den Ratschlägen seiner Anwältin hat er sich in einer Art Schockstarre befunden.

Erst gegen Abend ist ihm wieder eingefallen, dass Gwens Schal dort immer noch liegt. Er lag schon im Bett, als er noch einmal aufgestanden ist, um ihn zu holen. Seitdem behütet er ihn wie einen Schatz, wie seinen geheimen Fetisch. Tagsüber verpackt er ihn luftdicht in einem Gefrierbeutel, damit er seinen Geruch nicht so schnell verliert, und nachts legt er ihn neben sein Kopfkissen, damit er mit Gwens Duft in der Nase einschlafen kann. Er kommt sich albern dabei vor, aber ihr Duft ist seltsam tröstlich, auch wenn er langsam verblasst wie eine Erinnerung, die man trotz aller Sorgfalt nicht mehr lebendig erhalten kann.

+++

„Hallo Skye!“

„Hi! Schön, dass ich dich auch mal erreiche!“ Bei jedem anderen würde es wie ein versteckter Vorwurf klingen, aber bei Skye bin ich mir sicher, dass sie sich tatsächlich darüber freut.

„Sorry, ich war in den letzten Wochen so beschäftigt, dass ich einfach nicht dazu gekommen bin, mich bei dir zu melden. Die Sache mit Liam, der Imbisswagen, Livies Großeltern, das war alles ein bisschen viel.“

„Nun mal schön langsam, Gwen. Welche Sache mit Liam, welcher Imbisswagen und was ist mit der schrecklichen Daisy und ihrem Helferlein?“

„Oh!“, sag ich, anscheinend wird das zu meinem neuen Lieblingswort. „Haben wir wirklich schon so lange nicht miteinander gesprochen? Ich habe das Gefühl, dass es höchstens eine Woche her sein kann.“

„Es ist vier Wochen her, und ich habe dich sehr vermisst.“ Ich kann das Lächeln aus ihrer Stimme heraushören.

„Ich habe dich auch vermisst.“ Nun da ich mit ihr spreche, wird mir bewusst, dass ich das tatsächlich getan habe.

„Wunderbar, dann sind wir uns in diesem Punkt ja schon mal einig. Und jetzt setz dich hin und erzähl mir, was dich so abgelenkt hat. Und vor allem, was es mit dieser Sache mit Liam auf sich hat.“

Ich seufze tief, anschließend setze ich mich hin und erzähle ihr tatsächlich alles, ohne dabei die schmutzigen Details zu erwähnen, auch wenn Skye mich dazu drängt, ihr unbedingt mehr zu berichten. Als ich damit fertig bin, fühle ich mich irgendwie erleichtert, denn bisher habe ich noch nie mit jemandem darüber reden können. Cherry hätte mir sicherlich auch zugehört, allerdings weiß ich nicht, inwieweit es Liam recht wäre, wenn ich ausgerechnet gemeinsamen Bekannten von unserem kurzen amourösen Abenteuer erzähle. Irgendwie habe ich immer das Gefühl, dass sich das schlicht nicht gehört.

„Oh Gwen! So eine verdammte Scheiße! Nicht das mit deinem Imbisswagen, das finde ich großartig. Aber der ganze elende Rest ist doch einfach riesengroßer Mist."

„Du bringst es auf den Punkt."

„Kann ich irgendetwas für dich tun?"

„Im Moment nicht, nein."

„Wie geht es Livie damit? Soweit ich mitbekommen habe, waren sie und Josh ja ein Herz und eine Seele."

„Es geht so. Sie leidet schon … aber du weißt ja, wie sie ist. Sie frisst so etwas stumm in sich hinein und redet nicht darüber. Vielleicht liegt es auch an dem Stress, den ihre Großeltern machen, auch wenn die sich jetzt seit vierzehn Tagen nicht gemeldet haben. Ich habe sie schlussendlich an meine Anwältin verwiesen, seitdem ist Ruhe. Wahrscheinlich hätte ich das schon viel früher machen sollen, aber irgendwie fühlt es sich seltsam an, meinen eigenen Verwandten einen Anwalt auf den Hals zu hetzen."

„Du hast viel zu viele Skrupel, Gwen. Daisy und Greg kennen so etwas im Gegensatz zu dir wahrscheinlich gar nicht. Sie sind sich ja nicht mal zu schade, vor Livies Schule aufzukreuzen, und wie es Livie geht, ist ihnen anscheinend auch völlig egal. Sonst hätten sie sich nicht so verhalten. Im Übrigen bist du gar nicht mehr mit ihnen verwandt, seit du dich von diesem Drecksack von Mann hast scheiden lassen!"

„Ich weiß. Aber sie sind die Großeltern meines Kindes. Und für Livie tut es mir so leid! Sie ist dort immer so verwöhnt worden, und sie hat doch ohnehin schon kaum Verwandtschaft oder Freunde."

„Sie hat dich und mich. Du liebst sie aus der Nähe und ich aus der Ferne. Du bist eine gute Mutter, und du tust für sie, was du kannst. Bei all den Problemen, die ihr in den letzten Jahren hattet, bin ich mir sicher, dass sie sich von dir geliebt fühlt. Und das ist wesentlich mehr wert als irgendwelche Großeltern, die einen verhätscheln, aber denen andere doch immer wichtiger sind! Das ist wesentlich mehr, als manch anderes Kind hat."

„Wahrscheinlich hast du recht. Und auf alle Fälle ist sie besser dran, wenn sie zu Daisy und Christopher bloß noch wenig Kontakt hat. Ich hätte die beiden niemals für so egoistisch gehalten!"

„Weil du trotz allem, was du mitgemacht hast, noch immer nur das Beste in den Menschen siehst!"

„Bei dir hört sich das an, als wäre ich schrecklich naiv."

„Nein, das bist du beim besten Willen nicht, Gwen. Ganz im Gegenteil. Außerdem bewundere ich deinen Optimismus! Aber manchmal müsstest du vielleicht ein bisschen weniger zurückhaltend sein und weniger Rücksicht nehmen."

„Glaubst du das?"

„Ja, völlig sicher."

„Also gut. Dann fange ich gleich mal damit an. So gerne ich auch mit dir telefoniere, ich muss Schluss machen. Livie kommt in einer Stunde nach Hause, das Essen ist noch nicht fertig und morgen ist mein erster Tag mit dem Imbisswagen."

„So gefällst du mir schon viel besser."

Lachend lege ich schließlich auf.

Vielleicht hat Skye recht. Höchstwahrscheinlich hat sie das sogar. Ich sollte damit beginnen, mehr für die Dinge einzustehen, die mir wichtig sind, und dabei weniger Rücksicht auf die Gefühle der Menschen nehmen, die es nicht für nötig halten, Rücksicht auf meine zu nehmen.

Ich sollte einfach ein bisschen härter werden.

Voller Optimismus mache ich mich daran, Essen zu kochen und gehe im Kopf durch, was ich noch alles für morgen vorbereiten muss.

Es fühlt sich merkwürdig surreal an, dass ich ab morgen einen neuen Job habe, nicht zuletzt deshalb, weil alles so schnell ging. Ohne Cherry und Grayson hätte ich das niemals geschafft, und ich nehme mir fest vor, eine kleine Feier für alle zu organisieren, die mich so sehr unterstützt haben. Doch erst einmal muss ich meinen neuen Alltag gemanagt bekommen, aber auch darin habe ich ja mittlerweile eine gewisse Übung. Ich habe aufgehört zu zählen, wie oft ich in den letzten Jahren von vorn angefangen habe. Auf alle Fälle war es zu oft; und ich hoffe, dass es diesmal das letzte Mal sein wird. Mit dem Imbisswagen geht ein kleiner Traum für mich in Erfüllung; es ist, als hätte ich mein eigenes Restaurant, ohne die furchtbaren Arbeitszeiten, die ein echtes Restaurant eben mit sich bringen würde, und die ich als alleinerziehende Mutter einfach nicht stemmen kann.

Nachdem ich die Lasagne für Livie und mich in den Ofen geschoben habe, schaue ich bestimmt zum zehnten Mal nach, ob ich für morgen alles Notwendige eingekauft habe. Mein Imbisswagen verfügt im hinteren Teil über eine eigene kleine Küche, sodass das Gesundheitsamt kein Theater machen kann, weil ich für die Zubereitung des Essens meine Privatküche benutze. Dank Grayson gingen wirklich alle

Genehmigungen überdurchschnittlich schnell über die Bühne. Keine Ahnung, wie er das angestellt hat; es grenzt wirklich an ein Wunder.

„Oh, Lasagne! Lecker!“ Livie steht vor dem Backofen und reibt sich den Bauch. „Wie lange dauert es noch?“

„Zehn Minuten, schätze ich. Ich mache nur noch schnell den Salat, bis dahin sollte die Lasagne ebenfalls fertig sein.“

„Prima! Dann gehe ich schnell Josh holen. Er liebt Lasagne!“

Sie ist schon fast an der Tür, als es mir gelingt, sie wieder einzufangen.

„Du kannst Josh nicht holen gehen. Ich arbeite nicht mehr für ihn.“

„Na und?“ Sie setzt eine trotzige Miene auf, die ich so gut wie nie an ihr sehe. „Kann ja sein, dass du nicht mehr für ihn arbeitest, aber er ist mein Freund! Und ein Freund wird doch wohl bei mir essen dürfen!“

„Livie, das ist alles ein bisschen komplizierter, ich habe es dir mehrfach erklärt. Wir bringen Josh in Gefahr damit, wenn wir ihn weiterhin treffen.“

„Warum sollte ich Josh in Gefahr bringen?“ Sie wirkt wirklich wütend, und ich kann es ihr nicht mal übelnehmen.

„Wegen Daddy, mein Schätzchen.“

„Und was habe ich mit Daddy zu tun? Er darf mich schließlich überhaupt nicht sehen!“

Ich seufze tief.

„Wir haben doch darüber gesprochen. Olivia!"

„Ich verstehe es trotzdem nicht. Überall bekommt man beigebracht, dass nur zählt, wie man sich selbst verhält. Man soll auf sich selbst achten und darauf, was man selbst macht, und sich nicht an anderen messen. Ich habe Josh nie etwas getan! Er ist mein bester Freund und ich würde ihn niemals in Gefahr bringen! Und bloß weil Daddy ein Arschloch ist, werde ich immerzu dafür bestraft!"

„Olivia!", sage ich mahnend.

„Aber es ist doch wahr! Ich hasse Daddy. Und ich hasse alle Erwachsenen! Wenn du mir verbietest, Josh weiterhin zu treffen, dann haue ich halt ab und treffe mich heimlich mit ihm!"

Wütend verlässt sie die Küche und knallt die Tür hinter sich zu. Ich bin so aufgewühlt, dass ich aufspringe und ihr hinterherrenne.

„Hör gefälligst auf, die Türen zu knallen, junge Dame!", brülle ich und ärgere mich gleichzeitig über mich selbst, denn im Grunde genommen hat sie ja völlig recht mit dem, was sie sagt.

+++

Auch wenn seine Anwältin es für eine gute Idee gehalten hat, eine Verwandte Gwens Aufgaben übernehmen zu lassen, ist sich Liam nicht so sicher, ob es tatsächlich so eine tolle Sache ist.

Das Problem bei vielen Müttern ist nämlich, dass sie sich auch dann noch in die Angelegenheiten ihrer Kinder einmischen wollen, wenn diese längst erwachsen sind.

„Meinst du wirklich, dass es ein Problem ist, wenn Josh mit Livie spielt? Du siehst doch, wie er leidet!“

Liams knirscht mit den Zähnen, es wundert ihn, dass er sie in den letzten Tagen nicht schon bis auf das Zahnfleisch hinunter abgenutzt hat.

„Damit er Gefahr läuft, wieder zurück zu Jessica zu müssen?“

Sie verschränkt die Arme vor der Brust und sieht ihn mit diesem durchdringenden Blick an, den sie früher schon aufgesetzt hat, wenn sie etwas von ihm wollte, zu dem er eine andere Meinung hatte. Es ist diese Art von Blick, bei dem er schwören könnte, dass sie irgendetwas mit seinem Willen anstellt und ihm eine gehörige Hirnwäsche verpasst, als hätte sie übersinnliche Fähigkeiten.

„Ich bin kein Anwalt und habe keine Ahnung von dem, was gerichtlich ausschlaggebend ist. Aber ich bin Mutter und ich bin Großmutter, und eines weiß ich sicher: Wenn ich mir meinen Enkel momentan anschaue, ist das Kontaktverbot zu Livie und Gwen deutlich schlimmer als die eventuelle Gefahr, die von Gwens Ex-Mann ausgeht. Was sollte er auch für ein Interesse an Josh haben? Er darf doch ohnehin nicht hierherkommen. Wenn Jessica etwas anderes behauptet, zeigt das für mich nur, dass sie eine furchtbar schlechte und egoistische Mutter ist!"

„Genau das ist sie doch, Mom. Genau das ist das verdammte Problem …"

+++

„Livie?" Ich klopfe an ihrer Zimmertür und balanciere ein Tablett mit Salat und Lasagne in der freien Hand. „Darf ich reinkommen?"

Da sie weder eine positive noch eine negative Antwort gibt, gehe ich schließlich hinein.

Meine Tochter liegt auf dem Bett, das Gesicht in einem Kissen vergraben, und dreht mir den Rücken zu.

Vorsichtig stelle ich das Tablett neben dem Bett ab und setze mich zu ihr auf die Bettkante.

„Ach mein Mäuschen ..." Ich streichle über ihren Rücken und sage lange Zeit einfach nichts. Eigentlich bin ich ein sehr friedliebender Mensch, aber in solchen Situationen könnte ich ihren Vater auf der Stelle erwürgen. Vielleicht hätten wir doch nicht nach Boston zurückkommen sollen, aber es ist nun mal unsere Heimat, und wir beide hatten Heimweh. Ich habe mich dazu entschlossen, zurückzukehren, weil ich mich eben nicht mehr von Greg beeinflussen lassen wollte, und dann passiert sowas. „Manchmal ist das Leben einfach nur unfair, und ich weiß auch nicht, was ich dir sagen kann, um dich zu trösten." Zumal es mir ja ganz ähnlich ergeht wie ihr, aber es würde eindeutig zu weit gehen, das weiter auszuführen. Also lege ich mich zu ihr aufs Bett, ziehe sie in meine Arme und lasse sie eine Weile weinen, ohne noch etwas zu ihr zu sagen. Denn wenn man ohnehin keine Worte finden kann, ist Schweigen manchmal das Einzige, was einem bleibt.

# Kapitel 35

„Viel Glück heute, Mommy!“ Livie gibt mir einen Kuss und umarmt mich extra fest. „Du schaffst das schon. Ganz bestimmt!“

„Danke, mein Schatz.“ Ich drücke ihr einen Kuss auf den Scheitel, bevor sie aus der Tür läuft, um pünktlich zum Schulbus zu kommen. Unser Streit von gestern scheint völlig vergessen zu sein und das schlechte Gewissen lastet umso schwerer auf mir. Sie hätte es wirklich verdient, dauerhaft glücklich sein zu dürfen, und ich selbst würde es mir auch wünschen.

Ich bin froh, dass ich heute viel zu sehr abgelenkt bin, um mir darüber weiter Gedanken zu machen, denn mein erster Arbeitstag hat mich voll und ganz im Griff. Bereits im Morgengrauen bin ich aufgestanden, um alles vorzubereiten. An meinem ersten Tag wird es selbstgemachte Burger mit Hähnchenbrust geben, außerdem eine vegetarische Nudelpfanne mit Pilzen und mehrere Sorten Sandwiches sowie *Caesar Salad*. Und natürlich Cookies, die ich schon seit vorgestern backe, und in den großen Gläsern, die ich dafür gekauft habe, auf den Glastresen stellen werde.

*Viel Glück bei deinem ersten*
*Arbeitstag! Das wird bestimmt*

*ein voller Erfolg bei deinen*
*Kochkünsten! Billy.*

Ich beiße mir auf die Lippe und überlege, ob ich ihm antworten soll oder nicht. Ich habe ihm in den letzten zwei Wochen viel zu oft geschrieben und ich hätte das sicherlich nicht tun sollen; aber irgendwie war es einfach tröstlich, sich ab und an mal mit einem anderen Erwachsenen zu unterhalten, ohne dass es dabei um irgendwelche Probleme ging.

Außerdem hat es meinem weiblichen Ego irgendwie gut getan, dass ein Mann so an mir interessiert ist. Nach Greg und letztendlich auch nach der Sache mit Liam, war das doch mehr als angeschlagen. Und das Ganze, ohne irgendein Risiko einzugehen, denn es ist so herrlich anonym.

*Ich danke dir! Das Glück*
*kann ich gebrauchen. Ich*
*bin unglaublich aufgeregt!*
*Hoffentlich kommen überhaupt*
*Kunden.*

Beinahe umgehend erhalte ich eine Antwort:

*Stell dir einfach vor, dass*
*ich die ganze Zeit über deine*

*Hand halte.*

*Billy*

Ich lese die Nachricht noch, antworte dann aber nicht mehr. Zum einen, weil ich jetzt wirklich los muss, zum anderen, weil ich nicht weiß, was man diplomatisch darauf antworten soll. Ich kann ihm ja schlecht mitteilen, dass mich der Gedanke, mit einem fremden Mann Händchen zu halten, alles andere als beruhigt. Ich muss unwillkürlich daran denken, wie oft Greg meine Hand gehalten hat, wenn wir irgendwo gewesen sind und er nicht wollte, dass ich mich weiter als einen halben Meter von ihm wegbewege. Wie kontrolliert ich mich dabei manchmal gefühlt habe und wie schmerzhaft fest er mitunter zugedrückt hat, wenn ich etwas getan oder gesagt habe, das ihm nicht in den Kram passte.

So schnell wie möglich versuche ich den Gedanken wieder von mir zu schieben, und mich stattdessen voll und ganz auf meine neue Aufgabe zu konzentrieren.

„Erzähl! Wie war es?“ Cherry und ich treffen uns in einem Burger-Laden in der Stadt und sie schiebt mir ein kleines Päckchen über den Tisch.

„Ist das für mich?“

„Natürlich, für wen denn sonst? Aber bevor du es auspackst, musst du mir unbedingt erzählen, wie es war!“

Sie ist so aufgeregt, dass ich mich frage, wer von uns eigentlich seinen ersten Arbeitstag hatte.

„Es war großartig!“ Ich stelle das Tablett mit dem Essen ab, das ich für uns beide geholt habe. „Ich hätte noch viel mehr verkaufen können. Die letzten Kunden musste ich wegschicken, weil ich komplett ausverkauft war. Selbst die Kekse waren alle. Allerdings muss ich mir da etwas einfallen lassen, weil jeder meint, sich einfach selbst bedienen zu können.“

„Hah!“, ruft Cherry und sieht sehr zufrieden mit sich aus. „Hab ich es doch gewusst. Dass es ein voller Erfolg wird, und das mit den Keksen auch. Los, jetzt pack dein Geschenk endlich aus!“

„Gerade durfte ich noch nicht!“, erwidere ich schmunzelnd.

„Aber nun sollst du!“ Sie lehnt sich zurück und nippt an ihrem Kaffee, während ich Schleife und Papier öffne. Auf einem kleinen Schild, das die passenden Farben zu meinem Imbisswagen hat, steht in schnörkeliger Schrift: „Please don't touch.“ Bitte nicht anfassen.

Ich muss lachen.

„Woher wusstest du, dass ich das gebrauchen kann?“

Sie zuckt mit den Schultern.

„Ich weiß doch, wie die Leute sind, wenn es um Süßigkeiten geht. Und deine Kekse sind nun mal die besten.

Vor allem die mit den Cashewkernen und der weißen Schokolade, die sind einfach himmlisch."

„Die mochte Liam auch am liebsten", murmle ich, und meine gute Stimmung ist irgendwie dahin. Ich versuche das Ganze mit einem Lächeln zu kaschieren, und Cherry ist zum Glück viel zu sehr mit Essen beschäftigt, um es zu bemerken.

„Theresa war übrigens auch völlig begeistert von deinen Glaskuchen. Sie wird dich in den nächsten Tagen anrufen, um mit dir über weitere Bestellungen zu sprechen."

„Das ist großartig!" Ich sollte mich wirklich deutlich mehr freuen, aber wann immer Liam in meinen Gedanken aufkreuzt, ist da nur noch dieses Gefühl von Verlust und Sehnsucht, das alles andere überlagert.

Wir halten noch ein bisschen Smalltalk, reden über ihre Schwangerschaft, die nun endlich offiziell ist, und sie erzählt mir, dass es im Sorgerechtsstreit um Josh noch immer keine Klärung gibt, obwohl bereits der erste Verhandlungstag vergangen ist. Es müssen irgendwelche Unterlagen gefehlt haben, die Jessica versäumt hat einzureichen, und jetzt zieht sich der Prozess noch mindestens zwei Wochen in die Länge.

Liam und Josh tun mir leid. Nicht zu wissen, wo man hingehört, und umgekehrt, ob das eigene Kind bei einem bleiben kann, muss ein schreckliches Gefühl sein.

„Oh, willst du ein Bild vom Ultraschall sehen? Ich war gestern beim Arzt. Es wird wahrscheinlich ein Mädchen! Diese modernen Ultraschallgeräte sind absolut unglaublich.

Aber der Arzt sagte auch, dass man eine wirklich sichere Aussage über das Geschlecht erst später machen kann." Sie spricht so leise, dass nur ich sie verstehen kann, und ihre Augen leuchten voller Stolz.

„Aber unbedingt will ich das sehen!" Es ist so schön, wie sie sich freut, richtig ansteckend. Und trotzdem bin ich heute merkwürdig unruhig und gereizt; obwohl der Tag so erfolgreich war, mag ich mich heute selbst nicht leiden.

„Moment, ich habe es gleich. Ich muss mir unbedingt mal Alben für meine Bilder anlegen und sie besser sortieren. Dann müsste ich auch nicht immer stundenlang nach allem suchen …" Sie tippt auf ihrem Handy herum und runzelt die Stirn.

Lustlos schiebe ich meinen noch unberührten Burger-Karton über den Tisch und stelle fest, dass ich gar keinen Hunger habe. Also nippe ich nur an meiner Cola und beobachte dabei abwechselnd Cherry, die immer noch nach dem verloren gegangenen Ultraschallbild auf ihrem Handy sucht, sowie eine Horde von Jungs, die vielleicht dreizehn oder vierzehn Jahre alt sind und hier auf irgendeiner Sportfreizeit zu sein scheinen, zumindest tragen sie alle die gleichen Trainingsanzüge.

Seufzend schnappe ich mir meinen Burger, murmle eine kurze Entschuldigung in Richtung meiner Freundin, stehe auf und gehe zu ihnen hinüber. Ich hasse es, Essen wegzuwerfen, und da ich das Teil heute Abend garantiert nicht hinunter bekommen werde, beschließe ich, es zu verschenken. Jungs in dem Alter haben doch immer Hunger, oder etwa nicht?

Und tatsächlich werde ich mein ungewolltes Essen umgehend los, auch wenn es den Knaben eindeutig an Höflichkeit mangelt, denn ein „sehr gerne" und ein umgehender Beginn der Nahrungsaufnahme ersetzen meines Wissens noch immer kein „Danke". Aber vielleicht habe ich auch einfach keine Ahnung, denn meine Teenagerzeiten liegen schon eine ganze Weile zurück.

Als ich zurück zu unserem Tisch komme, hat Cherry ihr Handy zur Seite gelegt und verdreht sich stattdessen fast den Hals, um auf den Monitor hinter uns an der Wand sehen zu können, über den permanent Klatschnachrichten gesendet werden. Irgendetwas dort scheint sie sehr zu fesseln, und als ich ihrem Blick folge, weiß ich auch, was das ist.

Auf dem Bildschirm ist gerade in Überlebensgröße Liams Gesicht erschienen. Er wirkt besorgt, zwischen seinen Augenbrauen hat sich eine steile Falte gebildet, und seine Augen sind umschattet, als hätte er in den letzten Nächten zu wenig Schlaf bekommen.

Danach erscheint eine zu stark geschminkte Moderatorin im Bild, die ihre besten Jahre eindeutig hinter sich hat, und mir auf Anhieb unsympathisch ist.

*Es sieht so aus, als wäre Liam Brooks vom Pech verfolgt. Den Insiderinformationen nach sieht es nicht gut aus im Sorgerechtsstreit mit Jessica Turner, bei dem es um ihren gemeinsamen zehnjährigen Sohn Joshua geht."*

Während man nun Josh an der Hand seiner schönen Mutter auf dem Bildschirm sieht, beginnt hinter mir jemand lautstark zu applaudieren.

„Geschieht ihm ganz recht!", brüllt ein Mann mit deutlich zu viel Lautstärke durch den halben Laden. „Der Mann hat mit seiner Hetzkampagne die Werte dieses Landes verraten. Dem sollte man wirklich kein Kind anvertrauen!"

Als ich mich umdrehe, sehe ich, dass es sich vermutlich um den Betreuer der Jungs handelt, denen ich vorhin meinen Burger geschenkt habe. Und eben jenen Burger scheint der Mann in genau diesem Moment zu entdecken. Seine ohnehin zu weit hervorstehenden Augen treten noch ein bisschen weiter aus den Höhlen und sein ebenfalls schon gerötetes Gesicht verfärbt sich noch ein bisschen dunkler. Ich an seiner Stelle würde unbedingt mal meinen Blutdruck kontrollieren lassen, ich würde wetten, dass irgendetwas damit nicht in Ordnung ist.

„Wo hast du den denn her?", fragt er den armen Jungen, ohne dabei die Lautstärke zu reduzieren.

Der Angesprochene steckt sich den letzten Bissen so schnell in den Mund, wie er nur kann. Wahrscheinlich hat er Angst, dass er seine Beute sonst abgeben muss.

„Die nette Dame da drüben hat ihn mir geschenkt, sie sagt, sie hatte keinen Hunger mehr.“ Er deutet vage in meine Richtung, ohne direkt auf mich zu zeigen, wofür ich ihm sehr dankbar bin.

„Hat dir deine Mutter nicht beigebracht, dass man kein Essen von Fremden annehmen kann? Weißt du nicht, wie viele Irre es da draußen gibt, die Essen vergiften, einfach nur, weil sie Spaß daran haben?“ Obwohl ich so weit weg sitze, könnte ich schwören, winzige Speicheltropfen durch die Luft fliegen zu sehen, während der Betreuer vor sich hin schimpft.

„Aber die Dame sah ganz freundlich aus.“

„Als ob das eine Rolle spielen würde! Auch Verbrecher können nett aussehen!“ Dann setzt er zu irgendeiner Gruselgeschichte an und mir wird es zu bunt. Ich meine, natürlich hat er generell recht und Kinder sollten kein Essen von Fremden annehmen. Aber meine Güte, wir sind hier in einem Restaurant, das obendrein auch noch ziemlich voll ist. Wenn ich wirklich jemanden vergiften wollen würde, würde ich mir sicherlich einen anderen Ort dafür aussuchen und nicht einen Laden voll potenzieller Zeugen, in dem zusätzlich noch überall Überwachungskameras hängen. Außerdem ärgert es mich, dass er mir lautstark unterstellt, eine Mörderin zu sein. Ich bin schließlich noch anwesend!

Ich presse meine Zähne so fest zusammen, dass mir der Kiefer davon weh tut, ich zähle innerlich bis zehn, und als das nicht hilft, zähle ich weiter bis zwanzig. Aber ich bin immer noch genauso wütend wie vorher, und es will mir heute Abend einfach nicht gelingen, meine Emotionen in den Griff zu bekommen.

Also stehe ich auf und gehe zu ihm hinüber. Ohne groß darüber nachzudenken, stelle ich mich hinter ihn und klopfe auf ihm auf die Schulter.

„Entschuldigen Sie bitte, Sir!“ Zu meiner Freude gelingt es mir, die eigentlich sehr höfliche Ansprache verächtlich klingen zu lassen. „Diejenige, die Sie hier gerade bezichtigen, vergiftetes Essen zu verteilen, bin übrigens ich.“ Bevor er zu Wort kommen kann, hebe ich einer vermeintlich beschwichtigenden Geste beide Hände hoch. „Essen vergiften ist leider nicht mein Stil, seien Sie also unbesorgt. Ich sammle lediglich abgetrennte Männerköpfe in Formaldehyd in meinem Keller.“ Dabei lächle ich so süß, dass ich Sorge habe, selbst davon Zahnschmerzen zu bekommen. „Ach, keine Sorge. An Ihrem bin ich nicht interessiert. Ich habe einen gewissen Stil, und Sie sind nicht mein Beuteschema, wissen Sie …“ Langsam beuge ich mich zu ihm herunter und flüstere laut genug, dass es alle Umsitzenden noch mitbekommen: „Ich stehe nämlich mehr auf attraktive Männer.“

Die Jungs lachen mit deutlicher Schadenfreude und hören erst wieder damit auf, als sie böse Blicke ernten, und auch Cherry kann ein breites Grinsen anscheinend nicht unterdrücken.

„Ich glaube, es ist Zeit für uns zu gehen. Wir haben heute Abend noch was vor.“ Sie zwinkert dem blöden Betreuer-Typen zu und schiebt mich raus auf die Straße, wo sie einen beinahe hysterischen Lachanfall bekommt.

„Ich habe dich eigentlich für ein sanftes scheues Reh gehalten“. Immer noch lachend wischt sie sich die Augen. „Dabei bist du anscheinend eine wilde Tigerin.“ Langsam beruhigt sie sich wieder und mustert mich mit schief gelegtem Kopf. „Aber weißt du was? Ich mag meine neue Freundin, die Raubkatze. Es gefällt mir, dass du anfängst, deine Krallen zu zeigen.“

Ich selbst brauche noch eine Weile, bis auch ich anfange zu lachen, und Cherry legt mir freundschaftlich den Arm um die Schultern, während wir durch das abendliche Boston schlendern und dabei zusehen, wie die ersten Straßenlaternen eingeschaltet werden, deren Lichter unsere Schatten auf das alte Kopfsteinpflaster werfen.

Vielleicht ist es wirklich gut, nicht mehr länger das scheue Reh zu sein, sondern für das einzustehen, was ich will und was mir wichtig ist. Mich weniger treiben zu lassen und mein Leben wieder mehr selbst in die Hand zu nehmen.

Mit jedem Schritt, den ich mache, kann ich spüren, wie meine innere Ruhe langsam wieder zurückkommt, und dazu eine Stärke, die ich vorher so nicht von mir kannte. Und das fühlt sich ziemlich gut an.

Als ich mich von Cherry verabschiede und wieder zu Hause bin, bin ich froh, noch ein bisschen Zeit für mich zu haben, bevor Livie nach Hause kommt.

Ich beschließe heute Abend zur Feier des Tages mit ihr ins Kino zu gehen. Das haben wir schon ewig nicht mehr gemacht, und ich denke, es wird uns beiden gut tun, um ein bisschen auf andere Gedanken zu kommen.

Mein Handy brummt, und ich hole es aus der Tasche.

*Na, wie war dein erster Tag?*
*Ich hoffe, ein voller Erfolg.*

*Danke der Nachfrage!*
*Ja, es ist super gelaufen.*
*Viel besser, als ich es mir*
*je erträumt hätte!*

*Wunderbar!*
*Wir sollten das unbedingt*
*feiern. Vielleicht können wir*
*ja mal telefonieren?*
*Ich würde dich gerne mal treffen.*
*Nächsten Mittwoch hätte*

*ich zum Beispiel Zeit. Ansonsten*
*bin ich momentan beruflich sehr*
*eingespannt …*

Eine Weile schaue ich die letzten Nachrichten an, anschließend suche ich die Kontoeinstellungen in meinem Account heraus und drücke auf löschen. Wahrscheinlich laufen solche Dinge genauso. Man schreibt eine Weile miteinander, dann telefoniert man, danach trifft man sich. Aber das Ganze fühlt sich so dermaßen falsch an, dass ich regelrechte Panik bekomme. Ich will mich mit niemandem treffen und der Gedanke daran löst etwas in mir aus, das dazu führt, dass ich mein Handy am liebsten in die Ecke werfen und nie wieder anfassen würde. Vielleicht bin ich feige, doch Skye hat recht. Manchmal geht Selbstschutz vor Rücksichtnahme auf andere, und ich fühle mich gerade nicht dazu in der Lage, Billy eine vernünftige Begründung für meine Ablehnung zu liefern, ohne dabei einen Panikanfall zu bekommen.

+++

Das ewige Warten ist zermürbend. Josh hat zwar nach und nach wieder angefangen, mit ihm zu sprechen, aber dennoch waren die letzten Wochen eine absolute Belastungsprobe für sie beide, zumal noch immer kein Ende in Sicht ist.

Zusätzlich gibt es Probleme in der Stiftung, und auch wenn Liam sich dort momentan sehr heraushält, kann und will er sich seiner Verantwortung nicht komplett entziehen.

Spencer Adams geht es von Tag zu Tag schlechter, er zieht sich immer weiter zurück, und selbst seine Familie kommt nicht mehr an ihn heran, was besonders für dessen schwangere Frau absolut furchtbar sein muss.

Seit Tagen versucht Liam, der Familie von Spencer Adams irgendwie zur Seite zu stehen, und Spencer selbst dazu zu bewegen, einmal mehr zum Arzt zu gehen, aber nichts passiert.

Vielleicht wäre das alles besser auszuhalten, wenn er jemanden an seiner Seite hätte, der solche Gedanken mit ihm teilt.

Nach einem langen, aufwühlenden Tag mit Spencers Familie fährt er nachmittags zu Joshs Schule, um ihn abzuholen.

„Heute haben wir ein Theater-Projekt angefangen. Das ist soooo cool, Daddy! Das muss ich unbedingt Livie erzählen. Können wir sie gleich ab…“. Mitten im Wort bricht Josh ab, und den Weg bis nach Hause schweigen sie beide, weil sie in diesem Moment so viel und gleichzeitig so wenig zu sagen haben, dass sie nicht mehr wissen, worüber sie reden sollten.

+++

# Kapitel 36

Der Rest der Woche vergeht wie im Fluge, und mein neuer Imbisswagen läuft so hervorragend, wie ich es mir nicht einmal in meinen kühnsten Träumen ausgemalt hätte.

Ich meine, natürlich stellt man sich vor, wie toll so etwas sein könnte, aber niemals habe ich mir realistische Hoffnungen gemacht, dass es tatsächlich solch ein Erfolg sein könnte, und auch nicht, dass es mir so viel Spaß bringen würde.

Und trotzdem komme ich jeden Mittag nach Hause und stelle fest, nicht wirklich glücklich zu sein; ich habe den Eindruck, dass mir etwas dazu fehlt.

Ich vermisse Liam, und ich vermisse Josh, den ich ebenfalls sehr ins Herz geschlossen habe. Außerdem vermisse ich Livies fröhliches Lachen, das ich seit Wochen kaum noch gehört habe, und ich vermisse das Gefühl, das ich hatte, wenn wir zu viert in Liams Küche gesessen haben.

Nachts schlafe ich kaum noch, denn jede Nacht träume ich von Liam. Ich träume von der großen Liebe und davon, eine richtige Familie zu haben, und jedes Mal wache ich auf, und fühle mich so ernüchtert, dass es mir beinahe schon körperliche Schmerzen bereitet. Das Gefühl der Sehnsucht nach all dem ist so intensiv, dass ich mir manchmal wünschte, einfach gar nichts mehr spüren zu müssen. Wenn Livie nicht wäre, wäre ich vermutlich längst dabei, mich emotional völlig abzukapseln, eine dicke Mauer um mein Leben zu errichten und niemanden mehr an mich heranzulassen. Bitte nicht anfassen – das Schild würde ich mir momentan ebenfalls gerne umhängen, und ich meine damit nicht nur körperlichen Kontakt.

Früher, bevor ich Greg kennengelernt habe, habe ich mir immer gewünscht, eines Tages einen Mann zu treffen, für den ich die Eine bin. Die eine Frau, die für ihn die wichtigste Person in seinem Leben ist, die eine Frau, zu der er es nicht abwarten kann, nach Feierabend nach Hause zu kommen.

Ein paar Mal hat Liam mich so angesehen, und in der einen Nacht in seinem Bett habe ich mich so gefühlt, als ob ich genau das für ihn wäre.

Das Schlimme ist, dass meine Sehnsucht dadurch nicht kleiner geworden ist, ganz im Gegenteil. Es ist, als hätte man einen Verhungernden an Essen riechen lassen, und während er vorher schon längst aufgegeben, sich in sein Schicksal gefügt hatte, werden nun neue Energien wach, die ihn weiterkämpfen lassen, und doch zu nichts führen.

Es tut weh, und es macht mich traurig, trotzdem kann ich es nicht ändern.

In Zukunft werde ich wohl einfach noch vorsichtiger sein müssen, denn gerade fühlt es sich so an, als würde ich so etwas nicht noch einmal überstehen.

Ich bin schwach. Und dabei möchte ich viel lieber stark sein. Für Livie, und auch für mich selbst.

+++

„Du solltest dir mal wieder ein bisschen Zeit für dich nehmen, Liam. Ich mache mir Sorgen um dich."

„Ich habe keine Zeit, um mir Zeit für mich zu nehmen, Mom!" Außerdem will er sich keine Zeit für sich nehmen, denn wenn er das tun würde, würde ihm klar werden, was in seinem Leben alles falsch läuft; ihm würde klar werden, wie armselig es eigentlich ist. Im Moment ist das einzig Gute darin Josh, und ob er weiterhin Bestandteil seines Lebens wird bleiben dürfen, steht noch immer in den Sternen.

Ausnahmsweise schweigt seine Mutter, was wirklich selten vorkommt, und rührt stattdessen in der Tomatensauce, die längst nicht so gut schmeckt wie die von Gwen.

Wenn er genau darüber nachdenkt, schmeckt sein ganzes verschissenes Leben nicht mehr wirklich gut, seitdem Gwen nicht mehr da ist, aber darüber will er lieber nicht genauer nachdenken.

+++

„Wie war dein Wochenende?" Skye klingt besorgt und ich seufze tief.

„Ich habe es mit einer traurigen, stillen Livie verbracht, und egal was wir auch gemacht haben, es hat nicht wirklich Spaß gemacht. Irgendwie ist es doch seltsam. Die letzten

Jahre habe ich immer versucht, sie vor all dem zu bewahren. Ich wollte nie wieder eine neue Beziehung, weil ich nicht wollte, dass sie noch einmal verletzt wird. Weder emotional noch körperlich. Und jetzt ist sie trotzdem verletzt. Es ist, als würden wir beide um eine Familie trauern, auch wenn wir eigentlich gar keine waren."

„Aber das ist nun mal so im Leben, Gwen! Du kannst aufpassen, so viel wie du willst, manche Dinge geschehen trotzdem und du kannst ihnen nicht entgehen. Und umgekehrt, wenn man bereit ist, ein gewisses Risiko einzugehen, wird man mitunter sogar belohnt." Sie wird auf einmal still, als wisse sie nicht, ob sie wirklich weitersprechen soll oder nicht, und macht es schließlich doch. „Ich habe lange Zeit nichts dazu gesagt, weil ihr so viele Wunden hattet, die heilen mussten. Und gerade seelische Verletzungen brauchen ja viel mehr Zeit als die, die für jeden ersichtlich sind. Nun sage ich es dir trotzdem, weil ich es mir einfach nicht mehr mit ansehen kann: Manchmal habe ich das Gefühl, dass du gar nicht mehr richtig lebst. Alles, was du tust, machst du nur noch für Livie, während dein eigenes Leben eigentlich gar nicht mehr existiert. Dein Glück und ihr Glück sind noch so eng miteinander verwoben, dass du auch sie letztendlich daran hinderst, wirklich zu leben. Mir kommt es manchmal so vor, als würdet ihr euch in einer Parallelwelt verstecken, in der es bloß noch die Hälfte an Empfindungen gibt. Das war eine

Zeitlang bestimmt wichtig und hilfreich. Ihr hattet wirklich genug durchgemacht, und ich denke, dass es manchmal gut ist, wenn man seine verletzten Gefühle ein bisschen schont, so wie man einen gebrochenen Knochen auch erst mal stilllegt, damit er in Ruhe heilen kann. Aber meinst du nicht, es ist langsam an der Zeit, den Gips zu entfernen und ins wirkliche Leben zurückzukehren, Gwen? Ich weiß, dass ihr damals in einer Extremsituation wart, und ich wünsche euch, dass ihr niemals wieder in so eine Situation kommt. Das sollte niemand. Doch normale Verletzungen gehören nun mal zum Leben dazu! Und Livie ist viel stärker, als du denkst. Hör auf damit, sie in Watte zu packen, und dich ständig selbst für das zu bestrafen, was damals passiert ist. Das hilft letztendlich keinem von euch."

Skye erzählt noch viel mehr, aber ich höre ihr gar nicht mehr richtig zu. Vielleicht hat sie recht. Doch selbst wenn sie recht hat, weiß ich nicht, was das für mich und mein Leben in Zukunft bedeuten soll.

+++

Am Dienstagmorgen nimmt sich Spencer Adams das Leben. Die Putzfrau findet ihn im Keller vor dem Fernseher, auf dem alte Footballspiele laufen, in seinem eigenen Erbrochenen, einen Abschiedsbrief auf dem Tisch neben sich.

Er fährt zu Spencers Witwe, obwohl er gar nicht weiß, ob er ihr überhaupt helfen kann. Als er dort ankommt, sitzt sie auf dem Sofa, ihre Mutter hält ihre Hand, und Spencers Witwe wirkt erstaunlich gefasst.

„Ich habe so viel nachgedacht, als es Spencer immer schlechter ging. Von Tag zu Tag war er weniger er selbst. Er sah noch aus wie Spencer, aber es hat sich so angefühlt, als sei er eine völlig andere Person. Eigentlich habe ich meinen Mann schon vor einer Weile verloren. Es war eine wirklich harte Zeit … und ich bin mir sicher, dass es erst mal nicht leichter werden wird." Sie schluckt, dann lächelt sie, während in ihren Augen Tränen stehen. „Ich bin so unendlich traurig darüber, dass er unser gemeinsames Kind niemals wird im Arm halten können, dass unser Kind niemals seinen Vater kennenlernen wird, und dass wir jetzt doch nicht miteinander alt werden können. Ich bin so erschüttert, dass mir die Kraft fehlt, zu weinen. Dennoch würde ich nichts anders machen. Er war der tollste Mann, der mir jemals begegnet ist, und ich habe jede Minute mit ihm geliebt. Die guten und auch die schlechten Zeiten. Und ich habe ihn geliebt. Ich bin traurig, es tut weh … trotzdem würde ich es nicht anders machen, denn dass es nun so weh tut, ist ein Zeichen dafür, wie sehr ich ihn vorher geliebt habe." Ihr Blick gleitet in die Ferne ab, während stumme Tränen über ihre Wangen laufen, und Liam fühlt sich seltsam fehl am Platz, als wäre er ein Eindringling in die intimsten

Geheimnisse eines Menschen. Als hätte Spencers Witwe etwas mit ihm geteilt, das ihm nicht zusteht, und das eigentlich viel zu wertvoll ist, um es einem mehr oder weniger Fremden einfach so zu schenken.

+++

# Kapitel 37

Innerhalb von kürzester Zeit fühlt sich mein neuer Job so an, als hätte ich niemals etwas anderes gemacht. Bei einem Teil meiner Kunden weiß ich, wer seinen Burger lieber mit Ketchup mag und wer Senf bevorzugt; und ich weiß, wer Fleisch isst und wer lieber darauf verzichtet. Ich kann ganz gut einschätzen, wie viel Essen ich für den nächsten Tag vorbereiten muss, was eine große Erleichterung ist.

Ich weiß außerdem, dass es sich ab zwei Uhr nicht mehr lohnt, hier stehen zu bleiben, weil danach kaum noch Kunden kommen, und da ich ohnehin momentan dabei bin, feste Zeiten zu etablieren, nämlich von zwölf bis um zwei, beginne ich, um kurz nach zwei zusammenzupacken.

Ich verstaue gerade die Gläser mit den Cookies in den dafür vorgesehenen Transportkisten, damit sie während der Fahrt nicht kaputtgehen, als ich aus dem Augenwinkel noch einen verirrten letzten Kunden sehe.

„Kleinen Moment bitte, Sir!“ Ich schließe den Deckel der Transportbox, richte mich auf und erstarre.

+++

Obwohl sich Liam kaum daran erinnern kann, wann er die letzte Nacht durchgeschlafen hat, war die vergangene Nacht überdimensional schlecht. Er hat die ganze Nacht über Spencers Witwe nachdenken muss, beziehungsweise über Spencer, oder genau genommen über beide.

Wie schnell ein Leben vorbei sein kann, und wie sehr man es oft vergeudet! Eigentlich ist es doch eine Schande. Wir überlegen uns ständig, was wäre wenn – und vergessen dabei, dass man nicht auf alle Eventualitäten vorbereitet sein, sondern nur im Hier und Jetzt leben kann, und jeden Moment so gut genießen muss, wie es eben geht, damit man im Nachhinein sagen kann, dass man eigentlich nichts anders gemacht hätte.

Morgens bringt er Josh zur Schule und anschließend fährt er stundenlang sinnlos in der Gegend herum, weil er nicht weiß, was er sonst mit sich anfangen soll. Es ist schon früher Nachmittag, als er sich dabei ertappt, dass er bereits zum dritten Mal den Bürokomplex umrundet, in dem Gwen um diese Zeit arbeitet.

Schließlich parkt er seinen Wagen am Straßenrand und steigt aus.

+++

Meine Hände zittern auf einmal so sehr, dass ich froh bin, kein Glas mehr darin zu halten, weil es mir unter Garantie runtergefallen wäre. Unwillkürlich suche ich die Arbeitsplatte nach irgendetwas ab, an dem ich mich festhalten kann, bis ich schließlich ein Messer ertaste, das sich beruhigend schwer in meiner Hand anfühlt.

„Hallo Gwen!“ Der Mann vor mir strahlt mich an, und mein Mund ist so trocken, dass ich kaum in der Lage bin, seinen Gruß zu erwidern.

„Hallo!“, bringe ich schließlich mühsam krächzend heraus, meine eigene Stimme ist mir auf einmal völlig fremd.

„Ich habe gedacht, dass ich dich mal besuchen komme. Seit gestern bin ich wieder frei, die Gefängnisse sind leider total überfüllt, und ich habe mich anständig benommen, einen Entzug gemacht ... Die Gutachter meinen, ich sei ausreichend resozialisiert, um gegen ein paar Auflagen wieder freizukommen.“ Sein Lächeln bleibt unverändert.

„Woher weißt du, dass ich hier bin?“ Mühsam versuche ich, das Zittern in den Griff zu bekommen.

„Mom und Dad haben mir davon erzählt, schließlich hattest du eine Anzeige in die Zeitung gesetzt, und die interessieren sich für ihre Schwiegertochter, auch wenn du es ihnen anscheinend nicht sonderlich dankst. Sie haben mir außerdem erzählt, dass Livie mich angeblich nicht mehr sehen will. Da ich mich ihr ja nicht mehr nähern darf, dachte ich, dass ich mal versuche, mit dir darüber zu reden.“ Er legt seinen Kopf leicht schief.

„Du glaubst doch nicht im Ernst, dass ich sie dazu überreden würde, sich mit dir zu treffen, nach allem, was du uns angetan hast!“ Ich umfasse das Messer fester, was er nicht sehen kann, weil meine Hände sicher hinter dem Tresen verborgen sind, und vermutlich würde ich es ohnehin niemals einsetzen; aber es fühlt sich gut an, es zumindest zu haben, falls ich es doch brauchen sollte.

„Ich habe mich verändert, Gwen. Ich bin nicht mehr der alte Greg, den du kennst. Ich habe einen Entzug hinter mir und ich hatte sehr viel Zeit zum Nachdenken in den letzten Jahren. Es tut mir leid, was früher geschehen ist. Hat nicht jeder Mensch eine zweite Chance verdient?"

„Vielleicht würde ich diese Frage sogar mit Ja beantworten. Aber du hattest bereits mehr als nur zwei Chancen. Du hast jedes Mal eine neue Chance von mir bekommen, wenn du mich verprügelt und anschließend um Verzeihung angefleht hast. Ich habe dir vier gebrochene Rippen, ein gebrochenes Jochbein und unzählige Prellungen und Blutergüsse lang immer wieder eine neue Chance gegeben, falls du dich erinnerst. Aber du hast jegliche weitere Chance endgültig verwirkt, als du meiner Tochter den Arm gebrochen hast!"

„Das war ein Unfall." Jetzt klingt er beinahe weinerlich.

„Das war kein Unfall. Das war pure Absicht, weil sie deinen verdammten Whisky verschüttet hat!"

„Hör auf zu fluchen, Gwen. Du weißt, dass ich es nicht leiden kann, wenn du fluchst." So lange hat er mir Angst gemacht, immerzu nur Angst, aber heute macht er mich wütend. Er behauptet, nicht mehr der Alte zu sein? Schön für ihn, denn ich habe mich auch verändert, und bin nicht mehr dieselbe schwache Frau von damals.

„Es ist mir scheißegal, was du leiden kannst und was nicht, Greg. Es interessiert mich nicht mehr. Du interessierst mich nicht mehr.“

„Das glaube ich dir nicht. Warum sonst hast du mir die ganzen letzten Wochen denn immer geschrieben? Du fühlst doch noch immer zu mir hingezogen.“

„Ich habe dir geschrieben?“

„Natürlich hast du das! Ich habe sogar an deinem ersten Tag in Gedanken mit dir Händchen gehalten, erinnerst du dich?“

In meinem Kopf rattert es gewaltig, bis ich endlich verstehe, wovon er da spricht.

„Du bist Billy?“

Greg strahlt.

„Genau der bin ich. Und dass du dich anscheinend unbewusst noch immer zu mir hingezogen fühlst, macht mich sehr froh.“

Ich schnappe entsetzt nach Luft und mir wird übel.

Billy ist mein Exmann.

Das bedeutet … ich bin mir gar nicht sicher, was das nun bedeutet, auf alle Fälle bedeutet es, dass ich in Zukunft für immer die Finger von Online-Dating lassen werde.

„Wenn ich gewusst hätte, dass du das bist, hätte ich nicht ein Wort mit dir gewechselt“, zische ich. „Und woher hast du überhaupt gewusst, dass ich es bin?“

„Du warst nicht sonderlich kreativ bei der Namenswahl. Gwenny ist kein wirklich guter Nickname, wenn man eigentlich anonym bleiben möchte, außerdem hast du angegeben, dass du eine Tochter hast und aus Boston kommst. Der Rest war eher Zufall. Aber die wenigsten Menschen mögen Porridge mit Äpfeln und Rosinen zum Frühstück! Spätestens, als du von deinem Imbisswagen erzählt hast, war mir dann alles klar. Meine Eltern wussten schließlich gut über deine Karriere Bescheid."

Verdammt! Ich war mir nicht darüber im Klaren, dass Skye angegeben hat, wo ich herkomme, auch wenn es natürlich durchaus Sinn macht, wenn man die Partnersuche auf eine bestimmte Region eingrenzt. Aber wahrscheinlich wäre ich deutlich vorsichtiger gewesen, wenn ich vorher davon gewusst hätte. „Wie auch immer ...", fährt Greg unbeirrt fort. „Nachdem ich zunächst entsetzt war, dass du dich überhaupt nach einem neuen Partner umsiehst, habe ich mich dann darüber gefreut, dass du mir anscheinend doch noch immer treu bist." Ich will ihn gerade darauf hinweisen, dass er ja ebenfalls dort angemeldet war, weil er sich nach jemand Neuem umgesehen hat, als er zu mir hochlangt und meinen Oberarm umfasst.

Panik und Wut erfassen mich wie eine heiße, alles verzehrende Welle.

„Fass mich nicht an!“, fauche ich, und als er mich nicht sofort loslässt, fange ich an zu brüllen. „Du sollst deine Finger von mir nehmen! Fass mich nicht an!“

„Komm schon, Gwen.“ Seine Stimme ist noch ganz ruhig, aber ich kann dieses verräterische Zucken an seiner Schläfe erkennen, dass er immer hat, bevor er einen Wutanfall bekommt. „Wir können doch über alles reden.“

Er umfasst meinen Oberarm noch ein bisschen fester, und Panik und Wut lösen sich weiterhin in mir ab.

„Du sollst mich loslassen! Sofort!“ Ich brülle ihn erneut an. Meine eine Hand umklammert nach wie vor das Messer, mit der anderen versuche ich, seine Finger von meinem Oberarm zu lösen. Ich denke gerade darüber nach, ob ich ihm wohl die Finger abschneiden könnte, ohne mich selbst dabei zu verletzten, als ich noch eine weitere Stimme höre:

„Die Dame hat unmissverständlich zu verstehen gegeben, dass Sie loslassen sollen!“

Tatsächlich lässt Greg mich los und fährt zu dem Mann herum, der ihn angesprochen hat.

„Das hier ist eine Unterhaltung zwischen mir und meiner Frau. Ich wüsste nicht, was Sie das angehen könnte.“

„Sie ist Ihre Ex-Frau. Und es geht mich sehr wohl etwas an, weil sie nämlich jetzt mit mir zusammen ist.“

Liam wirft mir einen kurzen Blick zu, und obwohl ich dachte, außer Wut und Panik nichts mehr empfinden zu können, gesellt sich doch noch ein anderes Gefühl zu meinem Wirrwarr an Empfindungen hinzu, etwas, das sich ganz am Rande nach Freude und Erleichterung anfühlt.

„Wie bitte?“ Greg plustert sich auf, aber es ändert nichts an der Tatsache, dass er neben Liam beinahe mickrig aussieht, und ich frage mich, wie es sein kann, dass ich ihn so lange über mein Leben habe bestimmen lassen.

Ich nehme mir zum ersten Mal heute die Zeit, ihn kurz zu betrachten. Er hat abgenommen, und er sieht fast wieder so gut aus wie früher, als ich ihn kennengelernt habe, nicht mehr so heruntergekommen wie zum Schluss unserer Beziehung.

Er ist kein ausgesprochen hübscher Mann, aber er ist durchaus charismatisch, mit seinen dunklen Augen und dem fast schwarzen Haar hat er einen gewissen exotischen Touch, den ich früher einmal sehr anziehend gefunden habe.

Heute allerdings lässt mich sein Aussehen kalt, denn ich war zu oft Zeugin davon, wie es aussieht, wenn sein Gesicht vor Wut verzerrt ist, wie hässlich er sein kann, wenn er in Rage gerät.

„Vielleicht verschwindest du jetzt besser, Greg. Ich will dich nicht mehr sehen. Du verschwendest deine wertvolle Zeit.“

„Nicht, bevor ich mit dir über meine Tochter sprechen konnte. Sie ist mein Fleisch und Blut und ich habe ein Recht darauf, sie zu treffen.“

„Du hast das Recht darauf verwirkt, ihr Vater sein zu dürfen, als du ihr den Arm gebrochen hast." Mein Blick fällt auf Liam, der immer noch hinter Greg steht. Er gibt mir genug Kraft, um die Tür zu öffnen und aus meinem Imbisswagen zu klettern, auch wenn mir dabei die Knie zittern. Mit verschränkten Armen baue ich mich vor Greg auf. „Verschwinde jetzt. Ansonsten rufe ich die Polizei."

„Dazu hast du gar kein Recht, das hier ist ein öffentlicher Platz."

„Nicht ganz. Denn das Stück, auf dem du stehst, habe ich jeden Tag bis fünfzehn Uhr gemietet. Ich bin durchaus in der Lage, dir hier Hausverbot zu erteilen. Außerdem will ich, dass du dich aus meinem Leben und dem Leben meiner Tochter heraushältst. Was immer du auch glauben magst, ich will dich nie wiedersehen, und dasselbe gilt auch für mein Kind."

Einen Moment lang starrt Greg mich an, als könne er es gar nicht richtig fassen. Dann dreht er sich um und geht, allerdings nicht ohne gegen den Mülleimer zu treten, der vor meinem Imbisswagen steht, sodass sich der ganze Inhalt über den kleinen Platz davor verteilt. Im Weggehen nimmt er noch drei weitere Mülleimer mit, bis ein Wachmann aus einem der Bürogebäude tritt und sich ihm in den Weg stellt.

Ich habe keine Lust mehr, ihm zuzuschauen, und wende mich stattdessen Liam zu.

„Das gibt Ärger!“, sagt er grinsend. „Ich wette, dass es gegen alle Auflagen verstößt.“

In meinem Rücken höre ich zunächst Gebrüll und dann Geräusche, die auf ein Handgemenge hindeuten, aber ich drehe mich nicht um. Ich habe es ernst gemeint, dass ich Greg niemals wiedersehen will. Liam hingegen scheint Spaß an dem Szenario gefunden zu haben. „Autsch!“, kommentiert er trocken und dann: „Wusstest du eigentlich, dass Wachmänner Handschellen dabeihaben?“

„Nein“, flüstere ich. Aus der Ferne höre ich die Sirenen eines Polizeiwagens. Auf einmal ist meine Stimme weg und ich fange am ganzen Körper an zu zittern, während meine Knie drohen, unter mir nachzugeben. Dann falle ich einfach in mich zusammen, aber Liam ist da und fängt mich auf. Und trotz allen Schrecks fühlt sich das Ganze an wie ein Sieg, und ich merke, dass ich drohe, jeden Moment in hysterisches Gelächter auszubrechen.

Ich glaube, ich habe mich noch sie so stark gefühlt wie in dem Moment, in dem sich Liams Arme um mich schließen, er mich an sich drückt und festhält.

„Ich bin stolz auf dich, kleine Fee“, flüstert er in mein Haar. „Das hast du unglaublich gut gemacht!“

# Kapitel 38

„Ihre Ex-Frau hat angegeben, dass das Kindeswohl bei Ihnen vor allem deshalb gefährdet sei, weil Sie Kontakt zu gewalttätigen Ex-Häftlingen haben.“

Liam runzelt die Stirn, und Dana Donovan verschluckt sich an dem Schluck Wasser, den sie gerade getrunken hat. Noch hustend springt sie auf.

„Mein Mandant hat keinen Kontakt zu gewalttätigen Ex-Häftlingen, Euer Ehren, seine ehemalige Haushälterin war mit einem Mann verheiratet, der eine Haftstrafe wegen häuslicher Gewalt sowie Körperverletzung abbüßt.“ Sie blättert hektisch in ihren Unterlagen. „Meinen Informationen nach ist seine Haftstrafe gerade verlängert worden. Er war entlassen worden, mit der Auflage, eine elektronische Fußfessel zu tragen, und durfte sich nur in einem Fünfhundert-Meter-Radius um das Haus seiner Eltern herum bewegen. Dagegen hat er aber verstoßen, und obendrein kam es zu einer körperlichen Auseinandersetzung mit einem Wachmann. Er muss nun den Rest seiner Haftstrafe in der Vollzugsanstalt absitzen, obendrein läuft gerade ein neues Verfahren gegen ihn. Sobald wird er kaum entlassen werden, sodass keinerlei Gefahr von ihm ausgehen würde, selbst wenn mein Mandant seine ehemalige Haushälterin wieder einstellen sollte.“

Auch Jessicas Anwalt springt nun auf.

„Wir haben da allerdings ganz andere Informationen. Von wegen Haushälterin! Mr. Brooks führt eine intime Beziehung zu Ms. Campbell." Jessicas Anwalt holt einen Stapel Fotos hervor, die er sowohl an die Richterin als auch an Liam und seine Anwältin verteilt, und Jessica lächelt hochzufrieden.

„Ein sehr hübsches Paar!", bemerkt die Richterin trocken, während sie die Fotos begutachtet, auf denen Liam und Gwen küssend auf der Bank am Hafen zu sehen sind. „Sie spionieren Ihrem Ex-Mann also nach, Ms. Turner?", wendet sie sich an Jessica.

„Ich will schließlich, dass es meinem Sohn gut geht und er keinerlei Gefahren ausgesetzt wird."

„Der verständliche Wunsch einer liebenden Mutter!", erwidert die Richterin freundlich, während Liams Anwältin ein empörtes Schnauben von sich gibt. Die Richterin wirft ihr einen ermahnenden Blick zu. „Ich muss allerdings sagen, dass ich es immer sehr zweifelhaft finde, wenn man anderen Menschen mehr oder weniger grundlos nachstellt, aber das ist nur meine persönliche Meinung. Inwiefern es auch strafrechtliche Konsequenzen hat, prüfen wir gerade noch." Nachdenklich betrachtet sie weiterhin das Foto. „Wenn ich richtig informiert bin, wird Joshua momentan hauptsächlich durch Mr. Brooks betreut, der ab und an von seiner Mutter, Joshuas' Großmutter, unterstützt wird?"

„Das ist korrekt, Euer Ehren."

„Würden Sie mir bitte erklären, inwieweit Sie Unterstützung benötigen, Mr. Brook? Soweit ich das erkennen kann, sind Sie ein gesunder junger Mann, der so etwas bestens allein hinbekommen sollte, zumal Sie meinen Informationen nach nicht mehr arbeiten gehen." Sie wirft ihm einen musternden Blick zu.

„Ich bin ein miserabler Koch, Euer Ehren. Und da man Kinder nicht nur mit gegrilltem Steak und Fastfood ernähren sollte, habe ich mir diesbezüglich Hilfe geholt."

„Von einer Frau, die mit einem kriminellen Gewalttäter verheiratet ist!", wirft Jessica ein.

„Verheiratet war! Wir wollen doch bitte korrekt bleiben. Im Übrigen beschäftigt Mr. Brooks sie nicht mehr." Dana Donovan richtet die Unterlagen vor sich parallel zur Tischkante aus.

„Dennoch hat Liam weiterhin Kontakt zu dieser Person. So wie es aussieht, führt er eine Beziehung zu ihr. Mein Joshi ist also weiterhin in Gefahr."

„Da Sie ja anscheinend gerne irgendwelche Privatdetektive damit beauftragen, hübsche Fotos von anderen Menschen machen zu lassen, würde es mich interessieren, ob Sie auch über all die ehemaligen Partnerinnen Ihres momentanen Freundes informiert sind, Ms. Turner. Ihr aktueller Partner ist Ron Robson? Der Regisseur?"

Jessica nickt und sieht irgendwie verlegen aus.

„Ich habe leider wenig Zeit, Klatschblätter zu lesen, aber gab es da nicht einen netten Skandal, weil seine Ex-Freundin beim Ladendiebstahl erwischt worden ist? Und wenn ich richtig informiert bin, hat seine Ex-Frau jahrelang einen erfolglosen Entzug nach dem anderen hinter sich gebracht und wurde erst kürzlich erneut mit Kokain in irgendeinem Club erwischt …"

„Das ist doch etwas völlig anderes! Ron hat schließlich so gut wie keinen Kontakt zu Joshi!"

Die Richterin runzelt die Stirn.

„Wie kann es sein, dass Ihr Lebensgefährte kaum Kontakt zu Ihrem Sohn haben wird, Ms. Turner?"

„Joshi wird wieder in New York zur Schule gehen, und ich werde mit Ron in L.A. drehen!" Sie klingt beinahe triumphierend. „Somit werden sich die beiden so gut wie nie sehen."

„Und Sie, Ms. Tuner? Wie oft werden Sie Ihren Sohn sehen?"

„Immer wenn ich in den Drehpausen in New York sein werde. Während meiner Abwesenheit wird er von einer Nanny betreut. Sie kann diverse Qualifikationen im Bereich der Kindererziehung vorweisen und hat außerdem keine kriminelle Vergangenheit. Für sein Wohl ist also bestens gesorgt."

„Sie selbst werden also überwiegend von Ihrem Sohn getrennt sein und die meiste Zeit seine Betreuung und Erziehung einer Angestellten überlassen?“

„Ich muss schließlich arbeiten!“

„Verständlich. Mich würde dennoch interessieren, warum Sie der Meinung sind, dass Joshua bei Ihnen wohnen sollte.“

„Weil er mein Sohn ist und ich ihn liebe.“

„Das wären Ihre eigenen Vorteile aus dieser Konstellation. Wo liegen die Ihres Sohnes?“

Jessica wird rot und senkt den Kopf.

„Interessant.“ Die Richterin macht sich eine Notiz und klappt dann die Akte zu. „Ich habe mich vor der Verhandlung mit Joshua unterhalten, Sie beide hatten dazu Ihr Einverständnis gegeben. Hat sich eigentlich je einer von Ihnen beiden die Mühe gemacht, mit Ihrem Sohn darüber zu sprechen, bei wem von Ihnen beiden er dauerhaft wohnen will?“ Auf beiden Seiten gibt es betretene Gesichter, Jessica starrt stur geradeaus, Liam senkt den Blick auf seine verschränkten Hände. Die Richterin seufzt schwer. „Sorgerechtsverhandlungen wie diese machen mich wütend. Wenn Sie sich beide die Mühe gemacht hätten, sich mit Ihrem Sohn gemeinsam an einen Tisch zu setzten, wüssten Sie, dass er momentan lieber bei seinem Vater sein möchte, weil er nicht gerne allein zu Hause ist – auch nicht mit Kindermädchen. Darüber hinaus mag er Ihre ehemalige

Hausangestellte sehr, Mr. Brooks. Da ich ebenfalls der Meinung bin, dass er im Moment bei Ihnen besser betreut wird, beschließe ich, dass er zukünftig bei seinem Vater leben soll. Am liebsten würde ich Sie beide dazu verdonnern, sich einmal die Woche mit Ihrem Sohn gemeinsam an einen Tisch zu setzen und ihn zu fragen, wie es ihm geht und was er sich vom Leben so wünscht. Aber aus Erfahrung weiß ich, dass es keinen Sinn macht, Dinge zu befehlen, die ich nicht kontrollieren kann. Ich werde es Ihnen also lediglich als Anregung mit auf den Weg geben. Dies gilt vor allem für Sie, Mr. Brooks, denn ich vermute, dass Ms. Turner durch den nahenden Drehbeginn bald wenig Zeit für Ihr Kind haben wird."

Der Rest ihrer Worte geht beinahe unter in dem empörten Gemurmel von Jessica und ihrer Anwältin, aber Liam ist ohnehin egal, was die Richterin noch erzählt. Er ist so erleichtert, dass er kaum noch in der Lage ist, ihr zuzuhören.

+++

Seit Wochen koche ich das erste Mal wieder in Liams Küche, flankiert von einem strahlenden Joshua, einer zufriedenen Olivia und einem glücklichen Liam.

Und ich selbst … meine eigenen Gefühle sind so aufgewühlt, dass ich gar keine Bezeichnung dafür finden kann. Aber bei einem bin ich mir sicher: Dies ist einer der

Momente, an die ich mein Leben lang zurückdenken werde, ein Moment, den ich ganz tief in mir abspeichern möchte, damit ich ihn hervorholen kann, wenn das Leben mal weniger schöne Zeiten für mich vorhergesehen hat, um mich innerlich daran zu wärmen.

Vielleicht ist es nicht immer einfach, glücklich zu sein.

Aber wenn man es mal ist, fühlt es sich verdammt gut an!

# Epilog

„Hast du eigentlich Liams bescheuerte Ex neulich im Fernsehen gesehen?“ Skye nippt an ihrem Champagner. „Sie hat unter Tränen erzählt, wie sehr sie ihren Sohn vermisst, aber dass sie ja immer nur sein Wohl im Kopf hat und dass Liam schließlich ein so hervorragender Vater ist.“

„Da zumindest hat sie recht.“ Ich lächle und beobachte Liam, der mit Josh und Livie am Grill steht und ihnen erklärt, wie man ein perfektes Steak zubereitet. Die beiden sind glücklich einander zu haben, und gehen beinahe wie Geschwister miteinander um, inklusive kleinerer Streitigkeiten.

„Trotzdem! Sie ist so eine unglaubliche Heuchlerin! Fast so schlimm wie Livies Großeltern, die behaupten, du seist daran schuld, dass Greg nun noch länger im Knast sitzen muss.“

Ich muss grinsen.

„Vor allem denken sie, dass ich mich nachts deswegen in den Schlaf weine. Aber wenigstens melden sie sich nicht mehr bei mir, seitdem ich ihnen mitgeteilt habe, dass ich nachts ganz andere Dinge zu tun habe …“ Mein Blick wandert wieder zu Liam, und Skye verschluckt sich beinahe an ihrem Champagner.

„Das hast du ihnen wirklich so gesagt?“

Ich zucke mit den Schultern.

„Ich habe mich so wahnsinnig geärgert, als Daisy mich gefragt hat, wie ich überhaupt noch ruhigen Gewissens schlafen könne, nach allem, was ich Greg angetan habe, dass ich einfach nicht widerstehen konnte."

Skye lacht noch immer.

„Die Alte spinnt doch!"

„Allerdings!"

In diesem Moment kommt Cherry zu uns herüber. Wenn man genauer hinsieht, kann man ihren kleinen Babybauch schon gut erkennen und sie macht einen wahnsinnig zufriedenen Eindruck.

„Hallo, ihr beiden!" Sie begrüßt erst mich und dann Skye mit einem Kuss auf die Wange. „Ich habe heute einen Teil deiner Kollektion bewundern dürfen, Skye! Wunderschön! Wirklich. Ich habe gleich die Hälfte davon auf meinen Wunschzettel für Weihnachten gesetzt."

„Nur die Hälfte?" Skye grinst, und Cherry zwinkert ihr zu.

„Ich wollte nicht ganz so unverschämt erscheinen …"

„So ist meine Frau eben. Schön, schlau und bescheiden." Grayson nippt an seinem Bier, den freien Arm legt er um Cherrys Taille, sodass seine Hand auf ihrem Bauch ruht. „Bekomme ich eigentlich Rabatt auf die Kollektion?", fragt er an Skye gewandt, die noch immer grinst.

„Wenn du die gesamte Kollektion nimmst, dann schon."

„Skye, sei nicht so gierig!", ermahne ich sie lachend. „Außerdem ist das hier heute Abend meine Party – hier geht es darum, Danke zu sagen, und nicht darum, Geschäfte abzuschließen …" Ich zwinkere den Dreien zu, anschließend werde ich ernst.

„Ich freue mich so sehr, dass ihr heute alle hier seid. Ohne euch hätte ich all das niemals geschafft. Und mein Imbisswagen ist ein viel größerer Erfolg, als ich mir es jemals erträumt hätte!" Ich habe sogar einen Teil meiner Schulden bereits zurückzahlen können, und trotzdem kann ich nachmittags für Josh und Livie da sein und wir können unsere Zeit als Familie verbringen. Auch wenn Livie und ich noch immer unser Cottage haben, denn zum einen gefällt es uns dort viel besser als in der großen Villa, zum anderen wollen wir es langsam angehen lassen, bevor wir einen so großen Schritt wagen wie zusammenzuziehen.

„Du hast es geschafft, weil du hart gekämpft und niemals aufgegeben hast!" Skye beugt sich zu mir vor und küsst mich auf die Wange. „Und jetzt geh lieber rüber zu Liam – ich habe Hunger und traue seinen Kochkünsten nicht …"

Ich traue Liams Kochkünsten auch nicht, aber ich weiß, dass er die besten Steaks der Welt grillen kann, auch wenn Josh sie nur mit ganz viel Ketchup essen mag. Wahrscheinlich deshalb, weil er der beste Mann der Welt ist, zumindest in meinen Augen. Und genau deshalb lasse ich mir auch nicht zweimal sagen, dass ich lieber zu ihm gehen soll.

„Ich hab dich vermisst!“, sagt er, als ich schließlich neben ihm stehe.

„Ich war doch nur fünf Minuten woanders …“

„Fünf Minuten!“ Bei ihm hört sich das an wie eine Ewigkeit.

Zufrieden lächelnd kuschele ich mich an seine Schulter und hoffe, dass wir genau das noch vor uns haben. Eine lange, glückliche Ewigkeit.

ENDE

# Rezept: Cookies mit weißer Schokolade und Cashewkernen

Ca. 2 – 3 Bleche

Zutaten:

- 300g Mehl
- 250g brauner Zucker
- 200g Butter
- 2 Eier
- 1/2 TL Salz
- Ausgekratztes Mark einer Vanilleschote
- 1 TL Backpulver
- 200g weiße Schokolade
- 300g Cashewkerne, ungesalzen

Zubereitung:

- Cashewkerne und weiße Schokolade grob hacken und beiseite Stellen

- Aus allen anderen Zutaten einen glatten Teig herstellen, die Hälfte der Nuss-Schokoladenmischung unterheben.
- Den Teig mit Hilfe zweier Teelöffel in kleinen Häufchen auf ein mit Backpapier ausgelegtes Backblech setzen, mit der restlichen Nuss-Schokoladenmischung bestreuen und leicht platt drücken.
- Im vorgeheizten Backofen bei 175°C ca. 10-12 Minuten backen.

# Weitere Bücher von Hannah Kaiser

*„Die Verführung des Mondes"*

Eigentlich will sich Luna nur einen ruhigen, kinderlosen Abend zu Hause machen, als sie überraschend in das Leben des ebenso reichen wie attraktiven Anwalts Phillip Dawn stolpert.

Zwischen den beiden knistert es gewaltig, aber Luna ist sich nicht sicher, ob es zwischen ihnen tatsächlich eine Zukunft geben wird.

Und während sie sich noch Gedanken über die Zukunft macht, wird sie von ihrer Vergangenheit eingeholt.

März 2013 (ca. 320 Taschenbuchseiten)

*„Die Verlockung des Glücks"*

*Teil 1*

Sophie hat, nach einigen herben Enttäuschungen, den Männern eigentlich schon lange abgeschworen. Sie ist fest davon überzeugt, dass es sich alleine einfach viel besser lebt.

Doch eines Tages tritt Matt, der amerikanische Enkelsohn ihrer Nachbarin, auf sehr ungalante Art und Weise in ihr Leben. Sophie ist sich ganz sicher, dass sie diesen überheblichen Typ auf den Tod nicht ausstehen kann, denn er benimmt sich kaum besser als ein eingebildeter Neandertaler. Wäre da nur nicht dieses verdächtige Kribbeln, das sich in ihr breit macht, wann immer er in ihrer Nähe ist …

Juni 2013 (ca. 206 Taschenbuchseiten)

*„Die Verlockung des Glücks“*

*Teil 2*

Zweiter und letzter Teil der Reihe „Die Verlockung des Glücks“.

Endlich hat Sophie der Verlockung des Glücks nachgegeben und ist zu Matt in die USA geflogen.

Dort angekommen ist ihr gemeinsames Leben allerdings nicht so ungetrübt wie erhofft. Das große Interesse der Öffentlichkeit an Matt, Sophies Selbstzweifel und eine Frau, die aus Matts Vergangenheit zu kommen scheint, legen ihnen immer wieder Steine in den Weg.

Werden sie es dennoch schaffen, einen gemeinsamen Weg zum Glück zu finden?

August 2013 (ca. 238 Taschenbuchseiten)

*„Die Versuchung der Hoffnung“*

Hopes Leben ist auch ohne die große Liebe schon voll genug: Studium, Job, die Familie und ihr kranker Bruder fordern all ihre Zeit und Energie. Doch dann tritt John Petterson in ihr Leben, Sänger einer Rockband kurz vorm großen Durchbruch, und wirbelt ihre Gefühle und ihr Leben ordentlich durcheinander. Trotzdem reichen tiefe Gefühle allein manchmal nicht aus, um auf Dauer miteinander glücklich zu sein … oder?

Dezember 2013 (ca. 342 Taschenbuchseiten)

*"Der Kuss von Vergissmeinnicht"*

Junes Leben besteht vor allem aus einem – nämlich aus Arbeit.
Doch eines Tages fällt ihr das Schicksal geradezu vor die Füße. Und zwar in Form eines Mannes, der vom Mountainbike gestürzt ist und sich nun an nichts mehr erinnern kann.
Allerdings verschwindet er nach ein paar Tagen genauso abrupt wieder aus ihrem Leben, wie er darin aufgekreuzt ist. Und das, obwohl June gerade dabei war, sich in ihn zu verlieben …
März 2014 (ca. 298 Taschenbuchseiten)

*„Herzkirschen"*

Grayson White hat zwei große Leidenschaften: Football und Frauen. Zu seinem großen Frust darf er jedoch nach einem Unfall nicht mehr als Profi spielen und stürzt sich stattdessen in wilde Partys, ebenso wilde Affären und diverse Prügeleien.

Leider findet sein Werbepartner die negative Aufmerksamkeit, die Grayson dadurch auf sich zieht, gar nicht witzig.

Um sein Image wieder aufzupolieren, zwingen sie ihn, ehrenamtlich in einer Einrichtung für sozial benachteiligte Kinder zu arbeiten. Andernfalls winkt ihm eine dicke Vertragsstrafe. Grayson findet das überhaupt nicht witzig, zumal die Chefin der Einrichtung, Cherry Devenor, eine frustrierte Zicke zu sein scheint, die gegen seine Reize völlig immun ist …

Juni 2014 (ca. 262 Taschenbuchseiten)

*„Sein Kuss und andere Katastrophen"*

Chloe Winterfield kauft eine Farm in ihrer alten Heimat Nebraska und hofft dort, die unliebsamen Erinnerungen an ihren Ex-Verlobten loszuwerden. Aber leider bleiben Erinnerungen nicht einfach an Ort und Stelle, sie reisen immer mit. Zusätzlich ist Chloe im Nu auch noch mit einer anderen Episode ihrer Vergangenheit konfrontiert, die sie beinahe schon vergessen hatte.

August 2014 (- Kurzroman - ca. 135 Taschenbuchseiten)

*„Zimtzucker"*

Sarah Wellington hat ihren Job verloren, der bisher ihr ganzer Lebensinhalt war. Nun macht sie sich auf den Weg zu ihrem Vater und ihrer fünfzehnjährigen Halbschwester, um den beiden in einer schweren Lebenslage zur Seite zu stehen. Doch bereits am Flughafen begegnet sie einem geheimnisvollen Fremden, den sie einfach nicht mehr aus dem Kopf bekommt.

November 2014 (ca. 272 Taschenbuchseiten)

*„Pfefferminzeis“*

Als Theresa Bennetts Kerzenladen abbrennt, steht sie vor dem finanziellen Ruin. Ihr bleibt nichts anderes übrig, als in einer Bar zu arbeiten, damit sie wenigstens die nächste Mahlzeit für sich und ihre neurotische Katze bezahlen kann. Dort lernt sie Devon Frenley kennen, einen Eishockey-Torhüter auf der Flucht vor einer aufdringlichen Stalkerin. Er macht Theresa ein Angebot, das sie nicht ablehnen kann. Allerdings bringt es die beiden schnell in die unmöglichsten Situationen und auch Theresas traumatische Vergangenheit lässt sich nicht so einfach ignorieren, wie sie es gerne hätte.

März 2015 (ca. 326 Taschenbuchseiten)

*„Unverkäufliches Liebhaberstück“*

Lilly Hurlington verlässt ihren Mann, nachdem sie ihn mit der Babysitterin im Bett erwischt hat. Die Wunden der Trennung sind noch nicht verheilt, als sie auf einem Parkplatz buchstäblich in ihre Jugendliebe hineinläuft: Ryan Stanford, dem seit ihrer Kindheit ihr Herz gehört und von dem sie sich innerlich nie ganz getrennt hat.
Im Nu stürzen komplizierte Gefühle und ungelöste Konflikte Lilly mitten ins Chaos.

September 2015 (ca.278 Taschenbuchseiten)

*„Marzipanrosen"*

Annabelle Sinclair war in ihrer Kindheit ein gefeierter Fernsehstar, bis ihr der Erfolg über den Kopf wuchs. Seit einigen Jahren lebt sie bei ihrer Großmutter in der Einöde Nebraskas. Sie liebt das beschauliche Landleben, die Abgeschiedenheit ihres Dorfes und ihren kleinen Catering-Service. Hier hat sie Ruhe vor ihrer Vergangenheit, ihren Problemen und vor allem vor den Männern. Als eines Tages ihr Auto mitten auf einer Kreuzung seinen Geist aufgibt, hilft ihr der erfolgreiche Unternehmer Maxwell Montgomery. Er hasst das Leben in der Pampa – und Annabelle hasst ihn. Dennoch bekommt sie ihn einfach nicht mehr aus dem Kopf, und dabei steht für Annabelle weit mehr auf dem Spiel, als sich nur unglücklich zu verlieben.

Dezember 2015 (ca. 296 Taschenbuchseiten)

*„Sekundenträume"*

Bevor Katelyn Montgomery mit der Leitung einer großen Baustelle im ländlichen Greenwish, Nebraska so richtig beginnen kann, geschehen bereits die ersten

Katastrophen: Ausgerechnet auf ihrer Baustelle wurde ein Skelett gefunden, und als vorläufiger Gutachter taucht Alexander McLearie auf, in den sie als Teenager hoffnungslos verliebt war. Auch jetzt noch schlägt seine geheimnisvolle Ausstrahlung sie sofort in ihren Bann. Doch beide tragen Geheimnisse aus ihrer Vergangenheit mit sich herum, die sie bis heute nicht loslassen. Außerdem ist da noch Katelyns Freund, der ungeduldig in New York auf sie wartet …

April 2016 (ca. 342 Taschenbuchseiten)

Impressum

Hannah Kaiser
c/o Papyrus Autoren-Club
Pettenkoferstr. 16-18
10247 Berlin
Tel.: 030 / 49997373
E-Mail: hannah.kaiser79@gmx.de

25400766R00228

Printed in Poland
by Amazon Fulfillment
Poland Sp. z o.o., Wrocław